HEYNE
…CHER

HEYNE ROMANE FÜR »SIE«
Nr. 04/124

Printed in France 1994
Umschlagillustration: Elaine Duillo / Agentur Schlück
Umschlaggestaltung: Atelier Ingrid Schütz, München
Gesamtherstellung: Brodard & Taupin

ISBN 3-453-07314-2

MARIE CORDONNIER

DIE MACHT DER LIEBE

Roman

Originalausgabe

WILHELM HEYNE VERLAG
MÜNCHEN

PROLOG

St. Tropez im August des Jahres 1538

Ein Sonnenstrahl hatte sich zwischen die halb geschlossenen Läden verirrt und tanzte nun blitzend durch die sanfte Dämmerung des weitläufigen Gemaches. Er brachte die farbenprächtigen Teppiche zum Leuchten, welche die zart schimmernden, creme-weißen Quadrate des Marmorbodens bedeckten und spiegelte sich in der Seide der orientalischen Kissen. Er weckte den Glanz der schweren, polierten Möbelstücke und flimmerte über das matte Schwarz einer schlichten, altmodischen Hörnerhaube, ehe sich sein Licht am anderen Ende in einem aufblendenden Feuerwerk aus Farben und regenbogenfarbigen Sternen zurückgeworfen fand.

»Ooooh! Wie schön das ist, Großmama!«

Das Kind konnte sich an der funkelnden Pracht kaum sattsehen. Den Mund offen, wie gebannt von dem Schauspiel, das sich seinem Auge bot. Nachdem die alte Dame den schweren, geschnitzten Deckel der Elfenbeinschatulle geöffnet hatte, verharrte es in Bewunderung.

Die betagte Edelfrau freilich betrachtete nicht den Reichtum der Juwelen auf ihren Samtpolstern, sondern das schmale, feingezeichnete Antlitz des kleinen Mädchens. Nicht ganz acht Sommer alt, verkörperte es den Liebreiz reiner Unschuld, gepaart mit einem unbezähmbaren Temperament.

Der zierliche Körper und der feine Hals wirkten fast zu fragil, um die ungebärdige, wilde Flut der silberblond gelockten Haare zu tragen. Ständig lösten sich einzelne

Strähnen aus Zöpfen, Spangen und Bändern. So freiheitsdurstig und ungestüm wie ihre jugendliche Besitzerin, die nun andächtig eines der schweren, mehrgliederigen Colliers anhob und gegen das Licht hielt.

Die geschliffenen Rubine der Goldkette glühten in jähem, gefährlichem Feuer, und das Kind ließ die Juwelen so plötzlich fallen, als habe es sich auch in Wirklichkeit an ihnen verbrannt.

»Das ist schwer!« stellte es danach ernüchtert fest und schmiegte sich enger an die alte Dame, in deren Blick es eine Erklärung dafür suchte.

Es war der Blick zweier Augenpaare, die sich über Generationen hinweg glichen, als habe der Pinsel eines Malers nach Jahren noch einmal zu seiner früheren Meisterschaft gefunden. Das Grün der Älteren war ein wenig verblaßt, durchsichtig und der Blick bereits von einer kaum merklichen Müdigkeit getrübt, aber die Ähnlichkeit blieb trotzdem frappant.

»Was wollt Ihr damit tun?« forschte die Kleine weiter, als sie keine Antwort bekam. »Ihr schmückt Euch nie mit Juwelen. Mutter mag Ketten und Ringe, meine Schwestern auch. Aber Ihr tragt nur diesen Reif ...«

»Ich werde sie meinen Töchtern und Enkeltöchtern schenken«, entgegnete die Edeldame leise und drehte den erwähnten schlichten Goldreif an ihrer Hand, als könne sie damit eine Verbindung zu jemand aufnehmen, der ihr fehlte. »Dort, wo ich bald hingehe, meine Kleine, benötige ich keine Edelsteine mehr ...«

Die Melancholie, die in diesen Worten mitschwang, blieb dem Kind nicht verborgen. »Ich will nicht, daß Ihr fortgeht, Großmama!« fuhr es trotzig auf. »Behaltet Euren Schmuck, bleibt lieber bei uns. Ich mag nicht, daß Ihr zu Tante Fabienne oder den anderen reist. Vater sagt, Ihr seid zu alt, um noch über die Landstraßen zu ziehen! Ihr wart lange krank, im vergangenen Winter!«

Die alte Dame lächelte nachsichtig. »Hab keine Angst, ich werde deinem Vater besser gehorchen als du, mein kleines Teufelchen. Aber nun such dir etwas aus. Ich möchte, daß du als erste, deine eigene, unbeeinflußte Wahl aus diesen Schätzen triffst . . .«

Ein wenig ratlos nahm das kleine Mädchen ein Schmuckstück nach dem anderen heraus. Es öffnete den Lederbeutel, der lange weiße Perlenschnüre enthielt, drückte einen diamant-geschmückten Stirnreif auf das wilde Lockengeriesel und fand schließlich ganz unten auf dem Boden der Schatulle, ein verknotetes, schwarzes Samttuch, das es voller Neugier auseinanderschlug.

»Oh, das ist hübsch! Den möchte ich, Großmama! Kann ich ihn bekommen? Sieh nur, die schöne Blume! Ist das nicht eine Rose?«

Die Edeldame, die mit ihren Gedanken sichtlich weit fort gewesen war, zuckte zusammen. Als sie erkannte, was das Kind in seinen Händen hielt, erblaßte sie. Nur mühsam bewahrte sie die Fassung und ihre Stimme klang rauh, als müsse sie sich zu einer Antwort zwingen.

»Ja, das ist eine Rose, Kleines, ein Wappenschild mit einer Rose. Willst du wirklich diesen Ring?«

Der klobige Reif mit dem breiten Goldband und dem schweren, geschliffenen Smaragd, eher für eine Männer- als für eine Mädchenhand gedacht, weckte Erinnerungen. Sie strich sich mit einer fahrigen Bewegung die Falten des schweren Brokatrockes glatt. Ein Menschenleben war es her, seit ein König diesen Reif von seiner Rechten gezogen und in eine andere Mädchenhand gelegt hatte.

Was ist seither nicht alles geschehen? Soviel, daß sogar dieses Symbol der Macht in die Tiefe einer Truhe und damit in Vergessenheit geraten war. Ein glückliches, erfülltes Leben hatte es überflüssig gemacht.

»O ja, Großmama! Der Ring gefällt mir, ein Stein mit einer Blume, das hat niemand den ich kenne! Schade, daß er so groß und schwer ist. Ich werde ihn an einer Kette um den Hals tragen müssen.«

Die absolut praktischen Erwägungen des Kindes im Bezug auf seinen neuen Besitz, vertrieben die Gespenster der Vergangenheit. Aber, es lag trotzdem eine besondere Eindringlichkeit in den Worten der besorgten Edeldame, als sie sich dem Wunsch beugte. Das kleine Mädchen wußte es in diesem Moment noch nicht, aber es würde sich an einem fernen Punkt seines Lebens wieder daran erinnern.

»Ich hoffe zu Gott, daß nicht das Schicksal deine Hand geleitet hat, mein Kleines! Dieser Ring hat einem sehr alten und mächtigen Mann gehört. Eigentlich gehört er zum Erbe deines Vaters ...«

»Papa mag sicher keinen Ring mit einer Rose«, fürchtete das Kind um seinen Besitz. »Oder meint Ihr, ich sollte ihn fragen?« Die Bangigkeit, welche die Erkundung ein wenig zittern ließ, entlockte der Älteren ein Lächeln. Sie strich der Kleinen über die Locken und schloß dann mit beiden Händen die Kinderfinger um das Juwel.

»Nein, mein Herz! Behalte ihn, möge er dir Glück bringen!«

»Danke ... Heißt das, daß ich nun auch mächtig bin, weil ich diesen Ring besitze?« forschte das Mädchen. »Ich wäre gerne mächtig, dann müßte ich nicht immer nur das tun, was meine Brüder sagen!«

»Ach, petite!« Die alte Dame schloß ihre Enkelin gerührt in die Arme. »Wünsch' dir das nicht. Wer die Macht liebt, kann die Menschen nicht mehr lieben.«

Es war das letzte Geschenk, das Fleur de Paradou von ihrer geliebten Großmutter bekam. Nur wenige Tage später entschlief die alte Dame friedlich. Ihre Familie beerdigte sie in derselben Gruft, die bereits ihren Gatten und eine ihrer Töchter barg.

Es war ein Ereignis, das Trauer verursachte, das aber die Erwachsenen erwartet hatten, denn seit dem Tod ihres Gemahls vor wenigen Jahren war Isabelle de Paradou, verheiratete Tornabuoni nie wieder dieselbe gewesen. Sie hatte die Trennung von ihm nicht überwunden und war nun in einer anderen, besseren Welt wieder mit ihrer Liebe vereint.

Das kleine Mädchen hingegen begrub in seiner verzweifelten Trauer um die Großmutter die ahnungslose Unschuld seiner Kindheit.

1. KAPITEL

23. September 1548

»Wahrhaftig, wenn Ihr Euch nicht endlich ruhig haltet, Demoiselle Fleur, werdet Ihr den Einzug versäumen, weil Ihr noch im Untergewand herumsteht, wenn die Herolde die Fanfaren heben!«

Die so Gescholtene bemühte sich ihre Füße sittsam nebeneinanderzustellen, so daß es der älteren Dienerin endlich möglich war, das hochmodische, steife Korsett mit den Fischbeinstäben auf die vorgeschriebene Enge zu schnüren. Es verlieh der zierlichen Figur seiner Besitzerin jene Keilform, welche die ohnehin schon winzige Taille auf atemberaubende Zerbrechlichkeit reduzierte.

Fleur de Paradou hatte ein Folterinstrument dieser Art bisher noch nie getragen. Mit einer rebellischen Schulterbewegung prüfte sie die Festigkeit des befremdlichen Gefängnisses aus feinsten Spitzen und steifen Stützen, das auch die Brüste flach an den Oberkörper preßte. Es fühlte sich merkwürdig an, so als presse das Gerüst auch die Luft aus ihren Lungen.

»Bist du sicher, daß es so eng sitzen muß?« erkundigte sie sich ein wenig argwöhnisch. »Wie soll ich in diesem Ding noch Atem holen können?«

»Absolut sicher!« Jeanne, die von Fleurs Amme, zu ihrem Kindermädchen und nun zu ihrer Zofe aufgestiegen war, wußte, wie sie ihre jugendliche Herrin zu behandeln hatte. »Ihr habt gehört, was die Schneiderin erzählt hat. Alle Damen des Hofes bevorzugen jetzt die strenge, spanische Mode und Ihr wollt schließlich Euren Platz unter ihnen einnehmen ... oder etwa nicht?«

Das erforderte keine Antwort. Natürlich wollte sie das. Gehorsam stieg Fleur in die steifen Unterröcke, die sich durch Roßhaareinlagen verstärkt, kegelförmig bis zum Boden senkten. Darüber warf Jeanne schließlich das ebenfalls nagelneue Obergewand aus raschelndem, dunkelviolettem Atlas, dessen Schlingen und Paspeln sie vorne auf der ganzen Länge mit winzigen goldenen Knöpfen schloß. Danach folgten separat die engen Ärmel, die mit Bändern und Nadeln extra unter einem Schulterwulst befestigt wurden, damit sie ohne jede Falte saßen.

Danach zupfte die Kammerfrau das Meisterwerk einer unbekannten Spitzenklöpplerin zurecht, das sich schaumig weiß um die Handgelenke des Mädchens legte und prüfte die vierfach gefältelte kleine Halskrause aus demselben Material, die das hochgeschlossene Kleid unterhalb des Kinns zierte. Fleurs Kopf mit den hochgesteckten Haaren ruhte darauf, wie auf einem kostbaren Bett, und wenn sie sich so statuarisch ruhig hielt wie im Moment, machte sie sowohl der Arbeit ihrer Schneiderin, wie auch der ihrer Zofe allerhöchste Ehre.

»Sehr schön!« stellte denn auch die Dame Paradou zufrieden fest, die das Gemach betreten hatte, um nach ihrer Tochter zu sehen. »Mein Kompliment, Jeanne! Das sieht sehr elegant aus, wenngleich ich mich nicht daran gewöhnen kann, daß nun schon unverheiratete Frauen, diese dunklen Farben tragen sollen.«

Unter den kritischen Augen Aimée de Paradous, die selbst ein prachtvolles Gewand aus italienischem Goldbrokat trug, drehte sich Fleur einmal um die eigene Achse. Fast wäre sie dabei, von dem ungewohnten Korsett beengt, ins Straucheln geraten. Die ungestüme Bewegung löste prompt eine der Haarnadeln und eine schwere, silberfarbene Locke löste sich aus dem kunstvollen Gebilde und fiel unaufhaltsam über ihre Schulter.

»Dieses Haar«, seufzte Jeanne zwischen Stolz und Verzweiflung hin- und hergerissen und versuchte den Schaden zu beheben. »Man könnte ebensogut versuchen, Öl zwischen den Maschen eines Netzes zu fangen.«

»Du wirst um ein Netz nicht herumkommen, Jeanne«, wandte die Dame de Paradou ein und an ihre Tochter gewandt, sagte sie streng: »Halt dich ruhig, Kind!«

Dieser Satz hatte Fleur durch die vergangenen 18 Jahre ihres Lebens begleitet. Sie schenkte ihm schon längst keine Aufmerksamkeit mehr. Wie sollte sie sich ruhig halten, heute, an diesem besonderen und aufregenden Tag, dem sie seit Wochen entgegenfieberte.

»Wie schade, daß dieses Haus keinen vernünftigen Spiegel besitzt«, beschwerte sie sich und versuchte mit vielen Verrenkungen wenigstens in dem kleinen Handspiegel, den sie vor sich hielt, die ganze Pracht dieser ungewöhnlichen, neuen Robe zu erkennen.

»Du kannst froh sein, daß wir in Lyon überhaupt ein Dach über dem Kopf haben, mein Fräulein«, beschied ihre Mutter trocken. »Ist dir klar, daß der Herbstmarkt, im Verein mit dem Empfang des Königs mehr Menschen als je zuvor in diesen Mauern versammelt? Wir haben es nur der langjährigen Freundschaft zu verdanken, die deinen Vater mit dem Amtmann Tellier verbindet, daß wir uns nicht mit Unbekannten das Strohlager in einer Schänke teilen müssen.«

Ein spitzbübisches Lächeln blitzte in Fleurs grünen Augen. Es enthielt ebensosehr Vergnügen wie die Andeutung von Ironie. Sie bezweifelte mit Recht, daß ihre Mutter jemals auch nur eine Fußspitze in eine einfache Herberge gesetzt hätte. Sie kannte niemanden, der soviel Wert auf Etikette und Anstand legte, wie Aimée de Paradou. Sie hätte sich nie unter das gemeine Volk gemischt.

Selbst aus eher bescheidenem Adel stammend, war sie eine glänzende Ehe mit dem Erben des Handelshauses

Tornabuoni eingegangen und hatte sich zu jener Zeit bereits am Hofe des Königs gesehen. Daß sich ihr Gatte strikt weigerte, das Leben eines Höflings zu führen und in kriegerischen Auseinandersetzungen um Ruhm zu buhlen, war eine herbe Enttäuschung für sie gewesen. Von seinem Stiefvater in Handelsdingen unterwiesen, hatte er die Führung des Hauses von ihm übernommen und auf die höfischen Privilegien verzichtet.

Die Festlichkeiten in Lyon lieferten ihrem Ehrgeiz indes einen Vorwand, nach dem sie lange vergeblich gesucht hatte. Vom Empfang des Königs, der sich auf der Rückreise von Savoyen nach Paris befand, konnte sich auch der Seigneur Paradou nicht ausnehmen, der wie üblich zu dieser Zeit für die jährliche Herbstmesse in der Stadt weilte. Es mußte schon mit dem Teufel zugehen, wenn es ihr nicht gelänge, wenigstens für ihre Tochter die richtigen Wege zu ebnen. Es würde Empfänge geben, Bälle, Unterhaltungen und viele Gelegenheiten, ein hübsches Mädchen von seiner besten Seite zu präsentieren.

Fleur wußte, welche Pläne ihre Mutter insgeheim schmiedete und sie hatte augenblicklich nichts dagegen, im Mittelpunkt dieser Aufmerksamkeit zu stehen. Schon allein die Menge der neuen Roben, Schuhe, Umhänge, Strümpfe und Unterröcke, die sich in ihre ohnehin gefüllten Truhe ergossen, begeisterte sie.

Aimée de Paradou besaß einen unfehlbaren Geschmack in modischen Dingen und konnte ein ganzes Heer von Schneiderinnen zur Verzweiflung bringen. Heute indes war sie zufrieden, das verriet schon die Art, wie sie lediglich eine Spitzenfalte am Kragen ihrer Tochter umlegte.

»Untersteh' dich, das Kinn zu senken!« mahnte sie. »Du würdest die Halskrause ruinieren!«

Fleur reckte den kritisierten Körperteil nach oben, um

die duftige Spitze nicht in Gefahr zu bringen und gab Jeanne den Handspiegel, der sich als eher nutzlos für die Bestandsaufnahme erwiesen hatte.

»Vergiß nicht, den Blick züchtig zu senken und mach' keine zu großen Schritte!« setzte ihre Mutter die Reihe der Ermahnungen fort. »Die Damen bei Hofe stürmen nicht wie nervöse Stuten durch die Räume!«

»Kein Wunder, wenn man sie tagaus tagein in diese Korsettstangen zwängt«, murmelte Fleur, eher für sich, denn für die Ohren ihrer Mutter bestimmt.

Trotzdem runzelte die Ältere unwillig die Stirn. Wie sollte sie eine vorteilhafte Heirat für ihre begehrenswerte Tochter arrangieren, wenn diese ihre unheilvolle Neigung zu spitzen Bemerkungen nicht zügeln konnte? Es war schon immer schwer gewesen, dieses Kind zu lenken.

Im Grunde respektierte Fleur nur das Urteil ihres Vaters, den sie zärtlich liebte. Der Mutter begegnete sie mit einem nachsichtigen Respekt, der die Ältere mehr und mehr irritierte. Aus dem ungestümen Kind war eine junge Frau geworden, die sich ihrer eigenen feenhaften Schönheit und ungewöhnlichen Grazie gar nicht bewußt zu sein schien.

Um so mehr begriff Aimée de Paradou, daß es dieses Aussehen war, welches ihrer Tochter zu einer vorteilhaften Ehe, zu höfischem Glanz und einem Leben im Zentrum der Macht verhelfen konnte. Sie würde nicht zulassen, daß sie sich an den Erben eines Bank- oder Handelshauses fortwarf, die ihr Gatte für seine Tochter im Sinn hatte.

»Stimmt es, daß die ehrenwerten Bürger von Lyon zum Einzug des Königs ein Spektakel arrangiert haben, das jenes der Krönung in Reims übertreffen soll?« forschte Fleur nun voller Neugier. »Man sagt, in Reims habe sich eine goldene Sonne geöffnet, in der ein völlig nacktes Mädchen als Geschenk für den König wartete!«

»Bei allen Heiligen! Wer erzählt dir solche Sachen?« Der Blick der Dame de Paradou glitt zu Jeanne, die prompt einen roten Kopf bekam. Der Pomp, der zur Krönung König Heinrichs im vergangenen Jahr entfaltet worden war, hatte ganz Frankreich monatelang Gesprächsstoff geliefert. Fleur hatte das Gefühl ihre Dienerin verteidigen zu müssen.

»Man hat es überall erzählt, Mama! Man sagt auch, daß das Monogramm, das sein Kostüm bei der Krönung zierte, keineswegs das C für Königin Cathérine, sondern das D für Diana darstellen sollte. Die Mondsichel ist zudem ein Zeichen der Jagdgöttin Diana!«

»Diana von Poitiers ist die führende Dame des Hofes«, wies Aimée de Paradou ihre Tochter streng zurecht. »Es steht einem Grünschnabel wie dir weder zu, über sie zu klatschen, noch gehören sich despektierliche Bemerkungen über seine Majestät. Man könnte meinen, ich hätte dir keine Erziehung zukommen lassen. Beabsichtigst du, derlei dummes Geschwätz auch bei deiner Vorstellung bei Hofe vorzubringen?«

Fleur errötete, aber nicht aus Beschämung, sondern weil sie nur mit Mühe ihre Zunge im Zaum hielt. Ihre Mutter verachtete im geheimen, wie viele ihrer Landsleute, die junge Königin. Cathérine de Medici blieb, obwohl sie nach langer Wartezeit dem König endlich Kinder geschenkt hatte, für die meisten Franzosen die Ausländerin, die Italienerin, die Unerwünschte, die vom Glanz der offiziellen Maitresse des verliebten Königs überstrahlt und von vielen am liebsten völlig vergessen wurde.

Fleur indes fühlte sich auf seltsame Weise mit der Königin verbunden, ohne sie persönlich zu kennen, teils weil auch ihre Familie durch die Ehe ihrer Großmutter mit dem Handelsfürsten Fabio Tornabuoni mit den Medici weitläufig verwandt war, und weil ihr Vater, den sie nicht nur liebte, sondern auch respektierte, allzeit mit großer

Hochachtung von der jungen Königin sprach. Diese Gefühle diktierten ihre heftige Antwort.

»Ihr meint, es ist ratsamer, daß ich mich vor einer Dame verneige, die unsere Königin beleidigt und die im Grunde nichts anderes als eine hochnoble Dirne ist, die dem König Vergnügen bereitet?«

»Das genügt, Fleur!« Die beherrschte Stimme des Seigneurs de Paradou unterbrach den entrüsteten Ausruf seiner Gattin und beide, sowohl Fleur wie Aimée neigten sich in respektvoller Zuneigung vor ihm. Mit 66 Lebensjahren war Réné de Paradou eine beeindruckende Erscheinung. Im Gegensatz zu Frau und Tochter bevorzugte er schlichte Kleidung, wenngleich aus edlem Material und von elegantestem Schnitt. Lediglich eine schmale goldene Gliederkette mit einem milchigen Opal schimmerte zwischen den nachtblauen Falten seines Wamses.

Ein wenig mehr als mittelgroß, hielt er sich sehr aufrecht und stützte sich dabei nur unmerklich auf einen silbernen Stock mit Elfenbeinknauf. Die schlohweißen Haare und Brauen verrieten sein Alter, wenngleich die durchdringenden, hellblauen Augen nichts von ihrem Feuer und ihrer Überzeugungskraft verloren hatten.

Jetzt ruhten sie, äußerst nachdenklich, auf den hochroten Wangen seiner Tochter, die sehr wohl wußte, daß ihr Vater nicht den Inhalt ihrer Worte rügen würde, sondern die Respektlosigkeit, mit der sie diese Sätze ihrer Mutter entgegengeschleudert hatte. Sie hatte nur eine einzige Möglichkeit.

»Verzeiht, Mutter«, murmelte sie in Richtung Aimées. »Ich werde mein Möglichstes tun, um Euch mit meinem Benehmen keine Schande zu machen.«

Die diplomatisch vorgebrachte Entschuldigung besänftige ihre Mutter, und Jeannes erleichtertes Aufatmen klang schnaubend durch den Raum.

René de Paradou unterdrückte ein Schmunzeln und beschloß die Sache auf sich beruhen zu lassen. Das Thema der ehrgeizigen, königlichen Maitresse war wahrhaftig zu delikat, um es vor den Ohren von unschuldigen Töchtern und neugierigen Dienstboten zu diskutieren.

»Es ist an der Zeit, daß wir unsere Plätze auf der Tribüne einnehmen«, mahnte er seine Damen. »Die ersten Herolde haben bereits das Erscheinen des Königs vor dem Stadttor verkündet. Wollt Ihr den Einzug verpassen?«

»Schnell, Jeanne! Das Haarnetz!«

Fleur legte selbst Hand mit an, um die ungebärdige Fülle ihrer Locken zwischen das goldene Netz zu stekken, dessen sich kreuzende Stege jeweils mit einer mattschimmernden Perle verziert waren. Von ihrem Vater eher amüsiert als ungeduldig beobachtet, zupfte sie die Locken zurecht und griff letztendlich nach dem schneeweißen, spitzenumsäumten Ziertuch, das ebenso zur neuesten Mode gehörte wie der kleine edelsteinverzierte Handspiegel an ihrem Goldgürtel. Mit wirbelnden Rökken versank sie in einem Knicks vor ihm und schenkte ihm ein unwiderstehliches Lächeln unterhalb gesenkten Wimpern.

»Ich bin fertig, mein Vater!«

»In der Tat«, nickte dieser und reichte seiner Gattin die Faust, damit sie ihre Hand darauf legen könnte. »Ich wüßte nicht, was sich an deinem Aussehen noch verbessern ließe.«

Fleurs Wangen röteten sich erneut, sie begriff den versteckten Hinweis sehr wohl. Ihr Aussehen mochte vollkommen sein, aber ihre Manieren verdienten das Prädikat weniger. Allein, warum sich in diesem Augenblick den Tag von elterlichen Rügen verderben lassen? Sie raffte die steifen Röcke und machte die vorgeschriebenen zierlichen Schritte.

Maître Tellier, seines Zeichens Amtmann des Magistrats der Stadt Lyon, erwartete sie in Begleitung seiner Gemahlin, seines Schwiegersohnes und dessen Gattin bereits ungeduldig. Als Fleur als letzte auf die Straße hinaustrat, die zum großen Platz vor dem Rathaus führte, begriff sie warum. Es war den Knechten kaum noch möglich, ihnen einen Weg durch die drängende Menge zu bahnen, und hätte nicht die bekannte Erscheinung Maître Telliers dafür gesorgt, daß man ihnen Platz machte, sie wären wohl nie rechtzeitig zur Ehrentribüne gekommen.

Dort indes begann das Warten, aber Fleur wurde die Zeit nicht lang. Seit Tagen hatten alle Künstler und Handwerker Lyons miteinander im Wettstreit gelegen, die märchenhaftesten Festdekorationen für dieses Ereignis anzufertigen. Das Ergebnis war ein Wald aus Wimpeln, Bannern, Wandbehängen, Teppichen, Obelisken und Triumphbögen, welche die ohnehin schon prächtigen Mauern der Stadt bedeckten. Blumen, Girlanden, Standarten und Stoffe wetteiferten in prunkenden Farben und prächtigen Arrangements.

Das junge Mädchen konnte sich kaum sattsehen. Der verwirrende Lärm der vielen Stimmen, das Kaleidoskop der phantastischen Anstriche und Dekorationen, die verschiedensten Gerüche, die aus Kleidern, Garküchen und den Körben der Straßenhändler aufstiegen, bedrängten alle ihre Sinne auf einmal. Noch nie in ihrem ganzen Leben hatte sie so viele Menschen auf einem einzigen Platz versammelt gesehen.

Sogar das Wetter unterwarf sich den Plänen der reichen Handelsstadt. Die Sonne strahlte von einem wolkenlosen Himmel und eine leichte Brise sorgte dafür, daß sich der Federschmuck auf Baretts und Mützen, die Bänderenden der Damen und die Standarten auf ihren Stangen sanft im Winde bewegten.

Zwischen Aimée de Paradou und die kräftige Dame Tellier eingezwängt, kam sich Fleur vor, als wäre sie selbst ein Teil des prächtigen Dekors. Eine Kunstfigur, geschaffen von einem fingerfertigen Meister, ein dunkellila Punkt neben goldschimmerndem Brokat und grasgrünem Samt.

Das Mädchen versuchte den Vater zu erspähen, der sich von ihnen getrennt hatte, weil er den Vorzug genoß, dem offiziellen Begrüßungskomitee der Stadt anzugehören. Lyon war sich bewußt, daß ein Gutteil seines städtischen Reichtumes auch durch die Aktivitäten des Handelshauses Tornabuoni in den Säckel kam, wenngleich der Patriarch selbst der Stadt an der Rhone nur sehr selten die Ehre gab. Er bevorzugte die weiche Luft des Südens für seinen Wohnsitz.

Der schmetternde Klang von Fanfaren und hallende Trommelwirbel steigerten in diesem Moment die allgemeine Vorfreude zu hysterischem Jubel. Der König! Der Zug des Königs hatte die Stadt erreicht, und die ersten Soldaten ihrer Majestät marschierten in exakter Formation voraus über Teppiche und Blumen hinweg.

Fleur hielt unwillkürlich den Atem an, sobald der Troß sich näherte. Sie preßte die Rechte mit dem Ziertuch aufgeregt gegen ihr Mieder, als könne sie damit den hämmernden Herzschlag besänftigen. Das fürstliche Tableau des Einzuges faszinierte sie so sehr, daß sogar die Geräusche in den Hintergrund traten und sie wie unter dem Schutz einer gläsernen Glocke alle Einzelheiten besonders nachhaltig in sich aufnahm.

Die hohe Gestalt des Königs überragte seine Umgebung, und die Demoiselle de Paradou fand ihn, wenngleich ein wenig massig, doch sehr elegant. Er hatte ein längliches Gesicht mit schwerlidrigen, dunklen Augen und einer langen, schmalen Nase. Die vollen Lippen seines Mundes verschwanden hinter dem schwarzen Bart, der die untere Hälfte seines Antlitzes verhüllte. Seine Kleider waren goldbestickt, mit Perlen verziert, und eine schneeweiße Reiherfeder wippte auf dem Rand seines schrägen Baretts.

Seine Majestät wirkte ausgesprochen angetan von der bildschönen Jungfer, die vor den Ratsherren auf ihn zutrat und die offizielle Begrüßung vortrug. Sie war in ein weichfließendes, unter dem Busen gegürtetes, weißes Seidengewand gekleidet, und ihre blonden, offenen Haare glänzten golden in der Sonne. Man sah, daß sie den Mund bewegte, aber der Klang ihrer lieblichen Stimme drang nicht bis zu Fleur.

Sie hätte die Verse gerne gehört. Allein, sowohl der Lärm der anderen Stimmen, wie auch das tiefe Gebrüll des mächtigen, gezähmten Löwen, den die Vortragende an einem schwarz-weißen Band bei sich führte, vereitelte jeden Versuch, ein paar Worte zu erhaschen. Allerdings war sie gebildet genug, um auch ohne die Reime, die Anspielung auf die göttliche Jägerin Diana aus der klassischen Mythologie zu erkennen. Die erfreute Miene des Königs bewies ebenfalls, daß er den hübschen Doppelsinn zu würdigen wußte.

Es blieb jedem Betrachter selbst überlassen zu erahnen, ob der König der Tiere das Symbol der königlichen Macht darstellen sollte, die von einer hübschen Person an der Leine herumgeführt wurde, oder ob lediglich er als Sinnbild für die Stadt an der Rhone stand, die in grauer Vorzeit nach ihm benannt worden war.

Fleur de Paradou mußte sich nicht lange fragen, wer die auffallend elegante, blendend schöne Frau im schwarz paspelierten, weißen Gewand sein konnte, die auf einer rassigen Stute ritt und zur Rechten des Königs so selbstverständlich ihr edles Pferd zügelte, als trüge sie in Wirklichkeit die Krone Frankreichs.

Die rechtmäßige Gemahlin Heinrichs wartete indes vor

den Mauern von Lyon. Sie wollte am folgenden Tag, mit einem eigenen, prächtigen Einzug geehrt werden, aber vielleicht sollte auch einfach die Favoritin die Ehre des Empfangs nicht mit ihr teilen. Was mochte sie in diesem Moment empfinden? Was denken, da sie so offensichtlich vor ihren Untertanen gedemütigt wurde?

»Man glaubt es kaum, daß die Großseneschallin das fünfzigste Lebensjahr bereits überschritten haben soll!« tuschelte die Dame Tellier über Fleur hinweg Aimée de Paradou zu. »Es heißt, sie habe von einem arabischen Arzt das Elixier der ewigen Jugend erhalten ...«

Das junge Mädchen hingegen fand wenig Jugendliches im maskenhaft schönen Antlitz der Favoritin. Ihre Figur und ihre Haltung waren ohne Tadel, aber die marmorblassen Züge, die dunklen Brauen und der kirschrote Mund verdankten ihre Vollkommenheit sicher jenen geheimnisvollen Tiegeln, die auch die Apotheker in Lyon jenen Damen zu schwindelnd hohen Preisen verkauften, die den Schmelz ihrer Jugend seit einiger Zeit hinter sich gelassen hatten.

Fleur überlief ein unbehagliches Schaudern, je länger und intensiver sie Diana von Poitiers betrachtete. Ein instinktives Ahnen bevorstehender Gefahr und das deutliche Empfinden, daß es besser sein würde, der »Göttlichen« aus dem Wege zu gehen. Welch närrisches Zeug!

Sie zwang sich, die dummen Gedanken zu verbannen und richtete ihre Aufmerksamkeit statt dessen auf die übrige Hofgesellschaft, die sich um die beiden versammelt hatte.

Ein Vorhaben, das bereits an dem Reiter scheiterte, der neben der königlichen Maitresse ein nervöses, schwarzes Roß bändigte und trotzdem mit jener lässigen Eleganz im Sattel saß, die seine Bemühungen beiläufig und spielerisch erscheinen ließ. Mit einem Gefühl, das einem plötzlichen Schwindelanfall sehr ähnlich war, verhielten ihre Augen auf ihm.

Ganz in Schwarz gekleidet, verschmolz er optisch, einem Zentauren aus der Sage gleich, mit dem Fell seines Tieres. Lediglich dort, wo die Sonne seinem schenkelkurzen Samtwams Lichter aufsetzte oder eine Bewegung die Linie des Körpers erkennen ließ, war zu sehen, daß er eine hochgewachsene, athletische Gestalt hatte. Daß er zu jener seltenen Sorte von Männern gehörte, welche die neue spanische Mode der engen Strümpfe ungestraft tragen konnte.

Weder Spitzen, noch Pelz oder Borten zierten sein Wams und den schlichten Oberrock, trotzdem wirkte seine Erscheinung äußerst elegant und nobel. Es kam Fleur geradezu vor, als mache er sich mit dieser beabsichtigten Schlichtheit über die Gecken lustig, die in vielfarbigen, schreiend bunten Wämsern ihren ausgefallenen höfischen Geschmack zur Schau stellten.

Da er zusätzlich auf eine Kopfbedeckung verzichtet hat, glänzte sein kurz gehaltenes, nachtschwarzes Haar in der Sonne. Aber am meisten fesselte das Mädchen das kaum merkliche Mienenspiel seiner harten Züge. Unter leicht gewölbten dunklen Brauen schauten unleugbar spöttische Augen auf die Menge und ein großer Mund mit vollen, sinnlichen Lippen stand in krassem Gegensatz zu den männlich kantigen Formen des Kopfes. Kein landläufig schöner Mann, aber doch ein ungewöhnlich faszinierender, geradezu beängstigend interessanter Chevalier.

Für einen Herzschlag lang hatte sie das Gefühl, er würde ihren eindringlichen Blick erwidern, mit diesen Höllenaugen bis in den Grund ihrer Seele schauen. Er rief sie an seine Seite. Sie mußte träumen. Natürlich, denn es war ihr auch höchst verwunderlich zumute. Kälte verwandelte ihre Fingerspitzen in pures Eis, während gleichzeitig fiebrige Röte in ihre Stirn stieg.

Ohne daß sie wußte, was sie tat, machte sie eine mechanische Bewegung und wollte dem dringenden Impuls nachgeben. Wie hypnotisiert vom Bann eines fremdartigen Zaubers gestreift, kam sie erst wieder zu sich, als sie eine energische Hand auf die Bank zurückzerrte und eine vertraute Stimme zum leise gezischten Tadel anhob.

»Bist du von allen guten Geistern verlassen, Kind? Wo willst du hin?« rügte ihre Mutter unwillig. Dann entdeckte sie den absonderlich abwesenden Ausdruck in den Augen des Mädchens. »Was hast du, Fleur? Ist dir nicht gut? So antworte doch!«

»Ich ... ich weiß es nicht ...«, zerstreut berührte Fleur ihre feuchte Stirn mit den Fingerspitzen, während unten auf dem Platz wieder Leben in die Kavalkade der Höflinge rund um den König kam.

»Viel zu eng geschnürt!« stellte die Dame Tellier gnadenlos ehrlich fest und tätschelte die eiskalten Hände Fleurs. »Als ob ihr jungen Dinger nicht ohne diesen Unsinn schon hübsch genug wäret! Ihr solltet mit der Zofe dieser jungen Dame ein Wörtchen reden, liebe Aimée! Eine gräßliche Modetorheit, diese spanischen Korsetts.«

»Du lieber Himmel, bitte, Kind, reiß' dich zusammen. Es geht nicht an, daß du jetzt ohnmächtig wirst!« Aimée de Paradou war einer Panik nahe.

»Nehmt mein Riechfläschchen ...«

Der Wortwechsel glitt an Fleurs Ohren vorbei. Suchend schaute sie über die Köpfe der Menge unter sich. Die Umrisse der Reiter verschwammen vor ihren Augen und das scharfe Aroma von Kampfer und Kräutern beleidigte ihre Nase. Sie mußte niesen, und die Dame Tellier nickte befriedigt.

»Seht ihr! So ist's gut, ich gehe nie ohne mein Riechfläschchen aus dem Haus.«

Fleur schob das penetrante Hausmittel zur Seite, aber

die Tränen in ihren Augen hatten nichts mit den beißenden Dämpfen aus dem kleinen Gefäß zu tun. Der Schmerz des plötzlichen Verlustes hatte sie so unvorbereitet und aus heiterem Himmel getroffen, daß sie wankte und von der Bank gesunken wäre, hätte dies nicht die füllige Gestalt ihrer Gastgeberin verhindert.

Aufgewühlt und eigentümlich verstört ließ sie die restlichen Zeremonien des Empfangs über sich ergehen, ohne sich später an Einzelheiten erinnern zu können.

2. KAPITEL

»Eine Privataudienz bei Ihrer Majestät der Königin, wahrhaftig! Ich möchte wetten, das bedeutet, daß wir den offiziellen Hofball meiden. Aber nicht mit mir! Dieses Mal werde ich keinen Schritt nachgeben. Ich bestehe darauf, daß Fleur offiziell bei Hofe eingeführt wird. Ich erlaube nicht, daß Ihr diese einmalige Möglichkeit einer vorteilhaften Heirat für sie ruiniert!«

Fleur konnte sich nicht erinnern, daß ihre Mutter jemals zuvor in diesem aufsässigen Tone mit ihrem Gatten gesprochen hatte. Seit der Bote am vergangenen Abend, nach dem triumphalen Einzug seiner Majestät, im Hause Tellier vorgesprochen und das Schreiben der Königin dem Seigneur de Paradou übergeben hatte, schwelte die Auseinandersetzung.

Vieles war hinter verschlossenen Türen gesagt worden, aber das Grundsätzliche davon blieb auch Fleur, obwohl sie große Mühe hatte, das Gesicht des Fremden aus ihren Gedanken zu verbannen, nicht verborgen.

Die Loyalität ihres Vaters gehörte der Krone, aber er verabscheute das unwürdige Spiel, das der verliebte König und seine machthungrige Geliebte auf Kosten Katharinas von Medici trieben. Mied er den Hof, um nicht in aller Öffentlichkeit Stellung beziehen zu müssen? Fleur vermochte es nicht zu sagen. Und was bedeutete diese Audienz, zu der sie die Königin geladen hatte? Warum wurden sie in aller Heimlichkeit durch den Hintereingang des prächtigen Bürgerhauses geleitet, in dem sie nach dem Empfang durch den Magistrat der Stadt Wohnung genommen hatten.

Immerhin wurden sie erwartet, denn in dem Gemach,

das sie nun betraten, ohne daß Aimée de Paradous Fragen beantwortet worden wären, verneigte sich ein winziger Gnom in einer goldbetreßten Uniform. Später sollte Fleur erfahren, daß Katharina von Medici eine Leidenschaft für Zwerge und fremdartige Tiere hatte, in diesem Augenblick jedoch war sie von der eigenartigen Miniatur-Erscheinung eines erwachsenen Mannes so gefesselt, daß sie sich fast unziemlicher Neugier schuldig gemacht hätte.

»Ihr werdet mit den Euren erwartet, Herr!« sagte der Kleine und bediente sich dabei der italienischen Sprache, wie selbstverständlich davon ausgehend, daß die Besucher sie beherrschten.

Auf Fleur und ihren Vater traf das zu. Das Mädchen ahnte jedoch mehr als es die Bewegung sah, daß ihre Mutter unwillig die Lippen aufeinanderpreßte. Die italienischen Bindungen der Familie hatten Aimée stets mißfallen und sie hatte nie die Veranlassung verspürt, jene Sprache zu lernen, deren sich ihre Schwiegermutter, ihr Mann und auch der mächtige alte Herr manchmal bedienten, der damals noch das Familienoberhaupt gewesen war.

Eine einschüchternde Gestalt, jener Fabio Tornabuoni, dunkel, groß und von beißendem Sarkasmus. Aimée hatte ihn gefürchtet, obwohl er ihr stets freundlich entgegentrat. Sie erinnerte sich an ihre Erleichterung darüber, daß ihr eigener Gatte soviel sanfter, verständnisvoller und liebenswürdiger als sein Stiefvater war.

Aimée de Paradou konnte nicht ahnen, daß auch Katharine von Medici die Erinnerung an Fabio Tornabuoni in Réné de Paradou suchte, den sie als junges Mädchen in Florenz kennengelernt hatte. Aber eigentlich fand sie die sprühende Energie, die Abenteuerlust und die spöttische Intelligenz, die ihn ausgezeichnet hatte, am ehesten in dem bezaubernd schönen jungen Mädchen wieder, das seine Neugier nur schlecht verbergen konnte. Der Vater schien zu ruhig und zu beherrscht, um dem fast schon vergessenen Bilde zu entsprechen.

»Willkommen, Seigneur!« sagte sie trotzdem voller Wärme und reichte ihm gnädig die Hand zum Kuß. »Es bereitet mir besondere Freude, einen Mann zu empfangen, der dem Hause meines Vaters so eng verbunden ist. Der Name Tornabuoni wird auch von mir in Ehren gehalten. Welch liebenswürdige Gattin und bezaubernde Tochter Ihr doch habt!«

Fleur hörte den deutlichen, italienischen Akzent aus den französischen Worten der Königin, aber sie fühlte auch den herzlichen Unterton, der dieser Begrüßung Aufrichtigkeit und Freundschaft verlieh. Unter halb gesenkten Wimpern versuchte sie sich ein Bild der Florentinerin zu machen, und ohne daß sie es wollte, drängte sich die blendende Erscheinung Dianas von Poitiers dazwischen.

Klein, gedrungen, dunkelhaarig, mit gelblicher Gesichtsfarbe und eher wulstigen Lippen war die Italienerin in allem das pure Gegenteil der pompösen, marmorschönen Diana. Daran konnte auch das wertvolle, juwelenbestickte Gewand aus florentinischem Samt nichts ändern. Sie sah unglücklicherweise wirklich wie eine gewöhnliche Krämerstochter aus. Erst beim genaueren Hinsehen entdeckte man die intensiven, dunklen Augen, die vor Intelligenz sprühten. Auch besaß das leise Lachen der Königin einen Charme, dem sich Fleur weder entziehen konnte noch wollte. Diese Frau entsprach vielleicht nicht dem Schönheitsideal ihres hochherrschaftlichen Gatten, aber faszinierend war sie allemal.

Abgelenkt durch diese sehr persönliche Bestandsaufnahme hatte es Fleur versäumt, dem Gespräch ihres Vaters mit der Königin zu folgen, und erst deren verblüffter Ausruf brachte sie in die Wirklichkeit zurück.

»Verstehe ich das richtig? Es liegt Euch nichts an meiner Protektion bei Hofe? Ihr seid zufrieden, mir im verborgenen zu dienen? Wie darf ich das verstehen?«

»Ich bin zu alt, Majestät, um am Hofleben Gefallen zu finden und meine Gemahlin desgleichen«, zog sich Réné de Paradou aus der Affäre, aber die Königin sah es wohl, daß seine Tochter mit ihrer Enttäuschung kämpfte und seine Gemahlin nur schwer die nötige Haltung bewahrte. Welche Gründe er auch immer für seine Ablehnung hatte, die beiden Damen teilten sie nicht!

»Ich habe jede Veranlassung, Euren Wünschen zu folgen, mein Freund«, sagte die Königin sanft. »Aber gestattet mir wenigstens, Eure Tochter unter die Reihen meiner Ehrendamen aufzunehmen. Sie wird dem Hof eine Zierde sein und mir mit Sicherheit eine treue Gefährtin. Ihr solltet soviel Jugend und Schönheit nicht hinter Euren provenzialischen Bergen verstecken ...«

Réné de Paradou verhärtete sich gegen die Wünsche von Frau und Tochter, die er sehr genau kannte. Er hatte seine Gründe, der Königin zu widersprechen. »Das ist zuviel der Ehre, Majestät. Fleur ist noch zu jung und ...«

»Zu jung? Du lieber Himmel, Seigneur!« Mit solchen Argumenten ließ sich Katharine von Medici nicht abspeisen. »Ich war 14, als ich meinem Gemahl angetraut wurde. Es wird höchste Zeit, daß ihr diesen kleinen, schönen Schmetterling aus seinem ländlichen Garten entlaßt! Er sieht mir ganz danach aus, als sehne er sich danach, seine Schwingen im Glanz des Hofes auszubreiten oder täusche ich mich in Euren Wünschen, Mademoiselle de Paradou?«

Man merkte Fleur an, daß sie zwischen dem Wunsch der Königin zuzustimmen und der zärtlichen Liebe für ihren Vater hin- und hergerissen wurde. Auch wenn sie nichts sehnlicher begehrte, als jenes Amt, das ihr die Königin anbot, so schmerzte es sie doch ebenso, den Vater mit einer ehrlichen Antwort zu verletzen.

René de Paradou erkannte es und seufzte im geheimen. Er hatte getan, was er konnte, um Fleur vor dem zu schützen, was auf sie zukommen würde, aber es stand nicht in seiner Macht, gegen die Königin zu opponieren. Er machte der Quälerei ein Ende, obwohl er fürchtete, daß er damit seine kleine Fleur in ein unberechenbares Abenteuer stieß.

»Meine Tochter wird mit Freuden in Eure Dienste treten, Majestät!«

Der folgende Blickwechsel zwischen ihm und der Königin enthielt offensichtlich eine Botschaft, die Fleur nicht zu enträtseln vermochte. Sie hörte nur die beruhigende Antwort der Souveränin.

»Eurer Tochter wird kein Leid geschehen, Seigneur! Ich verbürge mich für ihr Wohlergehen. Vertraut sie mir ohne Sorge an!«

Fleur sah, wie sich ihr Vater über die Rechte der Königin neigte, und während sie mit ihrer Mutter bereits entlassen wurde, um ihren Umzug in die Wege zu leiten, zogen sich René de Paradou und Katharina von Medici zu einem persönlichen Gespräch unter vier Augen zurück.

Normalerweise wäre Fleur nur zu neugierig gewesen, den Inhalt dieser Konferenz zu erfahren, doch in diesem speziellen Fall vergaß sie alle Nachfragen. In ihren kühnsten Träumen hatte sie nicht mit einem solchen Ergebnis der Audienz gerechnet. Mit einer Einladung zum Festball vielleicht oder zum Turnier, aber eine Ernennung zur Ehrendame der Königin. Nur Edelfrauen aus ersten Familien wurde diese Ehre zuteil. Auch wenn sie wußte, daß sich die Paradous ihren Adelstitel auf den Kreuzzügen erstritten hatten, zu den ersten Namen Frankreichs zählten sie nicht!

Doch warum sich den Kopf über die Motive der Königin zerbrechen? Sie hatte gesprochen und ihr Wort war Befehl! Ab morgen würde Fleur de Paradou zu jenen beneidenswerten Frauen gehören, die im Zentrum der Macht, des Einflusses und der Mode lebten. Und sie würde — wenn ihre Gebete zur heiligen Jungfrau erhört wurden — jenen unbekannten Edelmann wiedersehen, der zum Hofstaat des Königs gehörte!

Konnte es möglich sein, daß ihr rasendes Herzklopfen ausschließlich auf diesen Umstand zurückzuführen war?

»Und vergeßt nicht, daß die Augen des Hofes auch auf der Geringsten der Hofdamen Ihrer Majestät ruhen. Eine Nachlässigkeit in Kleidung, Benehmen oder Sprache von Euch, fällt sofort auf die Königin zurück. Sie kann sehr ungnädig werden, wenn man ihren Zorn erregt!«

Madame de Gondi, die Gattin des königlichen Bankiers Gondi und engste Vertraute von Königin Katharina, versäumte es nicht der jungen Hofdame unterschwellig mitzuteilen, daß sie bei allem Respekt für die Königin kein Vergnügen daran fand, eine unerfahrene Jungfer unter ihre Fittiche zu nehmen. Sie ahnte instinktiv, daß Fleurs große Begeisterung, gepaart mit ebensolcher Ahnungslosigkeit, Schwierigkeiten geradezu heraufbeschwören mußte.

Wenngleich Fleur de Paradou in Mathematik, Geographie und Geschichte ausgebildet worden war, gelehrte Studien in Griechisch und Latein über sich ergehen hatte lassen und in der Dichtkunst und Malerei ebenso Bescheid wußte wie in der Astrologie und Physik, das elegante Leben der Müßiggänger bei Hofe war ein Buch mit sieben Siegeln für sie.

Ein Foliant, dessen erste Seiten Madame de Gondi, in diesen Tagen mit ihren teils sarkastischen, teils gönnerhaft belehrenden Exkursen füllte, ihre Anwesenheit und Position bewies, daß die Königin ihre Damen tatsächlich nicht mehr ausschließlich im Kreise des Hochadels aussuchte. Vielleicht, weil ihr eben dieser Adel mit so deutlicher Verachtung entgegentrat und sie heimlich als Krämerstochter verspottete. Fleur empörte sich über diese Kränkung, aber gleichzeitig freute sie sich über die Gunst der Stunde, die es ihr ermöglicht hatte, dem langweilig gewordenen Leben als gehorsame Tochter zu entkommen.

Madame de Gondi hatte sich ihrer angenommen, um sie in den Haushalt der Königin einzuführen, der — wie es auf den ersten Blick schien — in erster Linie von Italienern beherrscht wurde. Ein kleines Florenz inmitten des französischen Hofes, das Fleur erst seltsam berührte und schließlich enttäuschte. Sollte das etwa bedeuten, daß sie mit dem Hofstaat des Königs gar nicht in Berührung kommen würde? Daß die Königin ein Leben abseits des Hofes führte? So hatte sie sich das nicht vorgestellt!

»Ihr werdet diesen Engel in Grund und Boden schwatzen, meine Liebe! Erlaubt mir, daß ich Euch von dieser Fron erlöse, Bellissima! Piero Strozzi, zu Euren untertänigsten Diensten!«

Fleur versank in einen respektvollen Knicks, denn der Name war der eines Vetters der Königin, eines Florentiners, den Cosimo de Medici, der Großherzog von Florenz, dem Kaiser Karl diesen Titel verliehen hatte, um sein Vermögen und sein Bankhaus gebracht hatte und der nun mit Hilfe des französischen Königs gedachte, dieses Unrecht zu rächen.

Allein, ihre graziöse Reverenz brachte sie allenfalls auf Sichthöhe des merkwürdigen kleinen Mannes, der kaum größer als einer von Katharinas Zwergen war. Absurd hohe Absätze, ein abenteuerlich geschwungener Hut mit aufwendigem Federputz und prall ausgestopfte Beinkleider vervollständigten eine Erscheinung, die besser auf einen Jahrmarkt, als an den königlichen Hof gepaßt hätte.

Doch so schnell Fleur dieses absonderliche Kostüm in sich aufgenommen hatte, so rasch registrierte sie auch den verwegen glitzernden Blick und die Klugheit in den dunklen spöttischen Augen. Dieser Mann mochte wie ein Harlekin aussehen, aber es war mit Sicherheit ein Fehler, ihn lediglich nach seiner äußeren Erscheinung zu beurteilen.

»Ihr täuscht Euch, Signore«, antwortete sie deswegen in einem so reinen Florentinisch, daß es dem der Königin in nichts nachstand. »Ich bin Signora Gondi zu Dank verpflichtet, daß sie es übernommen hat, mich in meine neuen Aufgaben einzuführen. Da sie noch nicht damit fertig ist, wäre es sehr rüde von mir, mich einfach in Eurer Begleitung davonzumachen! Ich weiß, daß Ihr Verständnis dafür haben werdet.«

Eine Absage, die beide verblüffte. Madame de Gondi, weil sie entdeckte, daß mehr in diesem schönen Kopf steckte, als sie angenommen hatte und Piero Strozzi, weil er feststellte, daß diese neue Hofdame ein Lächeln besaß, das Granitsteine erweichen konnte. Beide beschlossen, unabhängig voneinander, sich mehr um sie zu kümmern, als sie ursprünglich beabsichtigt hatten.

»Dann erlaubt mir wenigstens, daß ich Euch heute abend beim Hofball zum Tanze führen darf!« beharrte er auf seinem Flirt.

»Es wird mir ein Vergnügen sein«, sagte Fleur bescheiden, »wenn mir Ihre Majestät die Erlaubnis erteilt, am Reigen teilzunehmen.«

»Das habt ihr gut gemacht«, stellte Madame de Gondi denn auch befriedigt fest, sobald der Edelmann nach einer schwungvollen Verneigung, bei der die Federn seines Hutes den Boden wischten, gegangen war. »Es scheint, daß es Euch weder an Charme, noch an Klugheit mangelt. Beides werdet Ihr benötigen, um bei Hofe zu bestehen.«

Fleur hätte am liebsten eine Grimasse gezogen, aber sie bewahrte Haltung. Wofür hielt sie diese Person? Für einen Bauerntrampel, der nicht lesen und schreiben konnte? Sie war unter der zärtlichen Obhut einer bemerkenswerten Großmutter von hochgelehrten Professoren ausgebildet und von einer Mutter erzogen worden, die allergrößten Wert auf Etikette und makellose Formen legte.

Zum ersten Male war sie froh darüber, wenn sie auch lange Jahre nur über die damit verbundenen Mühen gestöhnt hatte.

»Ich wußte nichts von einem Hofball ...«, murmelte sie betont bescheiden und hoffte, daß die andere jenen erregten Unterton in ihrer Stimme, den sie nicht ganz daraus verbannen konnte, überhörte.

»Die Stadt Lyon lädt die Majestäten zum Ball«, erklärte Madame de Gondi herablassend und schob die Emotionen des Mädchens auf seine Unerfahrenheit. »Ich hoffe doch, daß Eure persönliche Ausstattung auch die entsprechende Garderobe für einen solchen Anlaß enthält! Sonst muß ich eine der anderen Damen bitten, Euch auszuhelfen.«

»Mein Vater besitzt das Monopol auf orientalische Seidenstoffe und venezianische Brokate«, entrüstete sich Fleur über den blasierten Ton ihrer Begleiterin. Dieses Mal versagte ihre Selbstbeherrschung.

Prompt erntete sie ein mißbilligendes Stirnrunzeln und eine deutliche Zurechtweisung. »Das mag ja sehr schön für Euren Herrn Vater sein, Demoiselle, aber bei Hofe wäre es ratsam, wenn Ihr nicht erwähnt, daß der Glanz Eurer Erscheinung seinen Ursprung dem Handelsimperium der Tornabuonis verdankt!«

Fleur schalt sich selbst eine Närrin. Natürlich, von allen Dummheiten, die sie begehen konnte, würde diese die größte sein, ein Fauxpas, der auf die Königin zurückfallen mußte, eine Krämerstochter, die sich mit anderen Krämerstöchtern umgab, welch ein gefundenes Fressen für die hämischen Klatschmäuler rund um Diana von Poitiers. Hatte sie ihr Vater beim Abschied deswegen so eindringlich ermahnt, über ihre Familie Schweigen zu bewahren?

Im Zwiespalt zwischen ihrem Stolz und dem Wunsche alles richtig zu machen, beschränkte sie sich darauf, gehorsam zu nicken.

»Wenn Ihr mir jetzt folgt! Die Königin hat Befehl gegeben, die Wäschetruhen zu lüften, denn sie hat den Eindruck, daß der Staub der Reise bis in das Leinenzeug gedrungen ist . . .«

Fleur eilte hinter Madame de Gondi her. Ehrendame! Offensichtlich hatte sie sich ein paar Illusionen zuviel über ihren Status bei Hofe gemacht. Du lieber Himmel, zu Hause hatte sich Jeanne mit den Dienstboten des Leinenzeugs angenommen. Daß es eine Ehre sein sollte, sich um die Wäsche der Königin zu kümmern, bildete eine neue Erfahrung für sie. Aber wenigstens war ein Lichtstreif am Horizont zu sehen — der Ball!

3. KAPITEL

»Wer ist dieses Mädchen?«

Man mußte Diana von Poitiers, Madame de Brézé, die Witwe des Haushofmeisters das königlichen Palastes und die glänzende Favoritin seiner Majestät schon sehr gut kennen, um den gereizten Unterton in dieser, eher beiläufigen Frage tatsächlich wahrzunehmen.

Seine mehr als reichhaltige Erfahrung mit dem weiblichen Geschlecht und die Tatsache, daß er bereits zwei Ehen hinter sich hatte, befähigten Yves de Saint-Tessé, den Grafen von Chartière, sehr wohl dazu. Die erste seiner Gemahlinnen war nur 15 Monate nach der Hochzeit an den Folgen einer Fehlgeburt gestorben, und der 18jährige Edelmann hatte danach, dem Wunsche seiner Familie entsprechend, binnen kurzem eine neue Verbindung auf sich genommen.

Die Pocken, die seine zweite Gattin dahinrafften, forderten auch das Leben seiner Eltern und seines jüngeren Bruders, so daß letztendlich niemand mehr daran Interesse hatte, ihn erneut zu einer Eheschließung zu drängen. Mit 21 Jahren endlich frei und Erbe eines nicht unbeträchtlichen Vermögens, hatte der Graf von Chartière damals nur eines im Sinne gehabt, diese unerwartete Freiheit nach besten Kräften zu genießen.

Am Hofe von König Franz I. bot sich reichlich Gelegenheit dazu, wenn auch die schöne Diana von Poitiers, die er sich als Objekt seiner Anbetung erwählt hatte, ebenso tugendsam wie anspruchsvoll war.

Nach dem Tode ihres Gemahles konzentrierte sie ihre ganze Energie darauf, ihm in der Kathedrale von Rouen ein pompöses Grabmal zu bauen und es hatte ganz den

Anschein, als wolle sie den Rest ihres Lebens seinem Gedenken widmen.

Es dauerte eine Reihe von leichtsinnigen Jahren, bis der lebenslustige Graf sein Vermögen verloren, diverse Schlachten geschlagen und die Erkenntnis gewonnen hatte, daß Mondgöttin, als die sich die Dame de Brézé malen ließ, nach einem anderen, höheren Wild jagte.

Wenngleich sie seine Werbung sehr wohl genoß und ihn gerne zu ihren Füßen sah, so hatte sie doch den Herzog von Orleans im Visier, den das Schicksal schließlich zu König Heinrich von Frankreich machte. Kein Geringerer als der König mußte es sein, damit die Tugend der schwarz-weißen Dame, die seit dem Tod von Monsieur de Brézé nie mehr andere Farben getragen hatte, ins Wanken kam.

Die erlittene Wunde verbarg Yves de Saint-Tessé hinter Zynismus. Auch hatte er wenig Mühe, Herzen zu finden, die für seinen Charme empfänglicher waren, als die ehrgeizige Großseneschallin. Daß er trotzdem an ihrer Seite blieb und für einen ihrer treuesten Gefolgsleute galt, hatte im Gegensatz zu dem, was der Hof hinter seinem Rükken tuschelte, nicht seinen Grund darin, daß Diana trotz ihres Ehrgeizes und ihrer Fehler, gut für ihre Freunde sorgte.

Neben seinem Sarkasmus war Stolz der hervorstechendste Charakterzug dieses Edelmannes. Und eben jener zwang ihn dazu, sich den Anschein zu geben, daß er von Anfang an nur die Freundschaft und nicht die Liebe der intriganten, ehrgeizigen Schönheit gesucht hatte. Er besaß den gelassenen Jagdinstinkt eines Raubtieres, der ihm sagte, daß er, würde er nur lange genug warten, schon noch Zeuge einer Niederlage dieser Dame werden würde. Bis dahin faßte er sich in Geduld.

Neugierig suchte er nun die Menge nach jener Person ab, die Madame de Brézé derart aus der Ruhe gebracht hatte. Da er schräg hinter ihr auf der Empore stand, wo die goldverzierten Sessel für die Ehrengäste aufgestellt worden waren, konnte er den geschmückten Ballsaal bestens überblicken.

Als er die Damen der Königin erreichte, wußte er auf den ersten Blick, wer gemeint sein mußte. Obwohl sie mitten in der festlich gekleideten Schar stand und die anderen weder überragte noch durch eine besondere Bewegung auf sich aufmerksam machte, konnte es keinen Zweifel geben.

Die Dame in Violett! Das Mädchen, das bereits einmal seine Aufmerksamkeit erregt hatte. Irgendeine geheimnisvolle Magie zwang seine Augen in ihre Richtung, sobald sie sich im selben Raum befanden. Ein Erkennen, als habe er in all den Jahren nur darauf gewartet, daß jemand wie sie endlich in sein Leben trat.

In reich bestickte grüne Seide gekleidetz, die perlmuttschimmernden Haare mit einem feinen Goldnetz gebändigt, glich sie einer Waldnymphe, die sich versehentlich unter normale Sterbliche verirrt hatte, einem klaren Juwel, das von innen heraus strahlte und damit alle Blicke auf sich zog. Selten hatte sich einer der Befehle seiner Gönnerin so sehr mit seinen eigenen Wünschen getroffen.

»Findet heraus, wer die Person ist!« zischte Diana von Poitiers mit schmalen Lippen. »Das macht diese Italienerin aus purer Bosheit, daß sie ihre eigene plumpe Häßlichkeit ständig hinter den hübschen Larven ihres Ehrengeleites versteckt!«

Es kam selten vor, daß dieser Unterton eherner Schärfe durch die sanften Worte der königlichen Freundin klang. Im Normalfall vermied sie es diplomatisch, ihren Groll auf die Königin merken zu lassen, die sie im geheimen die »Tochter eines florentinischen Pillendrehers« nannte. Schließlich war sie es, der Heinrich die Kronjuwelen,

Schlösser und Kunstwerke verehrte. Jeder Bettler im Königreich wußte, daß die Macht in Wirklichkeit in ihren ebenso fähigen, wie raffgierigen, weißen Händen lag.

Der Graf von Chartière gab seinen Gehorsam durch eine respektvolle Reverenz bekannt und schlängelte sich mit der Geschicklichkeit des erfahrenen Höflings durch die festlich gekleidete Menge. Die Gelegenheit war günstig, denn der König näherte sich seiner schönen Freundin, um sie zum Reigen zu führen. Die fortgeschrittene Schwangerschaft Katharina von Medicis nahm sie vom Tanz aus, wobei niemand die Frage beantworten mochte, ob sie andernfalls an Stelle der Dame de Brézé gestanden hätte.

»Wollt Ihr mir nicht sagen, was hinter Eurer Stirn vorgeht?« erkundigte sich die Königin in diesem Moment bei ihrer jüngsten Ehrendame.

Fleur zuckte zusammen, denn sie konnte schlecht sagen, daß sie sich innerlich über das Benehmen des Königs empörte und für ihre Souveränin litt. Wie war es dieser nur möglich, eine solche Demütigung derart beherrscht und ohne äußere Regung hinzunehmen? Sie bewunderte die gelassene Stärke, mit der die Königin die Situation beherrschte, ohne sich die kleinste Blöße zu geben. Gab es denn niemand außerhalb ihres eigenen Hofstaates, der für sie eintrat?

All diese kostbar gekleideten Edelmänner und ihre glitzernden Begleiterinnen schienen sich nur um den Fixstern der königlichen Maitresse zu drehen. Niemand beachtete die Königin. Doch nein! Sie täuschte sich. Einer tat es und ehe das Erkennen ihren Verstand erreicht hatte, verstärkte sich das aufgeregte Pochen ihres Herzens zum wilden Wirbel.

Obwohl sie darauf gehofft, darum gebetet und gezittert hatte, lief der Schock wie eine Welle durch ihren ganzen Körper. Wieder trug er Schwarz! Strümpfe, Kniehosen,

Wams und Überrock in glänzendem, blauschimmerndem Schwarz einer Rabenschwinge. Plötzlich fiel es ihr ganz leicht, die Frage ihrer Herrin zu beantworten.

»Ich würde zu gerne wissen, wer jener dunkel gekleidete, große Edelmann ist, der dort steht«, sagte sie ein wenig atemlos. »Er scheint mir anders zu sein, als alle übrigen Herren!«

»In der Tat«, stimmte Katharina von Medici gallig zu. »Yves de Saint-Tessé, der Graf von Chartière hat einige Fehler, aber man kann ihm nie vorwerfen, daß er die Dinge wie jeder andere macht. Hütet Euch vor diesem Herrn, mein Kind! Er ist stolz, herrschsüchtig und von höchst schwierigem Charakter. Seine Ländereien an der Grenze zu Savoyen wurden während der letzten Kriege verwüstet und seine Einkünfte sind kaum der Rede wert. Er wartet, wie viele andere, auf die nächsten kriegerischen Auseinandersetzungen, um sich wieder zu sanieren ...«

Fleur glaubte ihre Mutter sprechen zu hören. Sie hatte ebenfalls die Angewohnheit, jeden jungen Mann in ihrer Umgebung nach seinen Einkünften zu beurteilen. Sie hatte sich daran gewöhnt, derartige Anmerkungen zu überhören und so ignorierte sie auch die königliche Warnung in bezug auf die unerfreulichen Charaktereigenschaften des Chevaliers de Saint-Tessé.

»Er sieht faszinierend aus«, stellte sie statt dessen in ungekünstelter Naivität fest, und die Königin unterdrückte ein Lächeln.

»So faszinierend wie der stählerne Glanz einer Degenklinge und so gefährlich wie das Gift einer Viper«, bestätigte sie Fleur. »Die blendende Verkörperung jener Gefahren an meinem Hofe, vor denen Euch Euer Herr Vater gewarnt hat, mein Kind. Aber wer bin ich, daß ich Euch Ratschläge in Herzensdingen gebe. Wenn ich um die Geheimnisse der Liebe wüßte, würde ich mir selbst den Schmerz, der daraus entsteht, ersparen ...«

In einer spontanen, mitfühlenden Geste wagte es Fleur, ihre Hand auf die der Königin zu legen. Sie erschrak selbst über ihre Kühnheit, aber in dem winzigen Augenblick, da sich der Blick aus kleinen schwarzen Jettaugen auf sie richtete, wußte sie, daß sie gut daran getan hatte. Katharina von Medici nahm ihren Trost, ebenso wie ihre Freundschaft mit einem leisen Lächeln an.

Einem Lächeln, das sich unmerklich verhärtete, als der Chevalier de Saint-Tessé seine Reverenz vor den beiden Damen machte. Fleur spürte es daran, daß sich die Finger der Königin, die ihre Hand berührt hatten, ein wenig versteiften. Ihren wohlmeinenden Worten jedoch war nicht der kleinste Hinweis darauf anzuhören.

»Wir sind sehr erfreut, Euch zu sehen, lieber Graf!« beantwortete sie gnädig seinen respektvollen Gruß. »Kann es sein, daß Ihr unsere neueste Ehrendame noch nicht kennt? Fleur de Paradou ist in diesen Tagen in Lyon zu uns gestoßen und wird künftig zu meinem Gefolge gehören. Ich vertraue sie Euch an, damit Ihr sie zum Reigen führen könnt, denn es hat den Anschein, daß der Tanz sie lockt! Amüsiert Euch gut, mein Kind!«

Sie hob Fleurs Hand und legte sie in die geöffnete Rechte des Seigneurs. Befangen wagte das junge Mädchen kaum die Lider zu heben und rettete sich in einen graziösen Knicks, der die ergebene Verneigung des Grafen auf das anmutigste erwiderte. Die sanfte Röte, welche die Aufregung auf ihre Wangen zauberte, erhöhte nur den unschuldigen Reiz, den sie ohnehin schon auf ihn ausübte, und seine Stimme klang belegt, als er sie unter die anderen Paare führte.

»Lyon ist reich an Schätzen, aber gestattet mir zu sagen, daß keiner von ihnen es mit dem Glanz Eurer Augen aufnehmen kann!«

»Ihr schmeichelt mir, Seigneur!« wisperte Fleur scheu. Sie war sich der Wärme seiner Berührung und der geschmeidigen Kraft des samtumhüllten Männerkörpers neben sich in einer Art und Weise bewußt, die sie ebenso fremd wie aufregend neu empfand.

»Ich rechne es der Tatsache an, daß Ihr mich nicht kennt, wenn Ihr so etwas sagt, schönste Dame! Man zählt mich kaum zu den Schmeichlern des Hofes. Ich pflege zu äußern, was ich denke, und zu tun, was ich mir vornehme!«

Fleur sah alarmiert hoch und vergaß für einen Herzschlag lang ihre Befangenheit.

»Eure Komplimente klingen wie Drohungen, Seigneur.«

»Ah, wie ungeschickt ich bin!« Gespielte Verzweiflung paarte sich mit einem Lächeln, das Fleur ihre Umgebung endgültig vergessen ließ, bis er weitersprach. »Ein wenig ist es aber auch Eure Schuld, schönste Demoiselle. Seit ich Euch beim Empfang der Stadtväter von Lyon erblickt habe, wünsche ich mir Eure Bekanntschaft zu machen. Hinter welchen Schloßmauern habt Ihr Euch wie eine verwunschene Prinzessin vor der Welt versteckt? Ich sehne mich danach, alles über Euch zu erfahren!«

Für Fleur verwischten sich die Grenzen von Wirklichkeit und Phantasie. Das Meer der Kerzen, der Klang der Musik und die abgezirkelten Schritte des Tanzes taten ihr übriges dazu. Trotzdem erinnerte sie sich im letzten Moment daran, daß sie die Details ihrer Herkunft besser im Ungewissen lassen sollte.

»Ihr tut mir zuviel der Ehre an, Graf Chartière«, erwiderte sie bebend. »Ich bin die geringste Dienerin Ihrer Majestät. Es gibt wenig von mir zu erzählen. Ich würde Euch langweilen.«

Der Tanz trennte sie aufs neue und verlieh wenige Schritte später seiner Antwort um so größere Eindringlichkeit. »Jeder Atemzug den Ihr tut, ist für mich von höchster Wichtigkeit. Ich beneide den Boden, der Euren

Fuß trägt und den Becher, den Ihr mit Euren Lippen berührt! Der Gedanke, daß Ihr einem anderen versprochen sein könntet, raubt mir die Ruhe.«

Kein Aspekt ihrer reichhaltigen Bildung hatte Fleur gelehrt, wie sie auf den glutvollen Flirt eines erfahrenen Mannes wie Yves de Saint-Tessé reagieren sollte. Verlegen versuchte sie das komplizierte Muster der Pavane nachzuvollziehen, zu der sie der Graf aufgefordert hatte. Dann warf sie ihm einen vorsichtigen, und zugleich gespannten Blick unter halb gesenkten Wimpern zu.

»Es schickt sich nicht, daß Ihr diese Dinge zu mir sagt, Seigneur«, antwortete sie steif und ärgerte sich sogleich über die eigenen Worte, als sie hörte, wie abweisend und albern sie klangen. Er mußte sie für ein dummes Geschöpf halten, unbeholfen, ungebildet und leicht in Verlegenheit zu bringen.

Glücklicherweise war der Tanz in diesem Moment zu Ende und sie konnte sich in die abschließende, hoheitsvolle Verneigung retten, wobei die plötzliche Schwäche in ihren Knien ein gut Teil dazu beitrug, daß diese besonders grazil und zierlich ausfiel.

»Verzeiht mir, schönste Dame, ich wollte Euch nicht beleidigen. Es ist nur so, daß Ihr mich bei unserem Einzug in Eure wunderbare Stadt verzaubert habt. Ich bin nicht mehr Herr meiner selbst. Ich träume davon, im kühlen Wassergrün Eurer Augen zu ertrinken und wenigstens einmal, ein einziges Mal Eure Hand zu küssen!«

Irgend etwas in seiner Stimme raubte ihr die Stärke. Sie wußte, daß er diese Dinge zu ihr sagte, um sie zu betören, daß sie ihm nicht glauben durfte. Und doch hämmerte ihr Herz so stark, daß sie fürchtete, er würde die Bewegung sogar durch den schweren bestickten Kleiderstoff und das einengende Mieder wahrnehmen. Sie ließ zu, daß er ihre Hand ergriff, die Finger sanft öffnete und seine verlangenden Lippen auf den Handteller drückte.

Die Zärtlichkeit entlockte ihr einen unmerklichen Seufzer und ein Zittern durchlief ihren Körper. Die glühende Berührung eines Folterwerkzeuges hätte sich nicht heißer in ihre Haut brennen können, und ihr ohnehin schon schwacher Widerstand geriet völlig außer Kontrolle. Sie schwankte und fühlte sich auf das angenehmste von einem starken Arm gestützt und geführt.

»Laßt mich«, murmelte sie nach Atem ringend. »Ich beschwöre Euch . . .«

»Ihr seid erhitzt«, stellte Chartière fest, der die Ablehnung souverän überging und sie mit größter Selbstverständlichkeit durch den Saal führte. »Kein Wunder, bei diesem Meer von Kerzen und Menschen. Ich bin ein Rüßel, Euch zu bedrängen, verzeiht! Was Ihr benötigt, ist ein kühler Trunk! Erlaubt, daß ich Euch meine Begleitung zum Bankett des Königs antrage . . .«

Das Festmahl, für das ein Heer von Dienern bereits Unmengen von Schüsseln und Platten herbeischleppte, fand im großen Saal des Rathauses statt, und die königlichen Herrschaften hatten bereits ihre Plätze an der Stirnseite der U-förmigen Tafel eingenommen. Katharina und Diana von Poitiers saßen zu beiden Seiten des Königs, der einmal mehr mit der eleganten Dame in Weiß plauderte, während seine rechtmäßige Gattin mit untadeliger Haltung über seine Kränkung hinweglächelte.

Da es mit Ausnahme der königlichen Familie und ihrer Favoriten keine Rangordnung für die Plätze gab, sorgte der Graf dafür, daß Fleur den kritischen Augen von Madame de Gondi entzogen, auch außer Sichtweite der Majestäten saß. Das Risiko, daß ein Befehl Katharina von Medicis ihn seiner Begleiterin berauben würde, wollte er nicht eingehen. Hinzu kam, daß er sehr wohl wußte, daß auch die Dame de Brézè diesen neuen Flirt mit höchst argwöhnischen Augen betrachten würde.

Ohne Fleur durch weitere, raffinierte Artigkeiten erneut in Verlegenheit zu bringen, widmete er sich nun der Aufgabe, sie zu unterhalten und für ihr Wohlbefinden zu sorgen. Nach und nach entspannte sie sich, unter anderem auch deshalb, weil der Graf sie nicht nur mit den erlesensten Leckerbissen versorgte, sondern auch ihren silbernen Weinbecher nachfüllte, sobald sie ihn durstig ausgetrunken hatte.

Sie lächelte über seine Scherze, würdigte die Funken von Ironie in seiner Beschreibung des Hofes und zeigte ihm ihrerseits das Aufblitzen eines Charmes und einer Intelligenz, die er hinter all der offensichtlichen Schönheit nicht erwartet hatte, die aber ihren Reiz nur noch erhöhten.

»Es muß eine gute Fee an Eurer Wiege gestanden haben«, stellte Yves de Saint-Tessé so nachdenklich fest, daß ihr strahlendes Lächeln aufmerksamem Ernst wich, »Schönheit, Grazie, Klugheit und Fröhlichkeit werden selten für einen Menschen allein vergeben.«

»Ihr vergeßt in dieser Aufzählung Ungeduld, Reizbarkeit und den Hang zu närrischen Träumen, Seigneur«, seufzte Fleur, die sich an die Ermahnungen ihrer Mutter erinnerte. »Aber die Fee war vorhanden. Meine Großmutter verdient jene Bezeichnung. In meiner kindlichen Phantasie habe ich mir stets die Mutter Gottes mit ihren Zügen vorgestellt. Ich habe sie über alles geliebt, aber leider starb sie schon vor vielen Jahren. Ich war damals ganz krank vor lauter Kummer und habe wochenlang geweint.«

»Augen wie diese, sollten niemals weinen!«

Fleur vermochte den Blick nicht zu senken. Schweigend sahen sie sich an und was sie in den schwarzen Höllenaugen zu lesen vermeinte, erschreckte und begeisterte sie zu gleichen Teilen. Er begehrte sie. Das unverhüllte, männliche Verlangen, mit dem sie so deutlich konfrontiert wurde, hätte sie als wohlerzogenes Mädchen eigentlich genieren müssen, aber ehrlich wie sie sich selbst gegenüber stets blieb, gab sie zu, daß das nicht der Fall war.

»Ihr meßt meinen Tränen zuviel Bedeutung bei ...«, murmelte sie ein wenig kokett.

»Ich messe allem Bedeutung zu, das mit Euch zu tun hat. Kann es sein, daß Ihr das noch nicht erkannt habt, Dame Fleur?«

Sie duldete die provokative Vertraulichkeit und griff erneut nach ihrem Silberbecher, damit sie keine Antwort geben mußte. Die hastige Bewegung reflektierte das Licht der zahllosen Kerzen auf ihrem silberbestickten Untergewand, und dieser kostbare Schimmer erregte von ferne die Aufmerksamkeit der Favoritin, die sich neugierig vorbeugte, um zu sehen, wo das Aufblitzen seine Ursache hatte.

Stets darauf achtend, daß sowohl ihre Schönheit, wie auch ihre unbestrittene Eleganz nicht übertroffen wurden, hatte sie sehr wohl bemerkt, daß die neue Ehrendame der Königin mit unbeschwerter Leichtigkeit beides zugleich tat. Der Ausdruck konzentrierter Anteilnahme auf den Zügen des Grafen Chartière war ein zusätzliches Zeichen dafür. So hatte er einmal sie selbst angesehen, vor mehr als einem Jahrzehnt, als er an den Hof gekommen war.

Die drei Jahrzehnte, die sie von der neuen Hofdame Katharinas trennten, waren in Dianas selbstbewußten Augen das kleinste Problem. Was sie ernstlich beunruhigte, war die besondere Ausstrahlung dieser Unbekannten, ihre Haltung, der unbestreitbare Adel ihrer Erscheinung. Was indes bisher nur gereizte Neugier gewesen war, steigerte sich unbemerkt zu tiefem Groll, als sie das Lächeln entdeckte, mit dem der Graf seiner Tischdame zuprostete.

Es gehörte nicht viel Phantasie dazu, seine Absichten zu durchschauen. Er würde nicht ruhen, bis er dieses

Kind in seinem Bett hatte! Verführer, der er war. Kein Wunder, daß er es bisher nicht für nötig befunden hatte, ihr die Auskunft zu bringen, um die sie ihn gebeten hatte.

Nun, er war nicht der Einzigste, den sie um diesen vertraulichen Dienst bitten konnte und man würde sehen, wie man Yves de Saint-Tessé wieder auf den Boden der Tatsachen brachte. Noch hatte es keine Dame fertig gebracht, ungestraft im Reich Diana von Poitiers zu wildern. Sie würde auch den Anfängen dieses ehrgeizigen kleinen Dinges wehren.

4. KAPITEL

»Ihr seht mich untröstlich, am Boden zerstört! Wo wart Ihr gestern beim großen Ball des Königs? Ich habe Euch nach dem Bankett gesucht. Ihr hattet mir einen Tanz versprochen, Donna Fleur!«

Piero Strozzi stolzierte auf seinen hohen Absätzen durch das königliche Boudoir, ohne sich um Madame de Gondi und die beiden anderen Hofdamen zu kümmern, die zusammen mit Fleur damit beschäftigt waren, zierliche Borten für die Wäsche der Königin zu besticken. Fleur, zu deren Talenten der Umgang mit Nadel und Faden nicht gerade gehörte, warf ihm unter halb gesenkten Wimpern einen halb amüsierten, halb peinlich berührten Blick zu.

Der kleine Italiener glich mit seinem hohen Federhut derart verblüffend einem Gockel, der seinen Hühnerhof inspiziert, daß sie das Lachen unterdrücken mußte. Andererseits verspürte sie nicht die geringste Lust, seine inquisitorischen Fragen über ihren Verbleib vor allen anderen zu beantworten.

Madame de Dondi errettete sie aus ihrer Verlegenheit. Sie deutete mit der blitzenden Nadelspitze auf den Eindringling. »Ihr haltet meine Damen von der Arbeit ab, Messire Strozzi und außerdem erwartet Euch Ihre Majestät bereits ungeduldig!«

Wenn Fleur indes gedacht hatte, daß ihr damit jede weitere Peinlichkeit erspart geblieben war, sah sie sich getäuscht. Sobald die schwere, geschnitzte Kassettentür zufiel, die in das Arbeitszimmer führte, welches die Königin während ihres Aufenthaltes in Lyon benützte, ließ die Dame de Gondi ihre Arbeit sinken. Fleur erschrak so sehr, daß sie sich in den Finger stach und ein hellroter Fleck auf dem feinen Leinen erschien.

»Heilige Mutter Gottes!« Die oberste der Hofdamen vergaß angesichts dieses Unglücks ihre sorgfältig vorbereitete Rede und entriß dem jungen Mädchen das Stoffstück, ehe ein zweiter Tropfen Blut das Drama vergrößerte. »Wie ungeschickt Ihr doch seid! Wasser! Schnell, bringt kaltes Wasser, damit wir den Fleck auswaschen können, ehe er eintrocknet!«

Fleur steckte den verletzten Finger in den Mund und eilte davon, den herrischen Befehl zu erfüllen. Im Nebenzimmer, wo eine ganze Schar von Besuchern darauf wartete, eine Audienz bei der Königin zu erhalten, fand sie eine volle Wasserkaraffe, die zugunsten der inzwischen leeren vernachlässigt worden war, die Wein enthalten hatte.

Nur am Rande fiel ihr auf, daß das Stimmengemurmel der ernst dreinblickenden Männer, die sie mit ihrem Eintreten gestört hatte, von Florentinern gewesen sein mußte, Emigranten aus Florenz vermutlich, die vor der Herrschaft Cosimo de Medicis geflohen waren. Die gnadenlose Härte, mit der jener in einer Serie von Hinrichtungen und Verbannungen seine Position gefestigt hatte, trieb viele von Katharinas Landsleuten an den französischen Hof.

Der spanische Kaiser hatte Cosimo zum Dank für seine Unterstützung den Titel eines Erzherzogs von Florenz verliehen, und er hatte gerüchteweise von dem Wutanfall vernommen, den Katharina bekommen hatte, als er davon erfuhr. Sollte der König neue italienische Eroberungen planen, um die Verluste seines verstorbenen Vaters zu rächen, so würde sich das vortrefflich mit den Plänen seiner königlichen Gemahlin treffen. Obwohl mit Cosimo entfernt verwandt, leugnete sie seinen Anspruch auf die Macht in Florenz.

»Wahrhaftig, wie ungeschickt Ihr Euch doch anstellt«, zeterte Madame de Gondi, obwohl der kleine Blutfleck sich schon beim ersten Kontakt mit dem kühlen Wasser auflöste. »Man könnte meinen, Ihr hättet den Umgang mit Nadel und Faden nie gelernt! Um ein Haar hättet Ihr dieses Band für immer ruiniert!«

»Hört auf zu schelten, liebe Gondi! Man hört Euch bis nebenan. Vielleicht ist Dame Fleur ja mit Feder und Tinte besser zugange!« mischte sich die freundliche Stimme der Königin in diesem Moment ein. Sie stand in der offenen Tür ihres Arbeitskabinetts und lud Fleur mit einem Wink zum Eintreten ein. »Setzt Euch dort an den Tisch und schreibt, was ich Euch diktiere!«

Es war der Beginn eines sehr arbeitsamen Vormittages, den Fleur wesentlich interessanter fand, als das Besticken von endlosen Wäscheborten. Mit gleichbleibender Freundlichkeit vermittelte Katharina von Medici jedem Bittsteller das Gefühl, daß sein Problem auch für sie von Wichtigkeit war. Egal ob es sich nun um Fragen des Handels oder politischer Unterstützung handelte, sie bewies ihre diplomatischen Fähigkeiten sowohl in Worten, wie in jeweiligen Schreiben, die dem einen oder anderen die Erfüllung seines Gesuches zusagten.

Stunden später hatte das junge Mädchen das Gefühl, vor Hunger halb ohnmächtig zu sein und keine Feder mehr halten zu können. Ihr Kopf schwirrte vom ständigen Wechsel zwischen Französisch und Florentinisch und ihre Finger wiesen Tintenflecke auf. Woher die arbeitsame Königin trotz ihrer fortgeschrittenen Schwangerschaft die Energie nahm, diesen Vormittag durchzustehen, der bis weit über die Mittagszeit hinausreichte, war ihr ein Rätsel.

Aß sie nie etwas? Und wie viele dieser aufgeregt schnatternden und leidenschaftlich gerne intrigierenden Florentiner befanden sich eigentlich noch draußen im

Empfangsraum? Florenz mußte entvölkert sein, wenn man von der Menge der Bittsteller im königlichen Vorzimmer ausging. Wen beherrschte der neu ernannte Erzherzog in dieser Stadt eigentlich noch?

»Die Audienzen sind für heute beendet«, stellte in diesem Moment die Königin aufatmend fest und Fleur errötete. Konnte sie Gedanken lesen?

»Ihr habt Euch tapfer geschlagen, Dame Fleur!« erhielt sie ein Lob, das ihre Röte noch eine Spur vertiefte. »Normalerweise schreibe ich meine Briefe selbst, denn ich halte nicht viel von Sekretären, die ihre Nase in alles hineinstecken. Aber heute waren es einfach zu viele.«

»Ich bin Eurer Majestät jederzeit gerne zu Diensten«, bedankte sich Fleur.

»Ihr habt im Kontor Eures Vaters gearbeitet.«

Fleur senkte zustimmend den Kopf. Wie seltsam, daß ihr Vater der Königin davon erzählt hatte. Ihre Mutter hatte diese Tätigkeit stets als unweiblich verdammt und alles getan, damit sie so wenig wie möglich Zeit in der Schreibstube verbrachte. Dabei war dieser Ort das Herz des Hauses Tornabuoni, das ihr Vater nach dem Tode des Großvaters nun mit seinen Söhnen regierte.

»Auch eine Frau, die im Handelsleben Bescheid weiß, sollte mit Nadel und Faden umgehen können. Es ist unsere Aufgabe die einfachen Dinge des Lebens zu verschönen. Ich werde Euch die neuen Stickmuster zeigen, die mir aus Rom gesandt wurden, sobald ich die Zeit dafür finde.«

Ehe Fleur sich darüber klar war, ob das nun eine strenge Aufforderung dazu war, ihre mangelhaften Stickkünste zu verbessern oder eine Ehre zum Dank für ihre Schreibhilfe, entließ sie eine eindeutige Handbewegung. Im Moment wurden ihre Dienste nicht mehr gebraucht. Sie sank in eine respektvolle Reverenz und zog die Tür hinter sich ins Schloß.

Außer der üblichen Ehrenwache vor den königlichen Gemächern konnte sie niemand entdecken. Offensichtlich war der gesamte Hofstaat bereits unterwegs zur Jagd, die für diesen Nachmittag auf dem königlichen Plan gestanden hatte. Auf das waidmännische Vergnügen verzichtete Fleur gerne, denn sie haßte es Tiere zu töten, aber trotzdem gaukelte ihr der knurrende Magen verführerische Bilder von Wildbret und duftenden Pasteten vor.

Ob es sich für eine Ehrendame der Königin ziemte, die Küchen aufzusuchen und sich etwas zu Essen zu erbitten? In ihrem Elternhaus hätte sich diese Frage nicht gestellt. Olivier, der dicke Koch, der über die Küchen des Paradou'schen Haushalts residierte, hätte jederzeit eine seiner Köstlichkeiten für sie gezaubert.

Aber die Etikette, auf die Madame de Gondi soviel Wert legte, sah möglicherweise in einem fürstlichen Haushalt derartige, von einem hungrigen Magen diktierte, Ausflüge nicht vor, selbst wenn er, wie in Lyon, im prächtigen Stadthaus eines reichen Bürgers residierte. Fleur spielte mit dem Gedanken, einfach hinauszulaufen und von einem vorbeikommenden Straßenhändler ein wenig Glück zu kaufen, egal ob sich das nun gehörte oder nicht. Es konnte doch auch nicht im Sinn der Königin sein, wenn sie verhungerte?

»Dame Fleur! Der Himmel hat meine Gebete erhört. Seid gegrüßt!«

Die dunkle melodische Stimme hatte sich bereits so sehr in ihr Bewußtsein gegraben, daß sie ohne sich umzudrehen wußte, wer mit ihr sprach. Wie auch nicht, wenn sie im Wachen und im Träumen jedes der Worte wiederholte, das er beim Ball des Königs zu ihr gesagt hatte.

Fleur erwiderte die Reverenz mit einer angedeuteten Verneigung. Sie senkte anmutig den Scheitel, so daß die schwache Röte auf ihren Wangen auch auf diese Bewegung zurückgeführt werden konnte. »Ich wähnte Euch mit dem Hof bei der Jagd, Graf Chartière! Was treibt Euch in das Haus der Königin? Kann ich Euch helfen?«

»Werdet Ihr mir glauben, wenn ich sage, daß ich auf der Suche nach Euch war? Ich vermißte Euch unter den Damen! Wieso habt Ihr auf die Jagd verzichtet?«

Fleur richtete sich auf und wich seinem fragenden Blick aus. »Ihr erinnert Euch sicher, daß ich Ehrendame der Königin bin. Sie bestimmt meinen Tagesablauf. Ich hatte zu tun.«

»Aber nun hat ihre Majestät Euch offensichtlich für heute bereits entlassen. Wie sehen Eure weiteren Pläne aus?«

Es lag ihr auf der Zunge, ihren Hunger zu gestehen, aber das erschien ihr dann doch nicht die Art von Unterhaltung zu sein, die eine Dame mit dem Seigneur führen sollte, dessen Bild sie Tag und Nacht verfolgte. Die Gefühle, die sein Anblick in ihr auslöste, schienen sich mit jedem Sehen zu vergrößern, dunkler, dringlicher, unbekannter und rätselhafter zu werden. So hatte sie sich die Liebe nicht vorgestellt und doch war es Liebe. Liebe, die sie in einen anderen Menschen verwandelte.

»Ich habe keine Pläne«, sagte sie leise. »Es sei denn, die Tintenflecken von meinen Händen zu entfernen. Es kommt mir vor, als hätte ich mehr Pergament als je zuvor in meinem Leben beschrieben.«

»Deswegen wart Ihr also nicht an der Tafel des Königs. Ich habe dort nach Euch Ausschau gehalten.«

»Ach, ich wünschte, ich wäre dort gewesen!« rief Fleur mit einem Aufflammen ihres normalen Temperamentes. »All die herrlichen Speisen ...«

»Ihr habt Hunger?« interpretierte er ihren Ausruf auf die einzig mögliche Weise.

»Schrecklichen«, gestand sie vertrauensvoll lächelnd. »Politik macht vielleicht eine Königin satt, aber ich bin ein

Mädchen vom Land. Was mir fehlt, sind eine reichhaltige Mahlzeit und frische Luft!«

Sie machte sich mit einer Grimasse über sich selbst ein wenig lustig und übersah dabei den sehr merkwürdigen Blick, der bei ihrer spontanen Antwort in seinen schwarzen Augen stand.

»Dann erlaubt mir, daß ich Euch beide Wünsche erfülle!« bot er umgehend an.

»Dafür müßtet Ihr zaubern können! Gehen Eure Talente wirklich so weit?«

»Bedauerlicherweise nein, aber wenn Ihr Euch mir anvertraut, kann ich ohne Hokuspokus für die Erfüllung Eurer Wünsche sorgen.«

Fleur legte ihre Hände zutraulich in seine ausgestreckten Finger und schenkte ihm ein Lächeln, dessen Zärtlichkeit ihr nicht einmal bewußt wurde, so selbstverständlich drängte es sich um ihre Lippen, wenn sie ihn ansah.

»Ich vertraue Euch, Seigneur!«

Die Verneigung, mit der er sich über ihre Hände beugte, machte es ihr unmöglich, das Aufblitzen reinen Triumphes zu erkennen, das seine Züge in diesem Moment prägte.

Ihrer geradlinigen Ehrlichkeit lag es fern, an den ehrenhaften Motiven des Edelmannes zu zweifeln, dem sie sich so leichtsinnig überantwortete.

Was sollte ihr unter seinem Schutz schon zustoßen?

»Wie wunderschön dieser Platz ist!«

Die tief herabhängenden Zweige einer mächtigen alten Weide beschatteten eine winzige Wiese, die sich zwischen die hohen Mauern eines schmalen Bürgerhauses und das Ufer der Rhone schmiegte. Links von einem fensterlosen Lagerhaus und rechts von einem gleichfalls verlassenen Lagerschuppen flankiert, bewahrte das grüne

Quadrat die Wärme des Sommers und den Duft blühender Rosen.

Fleur saß an den Stamm des Baumes gelehnt auf dem weiten Mantel ihres Begleiters und naschte an den süßen Kirschen, die das Mahl beendeten, das der bauchige Henkelkorb enthalten hatte, den ihnen ein Lakai im letzten Moment in die Sänfte gereicht hatte. Zusammen mit diversen warmen Pastetchen, Wein, Kuchen und anderen Köstlichkeiten war genug für eine vierköpfige Familie unter dem Tuch zum Vorschein gekommen, nachdem sie Yves de Saint-Tessé durch das leere, stille Haus in diesen verwunschenen Garten geführt hatte.

»Wo sind die Menschen, die hier wohnen?« erkundigte sie sich nun und wischte ihre Finger an einem feuchten Tuch ab, das sich ebenfalls im Korb befand.

»Man hat mir gesagt, sie besitzen einen Weinberg und seien zur Lese aufs Land gezogen«, bekam sie von dem Grafen zur Antwort, der neben ihr im Gras lag und sie unter halb gesenkten Wimpern betrachtete.

Ehe sie sich fragen konnte, wann der Seigneur wohl diese Auskunft bekommen und warum er Wert darauf gelegt hatte, sich dieses verschwiegenen Platzes zu versichern, beugte er sich so nahe über sie, daß sein Atem die feinen Härchen an ihrer Schläfe bewegte. »Vergeßt die ehrenwerten Bürger, die uns Gastfreundschaft gewähren, meine Kleine. Ihr seid so bezaubernd, wenn sich das Grün der Weidenzweige in Euren Augen spiegelt ...«

Der harte Baumstamm in ihrem Rücken verhinderte, daß Fleur sich weiter zurückzog. Der Lufthauch seiner Worte berührte ihre Haut mit Schmetterlingsflügeln und unbewußt befeuchtete sie ihre Lippen mit der Zunge, ehe sie angestrengt schluckte, obwohl sie ihre Mahlzeit längst beendet hatte.

In diesen letzten Sekunden bekam sie es plötzlich mit der Angst zu tun. Die Stimme der Vernunft sagte ihr, daß sie ihn von sich weisen sollte. Daß sie ihre Röcke raffen und so schnell wie möglich dieses charmante Versteck verlassen sollte, das unversehens die Intimität eines Boudoirs bekommen hatte. Daß es sich nicht gehörte, hier bei ihm zu sitzen, ohne die Begleitung einer Kammerfrau oder einer anderen Person, die ihren Ruf beschützte.

Aber da war noch eine andere Stimme in ihr. Eine, die über jene überholten, dummen Anstandsregeln nur lachte. Eine, die sie auf das goldene Funkeln in seinen schwarzen Augen hinwies, auf den Schatten einer längst vergessenen Narbe, der seine rechte Braue ein wenig fragend, spöttisch in die Höhe zog. Die registrierte, daß sein Atem nach dem frischen Wein aus Sancerre roch, den sie eben noch miteinander geteilt hatten und die beim Anblick des näherkommenden, verführerischen Mundes verstummte ...

Fleur spürte die Umarmung, die ihre Schultern umspannte und sank gegen das gefältelte Samtwams, ehe ihre Lippen sich trafen und sie sich in einem Meer der überwältigendsten Gefühle davongerissen fand. Sie machte keinen Versuch, rettendes Land zu erreichen. Sie gab sich voll der Süße dieses ersten, leidenschaftlichen Kusses hin, der ihren Mund berührte, streichelte, eroberte und öffnete.

Sie wich nicht zurück und leistete keinen Widerstand. Im Gegenteil etwas in ihr drängte sie, sich noch enger an ihn zu schmiegen, die feurige Berührung mit der gleichen Glut zu erwidern und sich das prickelnde Vergnügen zu gönnen, das durch ihren ganzen Körper lief.

Das gleiche geradezu kindliche Vertrauen, das sich bewiesen hatte, als sie sich auf dieses Rendez-vous mit dem Grafen eingelassen hatte, bestimmte auch nun ihre weiteren Handlungen. Die zielbewußten und routinierten Handgriffe, die dazu führten, daß ihr Mieder plötzlich aufklaffte und der züchtige Ausschnitt ihrer eisblauen

Seidenrobe sich in ein verführerisches Nest für ihre halb entblößten Brüste verwandelte, beängstigten sie ebensowenig wie das heiße Gesicht, das sich zwischen diese kühlen Wölbungen preßte.

»Wie schön du bist«, flüsterte Yves de Saint-Tessé heiser. »Wie süß deine Haut schmeckt und wie zärtlich deine Lippen sind.«

Benommen und gleichzeitig zu unschuldig, um zu wissen, welche Antwort, welche Geste er von ihr erwartete, schwieg Fleur und ließ sich in das leidenschaftliche Spiel hineinreißen. Trotzdem fühlte sie keine Scham in diesem glücklichen Augenblick. Es war richtig und es war gut so, was da geschah. Darauf hatte sie gewartet und für diesen Mann hatte sie sich bewahrt. Wieso sollte sie verbieten, daß er ihre Kleider löste und sie schließlich wie Eva auf seinen Mantel unter den warmen Schatten des alten Baumes bettete.

Das leise Plätschern des mächtigen Stromes, der an den gemauerten Kaistufen vorbeiglitt, mischte sich mit dem Säuseln des Windes in den Weidenblättern und den Seufzern der Liebe, als Fleur de Paradou die Wirklichkeit der Leidenschaft kennenlernte. Die magische Stunde des trägen Spätsommernachmittags zauberte Gold über ihren rosig schimmernden Körper, der ohne die einengende Pracht seiner Gewänder, die hinreißenden Wölbungen einer schlanken Venus zeigte.

Lediglich mit der hellgleißenden Pracht, ihrer gelösten Locken bedeckt, glich sie mehr denn je einer zauberischen Nymphe, die einen gebannten Wanderer in ihre Fänge lockt. Sie dehnte sich unter den heißen Küssen, die jedes Geheimnis ihrer Person entdeckten und wölbte sich den streichelnden Händen entgegen, deren leichte Rauhheit vom Gebrauch der Zügel kündete und jeder hingebungsvollen Zärtlichkeit ganz besonderen Reiz verlieh.

»Fleur ... wer immer dir diesen Namen gegeben hat, er muß gewußt haben, daß du schön wie eine Blume sein wirst. Mit einer Haut aus Tau und Blütenstaub gewoben, gekrönt von den Spitzen einer jungen Rose ...«, wisperte er zwischen zahllosen Küssen.

Hatte es je eine Frau gegeben, die von ihrem Geliebten schöner umworben worden war? Je ein Mädchen, das sich vorurteilsloser und williger verschenkt hätte? Von eine Wolke des Entzückens getragen verdrängte Fleur sogar den kurzen, brennenden Schmerz, als Yves de Saint-Tessé in sie eindrang. Wenn es das Opfer war, das sie für diese innigste Vertrautheit, die sie mit ihm verband, bringen mußte, so brachte sie es freudig und ohne Reue, wenngleich sie nicht verhindern konnte, daß dabei eine Träne über ihre Wange lief.

Als er innehielt und sich nicht mehr bewegte, öffnete sie fragend die großen Augen, deren verschleiertes Grün in diesem Moment so hell wie das Leuchten eines Diamanten geworden war.

»Ich möchte dir nicht weh tun!« Sie ahnte die übermenschliche Kraft, mit der er sich zurückhielt und lächelte trotz der Tränen.

»Du kannst mir nicht weh tun, ich liebe dich doch!«

Die zutrauliche Arglosigkeit dieser sanften Feststellung verdunkelte für einen kurzen Augenblick das goldene Glühen der schwarzen Augen, aber dann siegte die Leidenschaft über seine Beherrschung. Mit einem fast wütenden Ausruf riß sie Yves de Saint-Tessé Fleur in eine ungestüme Vereinigung, die ihnen beiden eine so überwältigende und nie gekannte Wonne bereitete, daß sie alles um sich herum vergaßen.

Fleur glaubte sich eins mit dem mächtigen Fluß in den Strömen der Lust. Das Beben des muskulösen braunen Körpers, der seine Kraft in sie verströmte, verlieh ihr neben aller Ekstase auch einen Vorgeschmack auf die Macht, die sie in diesem Moment über ihn gewann. Ihr Leben würde nie wieder dasselbe sein wie vor diesem Nachmittag!

Schwer nach Atem ringend spürte sie, langsam wieder zu sich kommend, die Geborgenheit der Umarmung, in der sie lag. Ein leiser Wind strich über ihre erhitzte Haut und trocknete die winzigen Schweißperlen, während tief in ihr selbst die Schauer der Wollust nur langsam nach und nach abebbten.

»Meine süße Fleur, meine entzückende Kleine! Wer hätte gedacht, daß ich in dieser Stadt eine solche Perle finden würde ...«

»Ich wußte es, sobald ich dich sah!« hauchte Fleur und streute kleine Küsse über die breite muskulöse Brust, auf der ein paar häßliche Narben von Krieg und Blut erzählten. »Ich wußte, daß du der Einzige bist, auf den ich gewartet habe. Wir sind füreinander bestimmt ...«

Ein zärtlicher Kuß erstickte die anderen Worte, die sie sagen wollte, und Fleur ließ sich nur zu gerne ablenken. Sie würden noch viel Zeit haben, einander all die Dinge zu gestehen, die ein übervolles Herz zur eigenen Erleichterung aussprechen mußte. Zeit, die Pläne zu machen, welche die Zukunft erforderte.

5. KAPITEL

»Er ist hinreißend, nicht wahr?« Viola de Montaigne beugte sich ein wenig näher zu Fleur und es konnte keinen Zweifel daran geben, daß ihr unmerkliches Nicken Yves de Saint-Tessé bezeichnete, den faszinierenden Grafen von Chartière. Trotzdem stellte sich Fleur, die inmitten der Hofdamen auf einem beigen Zelter saß, ahnungslos.

»Unser König?« erkundigte sie sich und schaute nach vorne, wo Heinrich sein Pferd neben Diana von Poitiers zügelte, die es wie üblich ablehnte, in einer geschlossenen Kutsche zu reisen.

»Ihr macht Euch über mich lustig!« Die hübsche Gräfn, die ebenfalls zu den Ehrendamen Katharinas gehörte, lachte eine trillernde Tonleiter hoch und nieder. »Meine liebe Fleur, ich müßte blind sein, um nicht zu sehen, daß Ihr den Seigneur de Saint-Tessé seit jenem Reigen vor ein paar Tagen mit den Augen verspeist. Aber seid vorsichtig, es könnte leicht sein, daß er Euch quer im Magen liegt.«

Der Trubel, den die königlichen Majestäten bei ihrer Abreise aus Lyon verursachten, erlaubte es den beiden jungen Frauen, eine vertrauliche Unterhaltung zu führen, ohne daß sie Madame de Gondi gleich der Schwatzhaftigkeit bezichtigte. Die strenge Dame saß in der schweren, geschnitzten Reisekutsche, welche die Königin beförderte, die wegen ihrer Schwangerschaft nicht reiten durfte.

Fleur zwang sich ihre Augen streng zwischen die beiden spitz aufgerichteten Ohren ihres Pferdes zu halten, damit sie Viola de Montainge nicht noch mehr Grund zum Klatschen lieferte. Aber letztendlich war sie es doch selbst, die von dem verführerischen Thema nicht lassen konnte. Seit jenem verzauberten Nachmittag vor zwei Tagen, hatte sich keine Möglichkeit ergeben, mit dem Grafen Chartière zu sprechen. Ob die bevorstehende Reise bessere Chancen bot?

»Was veranlaßt Euch zu dieser Warnung?« fragte sie angestrengt beiläufig und überprüfte den Sitz ihrer Rockfalten, als gäbe es kein wichtigeres Problem.

»Die Freundschaft, die ich für Euch empfinde! Man kann die Straße von Fontainebleau nach Paris mit den Herzen pflastern, die er bereits gebrochen hat. Er ist charmant, aber undurchschaubar. Man sagt, er ist der schönen Diana ergeben, aber ich glaube, daß das nur ein Gerücht ist. Ich halte ihn für einen Mann, der auf keine Frau Rücksicht nimmt. Er amüsiert sich mit ihnen, aber er wird sich nie in Ketten legen lassen. Wenn Ihr auf der Suche nach einem Gemahl seid, solltet Ihr einen Bogen um ihn machen!«

Da sich der Reisetroß in diesem Moment in Bewegung setzte, blieb Fleur eine Antwort erspart. Viola war mit einem Vetter des Herzogs von Guise verheiratet und deswegen glaubte die junge Frau, Eifersucht als Grund für ihre Warnung ausschließen zu können. Trotzdem schlug sie die gut gemeinten Worte ohne Bedenken in den Wind.

Viola konnte letztlich nicht wissen, was Yves de Saint-Tessé und Fleur de Paradou aneinanderband. Das Geheimnis ihrer Liebe gehörte im Moment noch ausschließlich ihnen beiden. Es verlieh dem stürmischen Herbsttag, an dem sie die alte Handelsstadt an der Rhone verließen, geheimnisvollen Glanz. In ihren Mauern hatte sie das Glück gefunden und sie schwor sich, ihr für alle Zeiten ein liebevolles Andenken zu bewahren.

Für einen Moment schweiften ihre Gedanken nach Süden, zu einer anderen Reisegesellschaft, mit der ihre Eltern nach Hause kehrten. Daß sie sich mit jedem Huftritt weiter voneinander entfernten, war ein wenig traurig, vermittelte ihr aber gleichzeitig das berauschende Gefühl absoluter Freiheit.

Die ermüdende, staubige und anstrengende Reise sorgte dafür, daß dieser Rausch ziemlich bald von der allgemeinen Erschöpfung erstickt wurde. Da ihr Reisetempo von der königlichen Kalesche bestimmt wurde, blieben sie bald hinter den Pferden des Königs und seiner Begleiter zurück. Erst beim Aufenthalt in Chenonceaux trafen die beiden Reisegruppen wieder aufeinander.

Obwohl Fleur den Staub der Reise zwischen ihren Zähnen knirschen hörte, war sie von dem Anblick des Schlosses, das aus einer Mühle am Ufer des Flusses Cher entstanden war, bezaubert. Die untergehende Sonne tauchte das einfache, rechteckige Gebäude mit seinen vier Ecktürmen in kupferfarbenes Licht. Sie spiegelte sich auf der stillen Fläche des Wassers, welches das Schloß mit türkisfarbenen Kanälen umarmte und verlieh der Szenerie die Unwirklichkeit eines Märchens.

»Wie schön!« entschlüpfte es Fleur unwillkürlich, als sie das Bild in sich aufnahm.

»In der Tat«, stimmte Viola de Montaigne zu. »Kaum zu glauben, daß es ursprünglich von einem Steuereintreiber gebaut wurde. Thomas Bohier gehörte zum Hofe von König Franz und ging mit ihm nach Italien, um dort seinen Reichtum noch ein wenig aufzustocken. Inzwischen beendete seine Gattin, die ebenfalls Katharina, wie unsere Herrin hieß, den Bau. Leider kam sie nicht mehr dazu, ihr Werk zu genießen. Ihr Gatte starb, und sie folgte ihm unmittelbar darauf ins Grab. Danach wurden die Angelegenheiten des Herrn Bohier von der Krone geprüft und König Franz fand sie in so wirrem Zustand, daß er Chenonceaux kurz entschlossen beschlagnahmte und seinem eigenen Vermögen einverleibte.«

»Also ist es ein Schloß des Königs«, staunte Fleur.

»Nicht direkt«, verbesserte die gut informierte kleine Edelfrau an ihrer Seite. »Er hat es Madame de Brézé vor einiger Zeit geschenkt. Die Brücke, die Ihr dort über den Cher führen seht, ist ihr Werk. Zugegeben, eine aparte Idee. Ebenso wie der Einzelfall, den König in diesen Mauern willkommen zu heißen. Wenn sie freilich damit gerechnet hat, daß unsere Herrin ihrer Reise verzögert, so daß sie Ihre Gastfreundschaft nicht auf sie ausdehnen muß, so wird sie sich nun ein wenig getäuscht sehen.«

Das romantische Bild der schönen Mauern, der verzierten Fenstergiebel und eleganten Gärten, die sich im Wasser spiegelten, wurde durch diese Erklärungen ein wenig getrübt. Einmal mehr fragte sich Fleur, was in Königin Katharina in diesem Moment vorgehen mußte.

Der Empfang, den die königliche Favoritin ihren Gästen zukommen ließ, machte ihrem Organisationstalent indes alle Ehre. Auf das feinste herausgeputzt erwartete das Schloß die Reisegesellschaft. Es wurde nicht einmal nötig, wie sonst die mitgeführten Möbel und Tapisserien in Gebrauch zu nehmen, denn in Chenonceaux erwarteten sie vollkommen eingerichtete, prächtige Räume.

Fleur mußte sich zwar mit Viola de Montaigne und einer weiteren Hofdame eine Kammer teilen, aber nach dem Ritt über die Landstraßen hätte sie sogar eine Strohschütte in der Nähe eines warmen Ofens für Luxus gehalten. Geschweige denn das mächtige Kastenbett, in dem nicht nur drei, sondern auch vier Damen Platz gehabt hätten.

Das folgende Bankett wurde im festlichen Saal vom Haushofmeister der Dame, dem Brotmeister, den Pagen, dem Küchenmeister und den Vorlegern aufgetragen. Nicht einmal an der Tafel des Königs fanden sich größerer Aufwand und kostbares Geschirr, erklärte zumindest Viola de Montaigne. Bereits der erste Gang bestand schon aus verschiedenem gerösteten Brot mit Honig, Gewürzen, eingelegten Pökelschinken, geräucherten Würsten, Frikassee von Singvögeln und gehacktem Kalbfleisch mit Eigelb.

Danach folgte der zweite Gang mit dampfenden Aufläufen, gekochtem Huhn-, Rind-, Kalb-, Schweine- und Hammelfleisch, sowie den verschiedensten Suppen mit Gemüse- und Gewürzeinlagen. Im dritten Teil folgten Hühner, Tauben, Gänse, Schweinshaxen, Hammelschulter und Wildragout, zusammen mit Forellen, Hechten und gebratenen Flußkrebsen in Essig-, Kapern und Zitronensoßen, unter Beigabe von Orangen, Oliven und Sauerampfersaft.

Vom folgenden Dessert bei dem Käse, Torten, Reisspeisen, Feigen, Trauben, Datteln und Melonen aufgetragen wurden, konnte Fleur nur noch naschen. Die Völlerei dieses üppigen Mahles widerstrebte ihr, und sie fragte sich ernsthaft, ob bei der Dame de Brézé nicht eine gute Portion Angabe mit im Spiel war. Wieso sonst beeindruckte sie den König und sein Gefolge mit der Vielfalt all dieser Speisen, die auf Silbertellern und Silberschüsseln serviert mit allen Reichtümern orientalischer Gewürze versehen waren?

Die junge Frau hatte Zeit und Muße, sich diesen Gedanken hinzugeben, denn die ordnende Hand der Hausherrin hatte dafür gesorgt, daß die Damen der Königin weit unten, abseits der Haupttafel ihr Mahl einnahmen. Zwar kamen sie dort ebenfalls in den Genuß aller Köstlichkeiten, aber weder das schönheitsdurstige Auge des Königs, noch das der anderen Hofkavaliere wurde von der strahlenden Mondgöttin abgelenkt, deren Signet auf allen Verzierungen auftauchte und die sogar als Nymphe in der Kaminverkleidung verewigt worden war.

»Man könnte sich verfolgt fühlen«, tuschelte die kleine Gräfin Montaigne denn auch respektlos. »Überall diese Bilder, Büsten und Allegorien und das alles für die Tochter eines Mannes, der um ein Haar wegen Hochverrats enthauptet worden wäre!«

»Wie das?« Fleur konnte ihre Neugier kaum verbergen.

»Wußtet ihr nicht, daß der Herr von Saint-Vallier, der Vater unserer Gastgeberin ein enger Freund und Vertrauter des unglücklichen Konnetabels von Bourbon war? Als der Konnetabel unter die Fittiche von Kaiser Karl floh, berichtete man dem König, daß der Seigneur Saint-Villier in die Fluchtpläne eingeweiht gewesen war, und prompt fand sich der hohe Herr anstelle seines geflüchteten Freundes auf dem Schafott! Die Dame de Brézé bat für ihren Vater um Gnade und erhielt sie, als sein Kopf bereits auf dem Richtblock lag. Allerdings wollte der verstorbene König den guten Willen nicht übertreiben. Er behielt die bereits beschlagnahmten Besitztümer des noblen Herrn und wandelte seine Strafe in strenge Kerkerhaft um. Es muß seiner Tochter besonderen Genuß bereiten, im ehemaligen Jagdschloß Franz des I. zu residieren. Sozusagen eine späte Rache für die Demütigung, der sie sich unterziehen mußte, um ihren Vater zu retten.«

Ob die Königin, die ihren Schwiegervater sehr verehrt hatte, sich ebenfalls der Vorfälle erinnerte oder einfach des vielfältigen Anblicks der schönen Jägerin müde geworden war, vermochte niemand zu sagen, aber sie verließ das Mahl, sobald es schicklich war. Auch Fleur mußte zusammen mit den anderen Frauen ihres Gefolges das Fest verlassen.

Gegenstand der Unterhaltung im Gemach der Königin war, wie nicht anders zu erwarten, das prächtige Chenonceaux. Während Fleur vorsichtig die perlenbesetzten Nadeln aus dem Gewand der Königin zog, welche die engen Ärmel ihres Staatskleides gehalten hatten, entschlüpfte sogar ihr eine entsprechende Bemerkung. »Ich glaube, ich würde nie auf Reisen gehen, wenn ich ein so bezauberndes Haus wie dieses besäße«, murmelte sie als

Antwort auf einen Ausruf Katharinas, der sich darauf bezog, wie sie sich freuen würde, endlich wieder in ihren eigenen Mauern zu wohnen.

»In der Tat, es ist hübsch«, stimmte die Monarchin kühl zu, »ein Juwel unter den Schlössern des Königs, und ich bin froh, daß ich es gesehen habe.«

Fleur biß sich auf die Unterlippe, damit sie nicht mit dem herausplatzte, was sie gehört hatte. Wenn die Königin die Schenkung ihres Gemahles an Diana von Poitiers nicht zur Kenntnis nahm, so gehörte es nicht zu ihren Aufgaben, sie daran zu erinnern. Aber möglicherweise hatte die Göttliche einen verhängnisvollen Fehler begangen, als sie ihre Schätze so prunkend vor den Augen der Königin ausbreitete.

Sie legte die Nadeln in die dafür vorgesehene Kassette und reichte die schweren Ärmel an Viola de Montaigne weiter, die sie in eine königliche Kleidertruhe versenkte. Madame de Gondi kam die Ehre zu, die weiteren Nadeln aus dem Mieder ihrer Herrin zu entfernen, und es dauerte noch geraume Zeit, bis auch das perlenverzierte Übergewand und die hauchzarte Spitzenkrause in den Truhen verschwunden waren. Mit gelösten Haaren, nur noch mit einem pelzbesetzten Hausmantel bekleidet entließ die Monarchin ihre Damen.

Fleur schlüpfte als erste nach draußen, ehe sie jemand aufhalten konnte. Die warme, parfümgeschwängerte Luft des Gemaches, in dem sich zu viele Leute auf engstem Raum aufgehalten hatten, verursachte ihr Kopfschmerzen. Ehe sie nicht wenigstens ein paar Atemzüge frische Luft bekam, würde sie in ihrer Kammer vermutlich kein Auge zutun können.

Sie raffte den bestickten Seidenrock, der zu einer weit ausgeschnittenen türkisfarbenen Seidenrobe gehörte und lief an einem müden Wachposten vorbei über die schmale Brücke, die das Schloß mit dem festen Land verband.

Dort auf der mauernumgebenden Terrasse im Schatten des mächtigen Torturmes hörte man nichts vom Trubel des Banketts, das im großen Saal stattfand, wo nun Gaukler und Artisten für die Unterhaltung des Königs sorgten.

Fleur spürte die rauhen Steine unter ihren Händen, als sie sich gegen den Wall lehnte und vernahm das leise Murmeln des Cher, der unter den Brückenköpfen hindurchfloß und das Schloß in eine Insel aus Licht und Luxus verwandelte. Der heftige böige Wind, der tagsüber die Staubwolken der Reisekavalkade so unangenehm vor sich hergetrieben hatte, war zu einem milden Lüftchen geworden, das kaum ausreichte, die dicken Wolken, die an einer schmalen Mondsichel vorbeizogen, nach Osten zu treiben.

Nach und nach gewöhnten sich ihre Augen an die Dunkelheit und sie vermochte Umrisse und Schatten zu unterscheiden. Der Fluß glänzte dort, wo er gegen die Steine anfloß und sich in silbernen Wirbeln seitwärts drängte. Die Luft war kühl, feucht und enthielt eine Ahnung von Nebel, der im Laufe der Nacht vom Wasser heraufkriechen würde.

»Irgend etwas hat mir verraten, daß ich Euch wie eine Nixe am Ufer des Flusses finden würde ...«

»Ihr!«

Fleur fuhr herum und fand sich der hochgewachsenen Gestalt gegenüber, die ihre Träume beherrschte. Die Lautlosigkeit, mit der er sich durch die Finsternis an ihrer Seite bewegt hatte, ängstigte sie plötzlich. So sehr sie auf die Möglichkeit gehofft hatte, Yves de Saint-Tessé auf dieser Reise näherzukommen, jetzt fühlte sie sich befangen. Ihr fehlten die Worte, um an die unvergessenen Stunden ihrer Liebe anzuknüpfen. Im Grund kannte sie ihn ja so wenig.

»Meine schöne Freundin!«

Die dunkle, melodiöse Stimme verlieh dem Titel eine besondere Eindringlichkeit. Fleur fühlte sich an den Händen ergriffen und in eine besitzergreifende Umarmung gezogen. Fordernde sinnliche Lippen legten sich auf ihren zitternden Mund und ein drängender leidenschaftlicher Kuß vertrieb jede Spur von Vernunft und Überlegung. Sie schmeckte den Wein von seiner Zunge, kostete den männlichen Duft, in den er sie hüllte und gab sich der Eroberung hin.

Fleur schmolz unter dieser Liebkosung wie Wachs. So sehr sie in den vergangenen Tagen versucht hatte, die Anziehungskraft, die er auf sie ausübte, zu bagatellisieren, dieser Kuß bewies ihr das Gegenteil. Ohne daß es ihr bewußt wurde, schlang sie die Arme um seinen Körper und preßte sich enger an die harte Gestalt. Der unterdrückte Laut, der aus seiner Kehle darauf antwortete, glich dem Knurren jenes Löwen der königlichen Begrüßung in Lyon. Und wie ein Raubtier reagierte der Graf auch auf das unverhüllte, heftige Verlangen, das zwischen ihnen aufloderte.

Er bedeckte Fleurs Antlitz mit Küssen, seine Lippen fanden die zarte Haut ihrer Schläfen, streichelten die geschlossenen Lider und senkten sich auf die empfindliche Mulde an ihrem Hals, wo das spürbare Hämmern ihres Blutes die Liebkosung erwiderte.

Flinke, allzu raffinierte männliche Finger schlüpften zwischen den steifen Seidenstoff ihres Mieders und das samtige Fleisch der Brüste. Fleurs Seufzer war eher Lust als Protest und die aufgerichteten, dunkelrosa Knospen der zärtlichen Hügel hätten ohnehin ihr eigenes Begehren mit feuriger Deutlichkeit verraten. Sie spürte die aufflammende Hitze dort, wo sie sich vor wenigen Tagen mit ihm vereinigt hatte und ein Schauer der Sehnsucht überlief sie in zitternden Wellen.

»Du bist noch schöner, als ich dich in Erinnerung hatte«, raunte ihr Geliebter und streifte das Gewand über ihre Schultern, damit er mehr als nur die seidenweiche Wölbung ihres Busens küssen konnte. Der Kontrast zwischen der heißen, rauhen Liebkosung seiner Zunge auf ihren Brustwarzen und der kühlen Nachtluft stachelte ihr Verlangen zu glühender Begierde. Erleichterung suchend rieb sie ihre Hüften an seiner Gestalt und zuckte zurück, als sie dort auf den unleugbaren, harten Beweis seines Begehrens traf.

»Graf! Graf Chartière? Seid Ihr hier draußen?«

Die rufende, jugendliche Stimme eines Pagen drang nur schwer durch den sinnlichen Nebel der Lust, der Fleur umgab. Der Graf indes hatte sich schneller gefaßt. Die junge Frau spürte den eisigen Hauch des Windes auf den feucht glänzenden Kuppen ihrer so plötzlich vernachlässigten Brüste und taumelte schwach, während Yves de Saint-Tessé ebenso geschickt wie die eifrigste Kammerzofe, die Robe wieder an Ort und Stelle zog.

Keinen Moment zu früh, denn das eifrige Kerlchen, das kaum mehr als zwölf Jahre zählte, tauchte bereits in Sichtweite des Donjons auf. Es tat, als sehe es das hellschimmernde Gewand der Dame gar nicht, sondern verneigte sich lediglich vor dem Grafen.

»Seigneur, die Dame de Brézé bittet Euch für einen Moment um Eure Aufmerksamkeit. Wenn Ihr mir folgen wollt?«

»Ich komme sofort nach!« schickte ihn Chartière voraus und wandte sich zu Fleur. »Verzeiht mir, meine Liebste, es lag nicht in meiner Absicht, Euch wie ein Stallmädchen im Garten zu nehmen. Aber Ihr habt etwas an Euch, das mich den Kopf verlieren läßt, sobald ich euch sehe.«

»Es gibt nichts zu verzeihen«, wisperte sie mit belegter Stimme. »Ich fürchte, Ihr übt die gleiche Wirkung auf mich aus, Seigneur!«

»Wir werden uns mit dem Problem beschäftigen müssen, wenn wir in Paris sind, Chérie! Versprecht mir, daß Ihr nicht zulange hier draußen bleibt. Die Nacht ist gefährlich für Flußnixen ...«

Ein letzter Kuß, bei dem seine erobernde Zunge tief in die Höhlung ihres weichen, süßen Mundes drang und die Erinnerung an anderes, vollkommeneres Eindringen weckte, dann blieb sie allein. Halb sehnsüchtig, halb beschämt über die eigene schrankenlose Hingabe.

Was Diana von Poitiers wohl so wichtiges mit dem Grafen zu besprechen hatte, daß sie ihn während des Bankettes suchen ließ? Woher wußte sie überhaupt, in welche Richtung sie den Pagen schicken mußte? War es üblich, daß sich Damen und Herren des Hofes in diesen Gärten trafen?

Ein wenig beschämt machte sich Fleur auf den Rückweg in das Schloß. Sie hatte nicht gedacht, als sie sich nach draußen begab, aber möglicherweise hatte der Graf sie beobachtet und es für eine Aufforderung gehalten. Besonderen Widerstand hatte sie seinen kühnen Zärtlichkeiten ja nicht geleistet. Im Gegenteil, sie war ehrlich genug mit sich selbst, um das abrupte Ende zu bedauern.

Sie ahnte, daß sie aufgewühlt und halb verführt in dieser Nacht keinen besonders erholsamen Schlaf finden würde. Es blieb ihr genügend Zeit darüber nachzugrübeln, woher wohl das deutliche Empfinden von plötzlicher Gefahr kam, das sie wie ein Ungeheuer aus einer dunklen Ecke überfallen hatte.

Während Viola de Montaigne und die andere Ehrendame tief und fest schlummerten, versuchte Fleur ihre aufgepeitschten Sinne zu kontrollieren. Ein schwieriges Unterfangen, denn ihre Brüste sehnten sich ebenso schwer und verlangend nach den raffinierten Zärtlichkeiten des geschickten Seigneurs, wie ihr Mund nach seinen Küssen und ihr Schoß nach der Vereinigung mit ihm.

Die Liebe hatte Fleur wie ein heftiges Fieber überfallen

und die Krankheit machte ihr das Herz schwer und den Körper unruhig. Bei allen Heiligen, wie sollte das weitergehen? Nun eigentlich gab es für sie doch nur eine Möglichkeit. Sie würden den heiligen Bund der Ehe miteinander eingehen. Der Segen des Priesters würde die sündigen Wünsche, die ihr den Schlaf raubten, legalisieren.

Fleur zweifelte nicht länger daran, daß der Graf von Chartière eben das gemeint haben mußte, als er davon sprach, in Paris das Problem zu lösen. Erleichtert löste sich endlich die Spannung ihrer Glieder, und sie sank in einen unruhigen Schlummer, dessen Traum sie in die Arme ihres wartenden Geliebten führte.

6. KAPITEL

Das freche Spottlied wurde von einer Männerstimme gesungen. Es drang durch das offene Fenster von der Gasse aus herein und Fleur errötete, als sie den Sinn der schlampig gereimten Verse begriff.

»Trotz ihres großen Alters,
Ist heute abend
Diana auf der Jagd
Einen König zu erlegen.
Ach Kathrinchen!
Welcher Jammer!«

So schnell sie auch den Raum durchquerte, um die Öffnung zu schließen, es ließ sich nicht verhindern, daß die Königin, die soeben eine lange Perlenkette über ihr Festkleid legte, den Gesang gleichfalls vernahm. Fleur wagte nicht, zu ihr hinüberzusehen. Mit dem Fensterverschluß kämpfend, wartete sie auf den herrischen Befehl, den dreisten Sänger festzunehmen, zu bestrafen. Allein, kein Wort kam über die Lippen der hohen Dame.

Im Gegenteil, die Katharina von Medici schien völlig in den Anblick ihres Schmuckes vertieft zu sein. Sie hielt einen großen Smaragdring hoch, der von einem Kreis aus geschliffenen Diamanten umgeben, im Licht der honigfarbenen Kerzen glitzerte, die vor geraumer Zeit von den Dienern in den schweren Silberleuchtern entzündet worden waren.

»Was meint Ihr, Dame Fleur, paßt dieser Grünton zum Purpur meiner Robe oder sollte ich besser den Rubin dort anlegen?«

Fleur holte tief Luft und versuchte ihre Enttäuschung und ihren Zorn zu meistern. Wenn sie über die Macht der

Königin verfügt hätte, ihr aufflammendes Temperament hätte sie sicher dazu verführt, diesen Frechling den Folterknechten zu übergeben. Mußte er seine Sottise ausgerechnet unter dem Kammerfenster der Monarchin singen?

»Den Rubin, Majestät«, erwiderte sie schließlich und drehte dem Fenster den Rücken zu. »Seine Glut betont das Weiß Eurer Hände, während sie das Grün des Smaragds eher blasser machen würde.«

»Tatsächlich, Ihr habt recht, meine Liebe!« Für die Florentinerin schien es nichts Wichtigeres zu geben, als die Wahl zwischen zwei kostbaren Ringen.

Weder die Tatsache, daß das Volk in den Gassen über sie Spottlieder dichtete, noch die Mißlichkeiten der Reise, die sie in den letzten Tagen endlich nach Paris geführt hatte, konnten ihrer eisernen Selbstbeherrschung etwas anhaben. Fleur wußte nicht, ob sie es bewundern oder bedauern sollte. Sie sank jedoch in eine respektvolle Reverenz, während die Königin die schweren Brokatröcke der burgunderfarbenen Robe mit dem Hermelinbesatz aufnahm, um sich zu dem Ballett zu begeben, das an diesem Abend in ihrem Tanzsaal zu Ehren des Königs aufgeführt wurde.

»Beeilt Euch, Kind! Der König wird in Kürze eintreffen und ich möchte, daß zu seinem Empfang alle meine Damen versammelt sind.«

Fleur bekundete ihre Zustimmung mit einem tieferen Senken des Kopfes und verharrte in ihrer Verbeugung, bis die Königin den Raum verlassen hatte.

Das türmchenbestückte Palais de Tournelles, in dem sich der Tanzsaal befand und das die Königin in Paris bewohnte, hatte Fleur anfangs enttäuscht. Auch wenn der Palast des Königs, der Louvre, im Augenblick einer Baustelle glich, so hätte sich für die Souveränin von Frankreich doch sicher ein schöneres Heim finden lassen als dieser alte Adelspalast, der kaum ihrem ganzen, ohnehin nicht üppigem, Hofstaat Platz bot, in dem sie sich erneut einen Raum mit zwei anderen Ehrendamen teilen mußte.

Während sie gehorsam den königlichen Schmuck in die Truhe zurückräumte und dafür sorgte, daß die Mägde den Raum wieder säuberten, in dem die Königin in der vergangenen Stunde Toilette gemacht hatte, wanderten ihre Gedanken unwillkürlich zu den Ereignissen der letzten Woche zurück. Geschehnisse, die sie selbst an den Rand ihrer ohnehin geringen Gelassenheit gebracht hatten.

Im Troß des königlichen Reisezuges, der von Chenonceaux aufgebrochen war, hatte sie keine Spur von Yves de Saint-Tessé entdecken können. Mehr als einmal war sie nahe daran gewesen, Viola de Montaigne nach ihm zu fragen, aber dann hatte sie es doch unterlassen. Sie wußte, sie würde ihn in Paris wiedersehen. Er hatte es ihr versprochen. Allein, es besorgte sie, daß er nach dem Gespräch, zu dem ihn Diana von Poitiers gebeten hatte, verschwunden war.

Sie verabscheute die kühle, ehrgeizige Dame, die sich auf Kosten der Königin zur mächtigsten Frau Frankreichs aufschwang, während sie sich heuchlerisch als Freundin beider Majestäten bezeichnete. Aber sie begriff auch Katharina von Medici nicht, die ihre Rivalin in allen Ehren bei sich empfing, da diese natürlich auch heute abend König Heinrich begleitete, sie und der ganze Hof, unter dem sich hoffentlich auch Yves de Saint-Tessé befand!

Kein Wunder, daß sie die Mägde zur Eile antrieb, damit sie sich als Letzte aus dem Geleit der Königin in den Festsaal begeben konnte. Das schwere weiße Atlasgewand mit den prächtigen Goldstickereien und dem viereckigen Dekolleté, das sie zu diesem Anlaß trug, hatte sogar die Bewunderung der Königin erregt. Die steife Goldspitze, die in ihrem Nacken aufstieg, war ein Wunderwerk aus feinstem Golddraht und duftigen Goldfäden, und die geschlitzten Atlasärmel blitzten, wenn die schillernde, goldfarbige Seide darunter bei einer Bewegung sichtbar wurde.

Die Vorfreude zauberte zudem einen Hauch frischer Röte auf ihre Wangen, und die grünen Augen funkelten tiefer als der kostbare Smaragdring, den die Königin eben verworfen hatte. Die Aussicht, in kürzester Zeit den Grafen von Chartière wiederzusehen, beschleunigte ihren Schritt ebensosehr wie ihren Herzschlag; und das, obwohl ihre unverbesserliche neue Freundin Viola nicht mit Klatsch und Warnungen gespart hatte. »Man sagt, daß er bis zur Abreise nach Turin ein Verhältnis mit der Dame de Bourgeuil hatte. Allerdings kam der Ehemann dahinter, und der Graf, der eigentlich die Reise gar nicht mitmachen wollte, spielte plötzlich den Reisemarschall der Favoritin.«

Fleur hatte ihre Ohren vor diesen Erzählungen verschlossen. Die leidenschaftliche Liebe, die sie an den Seigneur de Saint-Tessé band, hatte nichts mit flüchtigen Abenteuern zu tun. Ihr Herz befand sich bei ihm in festen Händen, und was vorher gewesen war, wollte sie nicht wissen.

Auch ihr zweiter Freund bei Hofe, Piero Strozzi, hatte sich zu einer Warnung verpflichtet gesehen. Seine Augen drangen tiefer als die Madame de Montaignes, und die unmerkliche Wandlung Fleurs vom bezaubernden Mädchen zur liebenden Frau, war ihm nicht entgangen. Er vermutete zwar nur, wer dafür verantwortlich sein konnte, aber er wagte trotzdem eine Warnung.

»Es würde mich schmerzen, Tränen in diesen schönen Augen zu sehen, Madonna Fleur!« hatte er in seinem klangvollen Toskanisch gesagt. »Es gibt Flammen, denen sich auch die schönsten Schmetterlinge nicht nähern sollten. Zwischen dem alten, eingesessenen Adel Frankreichs und den Familien aus Florenz herrscht trotz der königlichen Ehe keine besondere Liebe. Man mißachtet unseren Stolz und tut unsere Tatkraft als Krämergeist ab«.

Fleur hatte sich ahnungslos gestellt, aber sehr wohl begriffen, daß damit auch die hochwohlgeborenen Vorfahren des Grafen Chartière gemeint sein könnten, die angeblich seit Karl dem Großen, den Mächtigen des Königreiches treue Dienste geleistet hatten.

Freilich, warum mußten alle diese wohlmeinenden Geister Dinge, wie Herkunft, Vermögen und höfische Verpflichtungen über die Liebe stellen? Hatten sie keine Ahnung davon, daß letztendlich die Liebe über alles siegte? Sie wußte es, sonst hätte sie nie diese Seligkeit in den Armen ihres stolzen, zärtlichen Geliebten empfunden.

Sie eilte eben mit vorsichtig gerafften Röcken, die breite Steintreppe hinab, als ein verspäteter Gast zwischen den Ehrenwachen in die Vorhalle trat. Das Glück war mit ihr, und sie verharrte auf den Stufen.

»Ihr!«

Der leise Ausruf lenkte die Aufmerksamkeit des Mannes auf die Treppe zu den Privatgemächern, und für einen Herzschlag lang nahm er das Bild der goldenen Fee in sich auf. Fleur trug ihre Haare an diesem Abend offen und sie wellten sich wie flüssiges Gold, nur von einem Reif gebändigt, über Schulter und Rücken. Eine große, mattschimmernde Perle zierte den altmodischen Reif, der diese Pracht zusammenhielt, genau über ihrer Stirn.

Die Art, wie der Graf de Chartière bei ihrem Anblick seine Stirn runzelte, erinnerte Fleur an ihren Vater, wenn er überlegte, wie er ihr eine höchst unangenehme Neuigkeit verkünden sollte. Ihr Herzschlag setzte aus. Ein Anflug plötzlicher Unsicherheit verlangsamte ihre Schritte. Sie blieb einen Tritt über ihm stehen, so daß sich ihre Augen auf gleicher Höhe befanden, als er sich aus seiner lässigen Verneigung aufrichtete.

»Kann es sein, daß Ihr mich vermißt habt, Dame Fleur? Welche Ehre für mich.« Der etwas überheblich spöttische Höfling vor ihr, war nur schwer mit dem Bild des gefühlvollen Geliebten in Einklang zu bringen, nach dem sich die junge Frau seit Tagen gesehnt hatte.

»Wie könnt Ihr das fragen«, murmelte sie verwirrt. »Ich habe die Stunden gezählt, bis wir wieder vereint sind. Ich wußte nicht, wie allein ich mich fühlen würde ohne Euch! Wie verlassen!«

»Es ist ein Fehler, sein Herz zu sehr an einen Menschen zu hängen«, antwortete er rätselhaft und hielt ihr die geschlossene Faust hin, damit sie ihre Hand darauf legen konnte. »Aber es schmeichelt mir ungemein, daß Ihr meinen kleinen Aufmerksamkeiten die unerwartete Ehre Eurer Erinnerung schenkt.«

»Die Ehre meiner Erinnerung ...«, wiederholte Fleur, als rede er in einer Sprache, die sich ihrem Begreifen entzog. Sie riß ihre Hand zurück und wich besorgt einen Schritt zur Seite.

»Verzeiht, Seigneur, wenn mir die Feinheiten Eurer Formulierung entgehen«, wisperte sie spröde. »Wie sollte ich die Liebe vergessen, die wir geteilt haben? Sie ist das Wichtigste in meinem Leben!«

»Welch pathetische Worte! Ihr meßt der Tändelei eines Kavaliers zuviel Bedeutung bei, liebste Dame!«

Fleur glaubte zu fühlen, daß der Boden unter ihren Füßen wankte. Sie schluckte schwer. »Ich fürchte, ich verstehe Euch nicht. Bitte sagt, was Ihr meint und quält mich nicht mit sybillinischen Andeutungen. Wie sollten die besonderen Zärtlichkeiten meines künftigen Gatten nicht von Bedeutung für mich sein?«

Wie vor den Kopf geschlagen suchte sie in dem harten, kantigen Gesicht und den erloschenen dunklen Augen nach der Erinnerung an ihre Liebe. Noch ehe er die Lippen öffnete, wußte sie mit einem Schlag, daß er Abscheuliches sagen würde. Nie wieder Gutzumachendes! Das Lächeln eines gereizten Wolfes geisterte um den Mund, den sie so leidenschaftlich und voller Liebe erlebt hatte.

»Ist es möglich, daß Ihr Euch nicht klar über die Natur der angenehmen Aufmerksamkeiten seid, die Euch zuteil wurden, meine Kleine? Es ist ein Spiel, das die Erwachsenen mit Vorzug treiben. Man amüsiert sich und redet nicht weiter über kleine Scharmützel dieser Art!«

Hätte sich die Erde vor ihren Füßen geöffnet und sie bis in die Hölle hinunter verschlungen, Fleur wäre nicht entsetzter gewesen. Es gab nur eine einzige Möglichkeit: Yves de Saint-Tessé erlaubte sich aus unbekannten Gründen einen grausamen Scherz mit ihr. Eine Prüfung ihrer Zuneigung. Ja, nur so konnte es sein. Sie bekämpfte die lähmende Verzweiflung in ihrem Inneren und zwang sich dazu, das Kinn stolz nach oben zu recken.

»Scharmützel? Könnt Ihr mir näher erklären, was Ihr damit meint, Seigneur? Wollt Ihr mir bedeuten, daß ich mich in Euren Absichten getäuscht habe?« sagte sie und jede einzelne Silbe kostete sie unendliche Kraft.

»Meine Absichten waren klar«, beschied ihr der Edelmann arrogant und sah irgendwo über ihrem Scheitel die Treppe hinauf. »Ihr seid bezaubernd schön und ein Mann müßte aus Stein sein, um Euch nicht zu begehren ...«

Fleur versuchte die irrwitzige Hoffnung, die diese Erwiderung in ihr weckte, zu unterdrücken. Immerhin — er fand sie schön!

»... allein, Ihr könnt doch nicht im Ernst erwarten, daß man Euch eine Ehe anträgt? Die Frau, die ich einmal heirate, wird den Erben des Hauses Chartière zur Welt bringen. Ich erwarte von ihr einen ehrenvollen Namen und einen untadeligen Ruf. Ein Mann meines Ranges kann unmöglich die Tochter eines Händlers heiraten ...«

»Die Tochter eines Händlers ...« Fleur taumelte unter dem ungerechten Schlag.

»Meine Gattin muß eine Frau von allerbestem Stand und aus erster Familie sein, das müßt Ihr begreifen. So entzückend Ihr auch ausseht, Euer Vater leitet das Handelshaus Tornabuoni, ist noch nie bei Hofe gesehen worden. Ihr könnt meiner Zuneigung gewiß sein, aber bitte begrabt Euren ungerechtfertigten Ehrgeiz und laßt uns zum Fest gehen. Ihr müßt Euch nicht kränken, niemand wird Euch Eure niedere Herkunft vorwerfen, alle Welt weiß, daß es Katharina in erster Linie darum geht, sich mit hübschen Damen zu umgeben. Es ist ihr Ziel, die Aufmerksamkeit ihres Gemahls vielleicht irgendwann auf eines dieser Geschöpfe lenken zu können, das von ihr gelenkt und beeinflußt wird. Ich weiß die Bevorzugung zu schätzen, die Ihr mir mit Eurer Zuneigung angedeihen ließet . . .«

Fleur wußte nicht aus welcher Quelle die geheimnisvolle Kraft kam, die sie in diesem Moment aufrecht hielt. Wie betäubt starrte sie den Mann an, dem sie sich ohne Vorbehalte geschenkt und hingegeben hatte. Für ein Scharmützel! Für zärtliches Getändel. Für die beiläufige Bestätigung seiner Verführungskünste. Für die tiefste und vollkommenste Demütigung, die sie in den 18 Jahren ihres bisher so behüteten Lebens jemals erfahren hatte!

Ein zitternder Atemzug weitete ihre Brust, und der Graf de Chartière hob aufs neue lässig seine Hand.

»Laßt Euch zum Fest führen, meine Liebe! Die Musik hat bereits eingesetzt, und wir werden das Ballett versäumen, wenn wir weiterhin unsinnige Diskussionen führen.«

Verstört starrte sie auf die braune Faust, die ein schwerer goldener Siegelring mit einem verschlungenen Wappen zierte. Das Wappen der Chartière! Wenn diese ehrenvolle Familie solche Schurken hervorbrachte, dann mußte man nicht stolz darauf sein. Sie schlug die Hand mit einem einzigen, harten Ruck zur Seite.

»Bemüht Euch nicht, Seigneur!« sagte sie mit zusammengebissenen Zähnen und einem Lächeln, das so tödlich wie eine Degenklinge war. »Aber seid versichert, daß Ihr Euer Leben nur der bedauerlichen Tatsache verdankt, daß es einer Frau nicht vergönnt ist, einen infamen Lügner zum Kampf zu fordern. Ihr habt meine Liebe zurückgewiesen, nehmt zum Dank dafür meinen Haß!«

Mit einer einzigen fließenden Bewegung drehte sie ihm ihren grazilen Rücken zu und rauschte in königlicher Haltung an dem verdutzten Grafen vorbei. Die weißgoldene, bestickte Schleppe des eleganten Gewandes raschelte über seine Schnabelschuhe und der anmutige, perlengekrönte Kopf reckte sich in einem Stolz, der seinem Hochmut ebenbürtig war. Ein flüchtiges Bedauernn färbte seine Züge, dann gab er sich einen Ruck und folgte ihr.

Nun, da die Fronten zwischen ihnen geklärt waren, würde sicher auch diese närrische Sehnsucht nach dem schmalen, rassigen Körper irgendwann aufhören, den er nur wenige Male in seinen Armen gehalten hatte. Ein flüchtiger Spätsommertraum, den die Erinnerung verklärte. Die dummen Einfälle einer Sentimentalität, die sich ein Mann in seiner Position nicht leisten sollte.

Keiner von beiden hatte Madame de Gondi bemerkt, die auf dem obersten Absatz der Privattreppe stand und soeben Zeugin einer höchst interessanten Auseinandersetzung geworden war. Mit Sicherheit würde sich Katharina von Medici für den Inhalt dieses Gespräches interessieren.

Diana von Poitiers, die schöne Dame de Brézé, hatte wie üblich den ergebenen Kreis ihrer Bewunderer und Freunde um sich versammelt. Sie scheute sich nicht, der Gastgeberin, jener Königin, die sie täglich mit dem eigenen Mann betrog, die artigsten Komplimente für die schöne Ballettaufführung zu machen. Ihr gekünsteltes Lachen besaß einen metallischen Unterton, aber der betörte König sah nur ihre Eleganz, die neben der plumpen, schwangeren Italienerin um so majestätischer wirkte.

Die Monarchin zog sich nach dem Austausch der doppelzüngigen Komplimente zurück, damit niemand auffiel, daß seine Majestät der König keinen Blick und kein Wort für sie übrig hatte. Fleur beobachtete die Ereignisse, ohne sie richtig wahrzunehmen. Eine unbekannte stählerne Kraft stärkte ihr den Rücken und verhinderte, daß sie sich mit dem Zusammenbruch, nach welchem ihr in Wirklichkeit zumute war, vor allem blamierte.

Piero Strozzi hatte sich an ihrer Seite eingefunden, und sie ließ unkonzentriert die wortreiche Kaskade seiner bombastischen Komplimente über sich ergehen. Die Verehrung, die er ihr mit südlichem Temperament zu Füßen legte, brachte sie wenigstens wieder so weit zur Besinnung, daß sie Pläne machen konnte. Nein, sie würde dem Grafen Chartière nicht die Genugtuung bieten, zu zeigen, wie sie litt. Sie würde strahlen, und wenn sie der bloße Versuch es zu tun, sie umbrachte! Vielleicht war es dieser Trotz, der sie dazu brachte, ihren Platz in der Nähe der königlichen Maitresse auch weiterhin zu behaupten. Stolz und so schön, daß sogar der Blick des Königs sich mehr als einmal in ihre Richtung verirrte.

Das amüsierte, ein wenig heisere Lachen der Favoritin brachte sie dazu, ihren folgenden Sätzen mehr Aufmerksamkeit zu schenken, als sie es bisher getan hatte. Die Favoritin nahm gerade einen Becher Wein von Saint-Tessé entgegen und bedankte sich mit wohlgesetzten Worten für seinen Dienst.

»Ah, wenigstens ist der Wein in diesem Hause von allererster Qualität, findet Ihr nicht auch, lieber Graf? Es hat seine Vorteile, wenn man weiß, wie man mit Händlern und Lieferanten umgehen soll ... vielleicht sollte ich mir auch eine kleine, hübsche Magd aus diesen Kreisen anschaffen, wie Ihre Majestät es in Lyon getan hat. Man sagt, daß auch Ihr seit neuestem eine Vorliebe für einfache Mädchen habt? Stimmt das?«

Lächelnd hob Diana ihr juwelenbesetztes Trinkgefäß in jene Richtung, in der Fleur und Piero Strozzi standen. Es konnte nicht den geringsten Zweifel geben, wer mit ihrer niederträchtigen Bemerkung gemeint gewesen war.

Für einen Herzschlag lang blickte die junge Frau in die kühlen, dunklen Augen der wahren Königin des Reiches und plötzlich ahnte sie, wer dem Grafen Chartière Herkunft verächtlich gemacht und ihre Liebe zerstört hatte. Sie sah den kleinen Pagen in Chenonceaux förmlich vor sich, der sie eiligst aus den Armen Yves de Saint-Tessés gerissen hatte.

Wenn sie auch zuerst nicht begriff, weshalb sie sich die rachsüchtige Mißgunst dieser mächtigen Frau zugezogen hatte, daß sie ihr zum Opfer gefallen war, daran konnte es keinen Zweifel geben. Gleichzeitig mit dieser Erkenntnis durchströmte sie schlagartig auch das Wissen, daß es ein guter Teil Angst gewesen sein mußte, der die Ältere zu dieser Intrige veranlaßt hatte. Angst vor der Schönheit der Jugend, die sie selbst mit allen Geheimnissen der Apotheker von ganz Paris nicht mehr zurückholen konnte. Vielleicht sogar Eifersucht, weil sie ihr einen Kavalier streitig machte, den sie für so eine Art Privateigentum hielt.

Dabei bestand gar kein Anlaß mehr dazu. Sie würde Yves de Saint-Tessé nicht einmal ansehen, wenn er der letzte Mann auf Erden wäre. Dessenungeachtet dünkte es sie jedoch unerträglich, daß sich beide in ihrem Adelsstolz das Recht anmaßten, auf Fleur de Paradou herabzusehen. Niemand durfte sich ungestraft über ihren Namen, der jener ihres geliebten Vaters war, lustig machen!

Es war ein kompliziertes Netz aus gekränktem Stolz, dem herrischen Wunsch nach Rache und durchgehendem Temperament, das sie letztlich veranlaßte, sich mit schwingenden Röcken umzudrehen und die Favoritin offener ins Auge zu fassen. Einer goldgleißenden Flamme gleich, erregte sie die Neugier der Höflinge, die mit sicherem Instinkt für das Dramatische, die kommenden Konfrontation erahnten.

»Kann es sein, Madame, daß Ihr mit der Magd meine Person gemeint habt?« sagte sie mit klarer, weithin hallender Stimme und ringsum verstummte mit einem Male jede andere Unterhaltung.

Diana von Poitiers hob in unnachahmlicher Hochmut die gewölbten schwarzen Brauen, und ihr lächelnder Mund bekam eine Spur von Verkniffenheit, während sie Chartière ihren Becher reichte. »Auch der beste Wein tröstet nicht über die Ungezogenheit hinweg, die ihre Spuren hinterläßt, wenn man zwischen Warenstapeln und Krämergerede aufwächst, Demoiselle!«

Fleur nahm den Fehdehandschuh ohne zu zögern entgegen. Ein ebenso hinreißendes wie eisiges Lächeln zeigte ihre perlweißen Zähne und ihre Antwort war von täuschender, liebenswerter Sanftmut.

»Das Krämergerede meines Vaters war sicher weniger interessant, wie die vertraulichen Informationen, die der Konnetabel von Bourbon dem Herrn von Saint-Vallier zukommen ließ, ehe er den französischen König an den spanischen Kaiser verriet, Madame!«

Eine Kanonenkugel hätte nicht unvorhergesehener und vollkommener mitten unter die Hofgesellschaft einschlagen können. Niemand hatte bisher gewagt, das tragische Schicksal des eingekerkerten Saint-Vallier vor Diana von Portiers auch nur zu erwähnen. Zudem war Fleurs Stimme hell und klingend genug, um bis in die letzte Nische des großen Saales verstanden zu werden.

Jede Farbe war aus dem Gesicht der Favoritin gewichen. Die Umstehenden genossen das seltene Vergnügen, diese wortgewaltige Dame den Mund öffnen und wieder schließen zu sehen, ohne daß auch nur der kleinste Laut dabei über ihre Lippen kam. Aber Fleur, einmal in den Fängen ihres teuflischen Temperaments, das sich jeder Kontrolle entzog, hatte noch längst nicht alle vergifteten Pfeile aus ihrem Köcher verschossen.

»Seid versichert, Madame«, fügte sie säuselnd hinzu und neigte sich zu einer Reverenz von zeremoniöser Vollkommenheit. »Daß ich für meinen Teil lieber die geliebte, achtbare Tochter eines Krämers und Händlers bin, als die Tochter eines Verräters und die Hure eines Königs!«

Die totengleiche Stille im Tanzsaal des Palais Tournelles war so durchdringend, daß das Knistern von Fleurs Kleid, als sie sich aufrichtete und nach draußen schritt, wie das Brausen eines aufkommenden Sturmes klang. Niemand hielt sie auf. Gelähmt vor Entsetzen oder starr vor Sensationsgier über den erlebten, unbeschreiblichen Skandal folgten ihr die Blicke der Anwesenden.

Den zornigen Aufschrei des Königs, das gequälte Seufzen, mit dem Diana von Poitiers in Ohnmacht fiel und den leisen, italienischen Fluch der sonst so beherrschten Königin, hörte die junge Frau nicht mehr. Ihre Röcke gerafft, lief sie, wie von wütenden Furien gehetzt in die kleine Kammer, die sie im Palast bewohnte und warf sich quer über das schmale, allzu harte Bett.

Sie fand keine Lösung in Tränen. Blind, völlig erstarrt, bis in die Tiefen ihres Herzens, quälte sie sich von Atemzug zu Atemzug. Die Trümmer ihrer Liebe, ihrer ehrgeizigen Pläne, ihres Stolzes und ihres Vertrauens erdrückten sie mit gnadenloser Gewalt. Sie hatte alles ruiniert. In einer einzigen, schrecklichen Nacht war es ihr gelungen, einen Untergang von so skandalösen Ausmaßen zu inszenieren, wie ihn der Hof des französischen Königs seit Menschengedenken noch nicht erlebt hatte.

[illegible]

[illegible]

[illegible]

[illegible]

[illegible]

7. KAPITEL

»Jetzt verstehe ich, warum Euer Vater solche Bedenken hatte, Euch in meine Dienste zu geben?« Die Stimme der Königin ließ ihre übliche Freundlichkeit vermissen. Sie klang schroff und der italienische Akzent trat noch stärker als sonst in den Vordergrund. Fleur konzentrierte sich mit gesenkten Lidern auf das verschlungene Muster des kostbaren Orientteppichs zu ihren Füßen.

Mehr als vierundzwanzig Stunden hatte es gedauert, ehe sie Katharina von Medici in ihr Arbeitskabinett befohlen hatte. Endlose Stunden, die ihr mehr als genug Zeit gelassen hatten, ihre Dummheit zu bedauern und ihren gesellschaftlichen Ruin in allen Einzelheiten zu erfassen.

»Ist Euch klar, daß Ihr Euch unverzeihlich benommen habt? Daß es keine Entschuldigung für diese Verletzung des Anstandes und der guten Sitten gibt? Daß Ihr mich als Gastgeberin unmöglich gemacht habt?«

Obwohl Fleur diesen Tadel nach außen hin demütig annahm, regte sich zunehmend Widerstand in ihr. Wieso wurde eigentich nur ihr allein die Schuld gegeben? Weshalb ignorierte die Königin, daß sie von Diana von Poitiers unerträglich provoziert worden war?

Sogar wenn man davon ausging, daß, außer der mächtigen Maitresse und dem Grafen, niemand um den wahren Grund des Skandals wußte, blieb doch die Tatsache unveränderlich bestehen, daß die Dame Brézé als erste den Fehdehandschuh geworfen hatte. Wäre von ihr erwartet worden, diese Beleidigungen hinzunehmen?

»Seine Majestät, mein Gemahl, hat Anweisung gegeben, Euch in den Kerker zu werfen!« beendete die Königin ihre heftige Rüge.

»Oh, nein!« Fleurs Kopf fuhr hoch. Sie versuchte das Zittern ihrer Hände zu verbergen, indem sie ihre Finger vor der Brust faltete. Dabei hatte sie in diesem Moment weniger Angst um sich selbst, als darum, was ihre Eltern empfinden würden, wenn sie von dieser Schande erfuhren. Nun war sie selbst es, die den alten und ehrlichen Namen de Paradou in den Schmutz zog. Die um der kleinlichen Rache für ein verletztes, argloses Mädchenherz willen, Ehre und Loyalität einer ganzen Familie zerstörte.

»Hättet Ihr nicht zuvor die Folgen Eurer Tat bedenken können?« sprach die Königin streng weiter, ohne ihre Verzweiflung zu berücksichtigen. »Madame Brézé hat einen Anfall bekommen und nicht einmal seine Majestät war im Stande, die Dame zu beruhigen. Sämtliche Ärzte des Hofes bemühen sich um sie und sie mußte bereits dreimal zur Ader gelassen werden. Keine sehr angenehme Prozedur, wie Ihr sehr wohl wißt. Außerdem glaubt der Leibarzt des Königs, daß der Blutstau, der ihre Nerven schädigt, am besten mit regelmäßigen Klistieren zu beseitigen sei . . . Möglicherweise wird er die Dame auch schröpfen . . .«

Es dauerte ein wenig, aber dann realisierte Fleur, daß sich der tadelnde Ton ihrer Herrin geändert hatte. Es fehlte nicht viel, damit er vor satter Genugtuung vibrierte. Die tiefe, ruhige Stimme verlieh der blumigen Schilderung, der Leiden der schönen Favoritin, zwischen Alkoven und Abtritt geradezu blutrünstige Farben.

Vorsichtig wagte Fleur unter halb gesenkten Wimpern die Königin anzusehen. Große grüne und kleine schwarze Augen trafen sich. Erstere zögernd, fragend, unsicher, die anderen unzweifelhaft vergnügt, geradezu triumphiernd schadenfroh glitzernd. Katharina von Medici genoß jede Silbe dieser Unterhaltung, daran konnte kein Zweifel mehr bestehen.

»Da Ihr meinem Haushalt angehört, habe ich natürlich gleichermaßen meine Leibärzte zu Madame geschickt«, fuhr die Ältere gelassen fort. »Es muß sichergestellt sein, daß alles Menschenmögliche für das Wohlergehen der beleidigten Dame getan wird. Damit können wir uns endlich Eurem Schicksal zuwenden, meine höchst ungebärdige und angriffslustige kleine Katze!«

Fleurs verschlungene Hände lösten sich wie von selbst. Ein Funke Hoffnung glomm in ihr auf. Hatte sie die versteckte Botschaft hinter dieser Nachricht so verstanden, wie sie gemeint war? Daß die hohe Dame jener Eklat, der das Tagesgespräch von ganz Paris war, auf das vortrefflichste amüsierte?

Natürlich würde Katharina von Medici nie auch nur mit einem Wort andeuten, daß dies der Fall sein könnte, aber ihre Blicke, ihr Tonfall und das versteckte Lächeln sprachen Bände. Sie gönnte ihrer Rivalin jeden einzelnen Blutegel mit größtem Behagen, ja sie fand sogar in der bloßen Darstellung ihres Unglücks genüßliche Erfüllung.

»Ihr könnt Euch bei mir dafür bedanken, daß ich mich bei meinem Gemahl für Euch verwendet habe«, fuhr sie nun in ihrer üblichen diplomatisch freundlichen Art fort. »Hätte ich ihn nicht davon überzeugt, daß jede weitere Aufregung eine Gefährdung meiner Schwangerschaft bedeutet, wäre Euch ein Ausflug hinter Kerkermauern oder zumindest die völlige Verbannung vom Hofe kaum erspart geblieben. Indes müßt Ihr Euch darüber im klaren sein, daß seine Majestät auf strengsten disziplinarischen Maßnahmen gegen Euch besteht. Ihr könnt Euch nicht mehr den Hauch eines Skandals leisten, meine Kleine!«

»Ihr schickt mich also doch nach Hause?« Fleur wußte nicht, wie sie in einem solchen Falle ihren Eltern gegenübertreten sollte. Sie hatte das Vertrauen ihres Vaters auf das ärgste enttäuscht.

»Das würde die Tatsache, daß ich Euch persönlich in

den Kreis meiner Ehrendamen erwählt habe, nie zulassen«, winkte die Königin ab. »Ihr seid alt genug, um die Folgen einer unbedachten Tat selbst zu tragen, Dame Fleur.«

Dieses Mal wählte sie die hochoffizielle Anrede, und Fleur mußte einen plötzlichen Schauer des Unbehagens unterdrücken. War es möglich, daß ihre Herrin eine Strafe ersonnen hatte, die noch schlimmer sein konnte, als die, ihrem Vater vor die Augen treten zu müssen?

»Ihr seid längst kein kleines Mädchen mehr, das unter den Fittichen seines Vaters Schutz sucht, wenn es Dummheiten gemacht hat«, fuhr Katharina fort, als habe sie jeden einzelnen ihrer bangen Gedanken gelesen. »Ich bin mit dem König übereingekommen, daß eine Ehe das beste Mittel ist, um Euer ungestümes Temperament ein wenig zu zügeln.«

Die junge Frau hatte instinktiv die Hände vor den Mund geschlagen, um den Ausruf zu unterdrücken, der in ihrer Kehle steckte.

»Hört mich an«, die Königin hob gebieterisch die Hand, als hätte sie es tatsächlich gewagt, sie so respektlos zu unterbrechen. »Was immer geschehen ist, es wird nötig sein, meinen aufgebrachten Gemahl mit einer Geste zu beruhigen, die ernsthaft genug ist, daß er an ihre Wirksamkeit glaubt. Er wird nicht dulden, daß eine meiner Ehrendamen, die Madame de Brézé in dieser ärgerlichen Art gekränkt hat, ohne empfindliche Sanktionen davonkommt.«

Die Logik dieser Argumente machte es Fleur nicht leichter, die Tatsachen zu akzeptieren. Was, um Himmels willen, hatte sie unter ›empfindlichen Sanktionen‹ zu verstehen? Mit äußerster Mühe beherrschte sie ihre aufkommende Furcht. Noch nie war ihr der Gehorsam so schwer gefallen.

»Ihr . . . Ihr habt bereits einen Gemahl für mich ins

Auge gefaßt?« wisperte sie so tonlos, daß die Worte kaum hörbar waren.

Das Nicken der Königin besiegelte ihren Untergang. Zu guter Letzt hatte sie also nicht nur ihre Selbstachtung, ihr Elternhaus und ihr Herz verloren, sondern auch noch ihre Freiheit.

»Wer ...«

Sie brachte die vollständige Frage nicht über die Lippen. An wen mochte Katharina von Medici denken? An einen ihrer italienischen Freunde und Verwandten? Vielleicht sogar an Piero Strozzi, der seine Augen kaum aus ihrem Ausschnitt brachte, sobald er sie sah? Das Bild des zwar charmanten, aber geckenhaften kleinen Mannes an ihrer Seite, ließ sie gequält nach Atem ringen. Was hatte sie getan? Und was wurde ihr dafür angetan?

»Ihr werdet mit Yves de Saint-Tessé, dem Grafen von Chartière vermählt, mein Kind!«

»Nein!«

»Dieses Wort will ich nicht gehört haben. Ihr werdet meinem Befehl folgen, störrisches Kind, das Ihr seid!« Ungeduldig spielte die Königin mit einer langen Perlenschnur und versuchte ihre rebellische Hofdame mit einem majestätischen Blick einzuschüchtern.

Entschieden erhob Fleur trotzdem Einspruch. »Majestät, ich bitte Euch! Jeden, nur nicht diesen Mann!«

Die dunklen Brauen der Königin hoben sich in unverhülltem Erstaunen. »Was soll das? Ich hätte geschworen, daß Euch diese Nachricht in närrisches Entzücken versetzen würde. Was ist geschehen, daß Ihr ihm Eure Zuneigung entzogen habt? In Lyon habt Ihr förmlich den Boden angebetet, über den er ging. Für so wetterwendisch in Euren Gefühlen hätte ich Euch nicht eingeschätzt!«

Fleur rang die Hände und tat unwillkürlich einen Schritt nach hinten, als könne sie auf diese Weise den scharfen Augen Katharinas von Medici entkommen. Ihre feinen Züge verzerrten sich in einem Anflug von bitterem, seelischem Schmerz, und das Grün der hellen Augen wurde so dunkel wie ein nächtlicher Wald.

»Es war nicht ich, ... die ... diesen Wechsel herbeigeführt hat«, verteidigte sie sich rauh. »Verzeiht, aber ich kann nicht darüber reden ...«

Doch trotzdem verriet sie mehr, als die kargen, angestrengten Worte ausdrückten. Sie lieferte der Königin das fehlende Stückchen für ein Mosaik, über dem diese lange Stunden gegrübelt hatte. Im Verein mit dem bekannt hochmütigen Stolz des Grafen auf seine Familie, deren Wurzeln bis in die Anfänge französischer Geschichte reichten und den perfiden Beleidigungen Diana von Poitiers bekam das Bild, das Madame de Gondi nur skizziert hatte, plötzlich klare Konturen.

Bisher hatte sie nämlich zu der Ansicht kommen müssen, daß sie Fleurs Intelligenz überbewertet hatte, daß sie vom Charme ihrer Schönheit besiegt, sich eine gedankenlose Rebellin ins Haus geholt hatte, die unnötiges Porzellan zerschlug, anstatt wie erwartet von Nutzen zu sein. Unter dem Lichte der neuen Erkenntnis betrachtet, sah es hingegen wieder anders aus. Fleur hatte sich keinen kindischen Ausbruch geleistet, sondern mit der Verzweiflung einer zutiefst beleidigten Frau dort zugeschlagen, wo sie am sichersten verletzen konnte.

Trotzdem gab es keine Möglichkeit mehr, die Dinge zu ändern, zu geschickt war das Netz, das sie selbst in den vergangenen Stunden wohlmeinend gewoben hatte. Natürlich wollte sie sicherstellen, daß Fleurs Familie durch die Unbedachtheit der jungen Frau kein Schaden entstand. Es gab eine Menge verschiedenster Gründe, weshalb sie sich ausgerechnet René de Paradou gegenüber zur Loyalität verpflichtet fühlte, aber die meisten davon mußten ihr Geheimnis bleiben.

Außerdem wäre sie nicht Katharina von Medici gewesen, hätte sie bei dieser günstigen Gelegenheit nicht auch jener Dame einen empfindlichen Schlag versetzt, die keine Möglichkeit ausließ, sie ihrerseits als unerwünschte Ausländerin zu demütigen.

Es war fast schon zu leicht gewesen, den König darauf hinzuweisen, daß Dame Fleur eine ideale Gattin für den begehrenswerten Grafen von Chartière abgeben würde, dessen skandalöse Affären dem Hofe immer wieder Gesprächsstoff lieferten.

Eine so aufsässige Schönheit würde schließlich am ehesten dafür sorgen können, daß dieser Herzensbrecher mit seinen eigenen Problemen beschäftigt war. Was wiederum unausgesprochen zur Folge haben würde, daß er nicht ständig an der Seite Diana von Poitiers auftauchte, die ihre Schwäche für den faszinierenden Edelmann nur schwer verbergen konnte. Eine Vorliebe, die dem eifersüchtigen König schon lange ein Dorn im Auge war.

Die Ehe befriedigte zudem den verborgenen königlichen Wunsch nach Rache für Chartière, der es gewagt hatte, dort zu jagen, wo ein Souverän sich unangefochten glaubte. Es würde eine empfindliche Wunde in seinen hochfahrenden Stolz schlagen, daß er durch königlichen Befehl gezwungen wurde, eine Kaufmannstochter zu heiraten. Daß diese zu allem Überfluß reich genug war, um den maroden Besitz des Grafen zu sanieren, verlieh der Bosheit zudem den äußeren Anschein höchster königlicher Gnade.

Kurz, die diabolisch durchdachte Idee hatte seiner Majestät so sehr gefallen, daß er bereits eine Botschaft an den Grafen geschickt hatte, um ihn zur Audienz zu bitten. Keine Macht der Erde konnte mehr diese Ehe verhindern, von der Katharina gedacht hatte, daß sie wenigstens Fleur entzücken würde. Daß sie jeden Gedanken an eine solche Verbindung mit Vehemenz zurückwies, war ein Schönheitsfehler, aber damit mußte sie leben.

»Ihr habt keine Wahl!« beschied sie aus diesem Grund ihrer verzweifelten Edeldame gelassen. »Aber wenn ihr die Gelegenheit zum Glück verweigert, vielleicht findet Ihr die zur Rache erfreulicher. Der Befehl meines Gemahls zwingt Euch ebenso wie den Grafen Chartière.«

In wortlosem Entsetzen starrte Fleur die Königin an. Noch vor zwei Tagen hätte sie eine solche Nachricht in einen Taumel des Glücks gestürzt, heute bedeutete sie völlige Hoffnungslosigkeit. Auf königliches Edikt an einen Mann gekettet zu werden, der ihr mit Geringschätzung begegnete und den sie haßte, weil er sie gedemütigt und benutzt hatte — welches trostlose Leben lag da vor ihr! Aber was hatte Katharina gesagt? Die Gelegenheit zur Rache?

Der Gang ihrer Gedanken war an den marmorblassen Zügen abzulesen, und als fiebrige Röte in die Wangen stieg, huschte ein leises Lächeln um den Mund der Älteren.

»Gut so, meine Kleine! Kämpft! Aber vergeßt nicht, daß auch ein verwundetes Herz irgendann wieder gesundet. Schlagt keine Türen zu, die Ihr später vielleicht wieder öffnen wollt. Ich werde Euren Vater von dieser Heirat benachrichtigen und die passenden Worte dafür finden. Und nun geht und packt Eure Sachen. Der Hof begibt sich heute noch nach Fontainebleau, dort wird der König Eure Verlobung bekanntgeben. Es ist anzunehmen, daß der Klatsch über diese neueste Sensation das Getuschel über die Beleidigung Madame de Brézés zum Verstummen bringt!«

Wenn sie vor dieser Unterredung Furcht gehabt hatte und ihre Angst nur mühsam im Zaum halten konnte, danach war Fleur völlig am Boden zerstört. Es gab keinen Ort an den sie gehen konnte, keinen Menschen bei dem sie Hilfe fand und niemand der ihr raten würde. Der kindliche Wunsch, sich in die beschützenden Arme ihres

Vaters zu werfen, war nur ein letztes Aufbäumen gegen die gnadenlose Wirklichkeit.

René de Paradou war mit seiner Gattin und dem Troß der Diener nach St.Tropez zurückgekehrt. Ehe ihn ein Brief oder eine Botschaft erreichte, würden Tage vergehen. Sie war allein, völlig auf sich gestellt und gezwungen, für ihre leichtsinnigen Handlungen die volle Verantwortung zu tragen.

War es nicht das, was sie sich zu Hause so leidenschaftlich gewünscht hatte? Endlich selbst bestimmen, selbst handeln und selbst kämpfen zu dürfen? Hatte nicht das launische Schicksal alle ihre dummen, fahrlässigen Wünsche geradezu auf das vortrefflichste erfüllt?

Das spröde Lachen, das die davoneilende Ehrendame der Königin mit dem Handrücken erstickte, klang so unheilvoll, daß sich die beiden Wachsoldaten, zwischen denen sie hindurchlief, beunruhigt ansahen.

8. KAPITEL

Im Grunde hatte Fleur in einem trotzigen Zeichen zeigen wollen, wie wenig ihr an der sogenannten Ehre lag, dem Grafen von Chartière anverlobt zu werden; aber sie hatte in ihrem Bemühen unglücklicherweise das genaue Gegenteil erreicht. In dem Moment, als sie die große, neue Galerie des Schlosses von Fontainebleau betrat, die Rosso Fiorentino für den Vater des Königs geschaffen hatte, drehten sich alle Köpfe nach ihr um.

Sie hatte ein stumpfes, schmuckloses Samtband aus dunkelstem, fast schwarzem Moosgrün für diesen Anlaß gewählt. Über einem eher bescheidenen Hüftwulst getragen, besaß der reiche Faltenwurf des Rockes lediglich den bescheidenen Luxus einer kleinen Schleppe. Ein spitz zulaufender Ausschnitt senkte sich zwischen ihren Brüsten zu einem breiten, grünen Samtband, das die Taille markierte, und die engen Ärmel reichten, ebenfalls spitz zulaufend, bis auf den Fingeransatz hinab.

Eine Robe, der niemand einen Blick gegönnt hätte, wäre sie nicht von Fleur getragen worden. Das tiefe Grün betonte den gold überhauchten Alabsterschimmer ihrer Haut, und obwohl das Dekolleté kaum die Wölbung der Brüste freigab, erschien in diesem dunkel umspannten Rahmen die sanfte Rundung provozierend entblößt, um so mehr, als Fleur im Gegensatz zu jeder herrschenden Mode auch noch auf Juwelen und Ketten verzichtet hatte.

Lediglich ihre schweren, fließenden, offenen Haare wurden zu beiden Seiten des Gesichts von zwei Elfenbein-Kämmen zurückgehalten, deren geschnitzte Stege im Kerzenlicht matt flirrten. Es machte den Eindruck, als sei der zierliche, rassige Hals kaum imstande, das Gewicht dieser seidigen Masse zu tragen, die sich einem wertvollen Mantel gleich über Schultern und Rücken wellte.

Die kühne Strenge des Gewandes, das in zeitloser Eleganz ihre Figur umspannte, das Fehlen eines jeden Schmuckes, im Verein mit dem prunkenden Kopfputz ihrer silberblonden Haare, und den tiefgrünen Augen verband sich zu einem Meisterwerk der Natur, das es mit jeder Statue Cellinis hätte aufnehmen können. Ohne ein Wort zu sagen, war es ihr gelungen, dem sensationslüsternen Hof erneut eine neue Attraktion zu liefern.

Man erkannte es schon daran, wie sich alle Blicke, sobald sie Fleurs Erscheinung in sich aufgenommen hatten, erwartungsvoll in Richtung des großen Ballsaales wandten, wo die wieder genesene Diana von Poitiers an der Seite des Königs und seiner Gemahlin Hof hielt, als habe es die peinliche Szene im Palais de Tournelles nie gegeben.

Wie würde die heute in Weiß erschienene Favoritin auf diesen nächtlichen Stern reagieren, der so erfolgreich gegen ihren eigenen verblassenden Kometen anstrahlte? Welcher unglaublichen königlichen Gunst hatte es diese Krämerstochter zu verdanken, daß sie trotz des Eklats beim Tanzabend der Königin heute hocherhobenen Hauptes in Fontainebleau erscheinen durfte?

Fleur fühlte das Getuschel und spürte die Blicke der Neugierigen wie Nadelstiche auf der Haut. Am liebsten hätte sie den schweren Rock gerafft und wäre geflohen, doch die Zeit für derart kindische Gesten war unwiderruflich vorüber. Heute blieb ihr nichts anderes übrig, als unter allen Umständen Haltung zu bewahren. Unwillkürlich mußte sie an ihre Großmutter denken, die in so stiller Würde die ersten Jahre ihres Lebens bestimmt hatte. Sie wollte Dame Isabelle keine Schande mehr machen.

»Die Dame Fleur de Paradou!« kündigte der königliche

letzten Moment war sich Fleur der hochgewachsenen, athletischen Gestalt bewußt geworden, die unmittelbar neben ihr stand. Es kostete sie ihre ganze Beherrschung, den plötzlichen Schreck zu meistern.

Als sich seine kühlen, starken Finger um ihre Hand schlossen, hob sie die Lider und versuchte in dem maskenhaft starren Antlitz zu lesen. Ob es nun an ihrer mühsam unterdrückten Erregung oder an der Starre seiner Züge lag, es war ihr nicht möglich, auch nur ein einziges Gefühl in seinem unbewegten Gesicht zu erkennen.

Was dachte er in diesem Augenblick? Litt er ebenso wie sie unter der Ausweglosigkeit dieser Situation? Bäumte sich sein Stolz gegen den Befehl des Königs auf? Fragte er sich, welcher Tat er diese Strafe verdankte? Wieso ihn sein Souverän dazu zwang, eine Frau zu heiraten, die ihre Anwesenheit bei Hofe nur ihrer Schönheit und dem Reichtum ihres Vaters verdankte? Die er für die niedrig geborene Tochter eines Händlers hielt, der dem Hause Tornabuoni vorstand und sich das bescheidene Prädikat »de« vor seinem Namen mit Geldgeschäften verdient hatte?

»Der Kardinal von Guise wird den Bund Eurer Ehe morgen in der Hofkapelle segnen!« beendete König Heinrich seine Glückwünsche und für eine Sekunde spürte Fleur, daß sich Yves de Saint-Tessé versteifte. Seiner ruhigen Antwort war jedoch keine Spur jenes Grolls anzumerken, den er unzweifelhaft empfinden mußte.

»Meine Dame und ich danken für die Großmut Eurer Majestät und die damit verbundenen Wünsche. Erlaubt indes, daß wir uns für heute zurückziehen!«

»Aber nein, das kommt nicht in Frage, Graf!« Der König klatschte in die Hände. »Da für morgen nachmittag eine Jagd angesetzt ist, wollen wir den heutigen Abend nutzen, um das Ereignis Eurer Eheschließung gebührend zu feiern. Ihr habt die Ehre, den Tanz eröffnen zu dürfen!«

Herold an der Tür des Ballsaales mit hochoffizieller Sti
me an, und Fleur setzte ihren Weg fort, bis sie vor de
König, der ihr mit ernstem Gesicht entgegensah, in ei
Reverenz versank. Sie bot ihm das Bild eines golden
senkten Scheitels inmitten einer moosfarbenen Blü
Eine bezaubernde Darstellung, die dem aufmerksam
Auge des Monarchen gefiel und seine strenge Stim
milder färbte.

»Willkommen in Fontainebleau, Demoiselle de Pa
dou!« begrüßte er sie weit weniger barsch, als sie es
wartet hatte. »Wir sind angetan, von Euren treuen Di
sten für meine geliebte Gemahlin Kenntnis zu erhal
Sie hat uns von Euch berichtet. Erhebt Euch!«

Tief innerlich bezweifelte Fleur sowohl sein Wohlwo
wie die Liebe für seine Gemahlin, aber nach außen
blieb ihr nichts anderes, als das königliche Komplin
mit aller Bescheidenheit anzunehmen. Mit einem
cheln, das in ihren Mundwinkeln schmerzte und die
gen nicht erreichte, erhob sie sich gehorsam. »Ich d
Eurer Majestät!« murmelte sie wohlerzogen.

»Es gefällt uns, Euch so gefügig zu sehen, Demois
fuhr der König befriedigt fort. »Wir sprechen die
nung aus, daß Ihr diese Artigkeit auch gegenüber E
künftigen Gemahl walten laßt. Es ist nicht die Au
der Damen, Rebellionen anzuzetteln. Bescheide
Schweigsamkeit und Gehorsam sind die Tugenden
Frau, die Ihr hoffentlich in Eurer Ehe beweisen w
Wir geben hiermit die Verlobung des Grafen Cha
des Seigneurs Yves de Saint-Tessé mit der Dem
Fleur de Paradou bekannt. Möge der Himmel Euch
Gesundheit und eine reiche Kinderschar schenken
ne Liebe!«

Während dieser etwas gestelzten Ansprache hat
der König von seinem Sitz erhoben, nach Fleurs
gefaßt und sie in die des Grafen Chartière gelegt.

Das Klatschen war das Signal für die Musikanten gewesen, die auf Befehl Heinrichs mit der Pavane begannen, zu der er selbst wenig später eine etwas steif lächelnde Diana von Poitiers über das glänzende Parkett führte. Wohl oder übel mußte sich Fleur mit ihrem schweigsamen Verlobten durch diesen endlosen Tanz bewegen. Es fiel ihr schwer, die vorgeschriebenen Schritte korrekt auszuführen, besonders, als sie die gezischten Worte vernahm, die nur für ihre Ohren bestimmt waren.

»Ist das Eure Rache, die Ihr mir angekündigt habt, meine Schönste? Meine Bewunderung, ich habe Eure Intelligenz und Euren Einfluß unterschätzt. Aber Ihr werdet noch wünschen, daß Ihr nicht zu diesem Mittel gegriffen hättet, um Euer Ziel zu erreichen!«

»In der Tat? Wir werden sehen ...«, flüsterte sie süffisant, während ihr das Herz in Wirklichkeit zum Hals hinauf schlug, und ihre Beine sie kaum über das eingelegte Parkett trugen. »Inzwischen solltet Ihr besser lächeln, damit seine Majestät keinesfalls auf den grotesken Gedanken verfällt, Ihr könntet die fragwürdige Ehre nicht zu schätzen wissen. Euch mit der Tochter eines ehrenwerten Handelsherren verbinden zu dürfen, Seigneur!«

»Wie ist es möglich, unter dem Gesicht eines Engels die Seele einer Hexe zu verbergen?«

»Vermutlich ist das ein Makel meiner niedrigen Geburt, allerliebster Herr ...«, bot sie ihm aufrührerisch die Stirn. Wenn er dachte, daß sie hinter dieser befohlenen Heirat steckte, so war ihr das egal. Nein, im Gegenteil, wenn er darüber schäumte, so gönnte sie ihm diesen Zorn aus ganzem Herzen.

Ungeachtet dessen erschauerte Fleur einen winzigen Moment, als sie das mörderische Aufblitzen seiner schwarzen Augen traf. Ehe sie sich gefaßt hatte, senkte sich der gleichgültige Vorhang seiner gespielten Teilnahmslosigkeit darüber.

»Ihr wählt also den Krieg zwischen uns!« brachte er die Lage bedächtig auf den Punkt.

»Ihr habt ihn gewählt«, verbesserte Fleur mit spröden Lippen. »Wenn Ihr denkt, daß ich jemals Eure Worte im Palais de Tournelles vergessen werde, so täuscht Ihr Euch! Und wenn Euer Stolz unter dieser befohlenen Ehe leidet, so verweigert doch diesen Bund, den der König befiehlt.«

»Ein Chartière verweigert seinem König nicht den Gehorsam!«

Diesmal antwortete sie nur mit einem Schulterzucken, das ebenso kokett wie leise verächtlich auf ihn wirkte. Es lenkte seine Aufmerksamkeit auf die verlockenden Rundungen ihres Busens, und die Röte, die seine Stirn färbte, kam nicht allein von der Hitze der zahllosen Kerzen, die den großen Saal erleuchteten.

Der Abend schien für Fleur kein Ende nehmen zu wollen. Daß sie in Gnaden bei Hofe wieder aufgenommen worden und lediglich mit einem eher sanften Tadel bedacht worden war, verlieh ihr in den Augen der anderen Damen und Herren plötzlich eine Wichtigkeit, die fast an die der königlichen Favoritin hinreichte. Das Haus Tornabuoni war vielleicht nicht adelig, aber doch vom Glanz eines märchenhaften Reichtumes umgeben. Und hatte nicht das Königreich selbst eine Souveränin, die über keinen Adelstitel verfügte, ehe sie die Gattin Heinrichs von Orleans geworden war?

Trotzdem verlor die junge Frau über all den Schmeicheleien nie die schwarz gekleidete Gestalt ihres künftigen Gatten aus den Augen.

Bisher hatte sie ihn erst geliebt und dann gehaßt, an diesem Abend gesellte sich noch die Furcht vor ihm dazu. Wer würde sie beschützen, sobald sie seine Gemahlin geworden war? Mit der Heirat gewann er nicht nur die Verfügungsgewalt über ihr Vermögen, sondern auch die Macht über ihre Person und ihre Freiheit. Welche Folgen würde das für sie haben?

Bei der Ankunft in Fontainebleau war Fleur de Paradou ein kostbar ausgestattetes Appartement zugewiesen worden, dessen Räume wohl bereits dafür bestimmt schienen, auch ihrem künftigen Gemahl Heimat zu bieten. An diesem letzten Abend ihrer Freiheit indes hätte sie alles gegeben, in der Kammer im Palais Tournelles zu sein, die sie mit zwei anderen Ehrendamen geteilt hatte.

Statt dessen mußte sie dulden, daß der Graf sie in dieser Wohnung ablieferte und sich mit der Selbstverständlichkeit eines gern gesehenen Gastes aus der Weinkaraffe bediente, die auf einem silbergetriebenen Tischchen stand und deren beschlagene Wände davon kündeten, daß ein dienstbarer Geist sie bis kurz zuvor gekühlt haben mußte.

Eine Kammerfrau im schlichten braunen Wollgewand und einer weißen Haube stand bereit, Fleur beim Auskleiden zu helfen. Ihren erstaunten Blick völlig richtig deutend, hob ihr künftiger Gatte sein Glas. »Ich habe mir erlaubt, Euch mit den entsprechenden Dienstboten zu versehen. Es verwundert mich, daß Ihr dergleichen nicht von zu Hause mitgebracht habt.«

Fleur biß sich auf die Lippen und war froh, daß eine so treue Seele wie Jeanne nicht Zeuge dieser herablassenden Bemerkung geworden war.

Sie hatte es nicht übers Herz gebracht, ihre Kinderfrau aus der gewohnten Umgebung zu reißen, denn sie hatte instinktiv gewußt, daß die alte Dienerin bei Hofe nicht glücklich sein würde.

Hinzu kam, daß nur die wenigsten der jungen Ehrendamen der Königin über eigene Zofen verfügten. Es gab genügend Mägde, die diesen Dienst versahen, und lediglich Madame de Gondi verließ sich lieber auf die Künste ihrer eigenen Kammerfrau. Der Graf mußte das eigentlich wissen, so daß seine Bemerkung also keinen anderen Sinn haben konnte, als zu provozieren.

Da Fleur trotzdem hartnäckig schwieg, stellte er seinen halbvollen Silberbecher so heftig auf die Ablage zurück, daß der Wein über das Tablett spritzte. Dann maß er sie mit einem langen düsteren Blick. Eine Musterung, die soviel Unverschämtheit enthielt, daß sie die glühende Röte, die ihr in die Wangen stieg, nicht unterdrücken konnte. Die Empörung benahm ihr den Atem, aber sie besiegte wenigstens die schreckliche Mutlosigkeit, die sie in den vergangenen Minuten förmlich gelähmt hatte.

»Habt Dank für Eure Begleitung, Graf! Ich bin müde, ich möchte Euch nicht länger aufhalten.«

Das Glimmen in den schwarzen Pupillen beunruhigte sie noch mehr als das gefährliche Lächeln, mit dem er diese Abfuhr quittierte.

»Angenehme Ruhe, meine Schönste ...«

Es hörte sich an, als riete er ihr diese Ruhe zu genießen, weil sie ihrer so bald nicht mehr teilhaftig werden würde. Fleur rettete sich in einen graziösen Knicks, aus dem sie sich erst erhob, als das Klappen der Tür verkündete, daß ihr künftiger Ehemann das Zimmer verlassen hatte.

Danach überließ sie sich den kundigen Händen der schweigenden Kammerfrau, die sehr wohl erfaßt hatte, daß es ihrer neuen Herrin nach keiner kleinen Plauderei zumute war. Sie befreite Fleur aus dem grünen Samtkleid und schnürte das Mieder auf, ehe sie ihr in den fellgefütterten braunen Hausmantel half, der bereit lag, und schließlich die Kämme aus den Haaren löste. Danach begann sie, die silberblonde Flut mit gleichmäßigen Bürstenstrichen zu pflegen.

In den goldüberhauchten Spiegel starrend, der ihr Bild zurückwarf, sah Fleur nicht sich selbst, sondern das schmale, harte Gesicht des Grafen. Da er seinen Zorn über den Befehl des Königs schlecht an diesem auslassen konnte, hatte er sich ein Opfer auserkoren, das ihm wehrlos ausgeliefert war. Im Glauben, daß sie sich seinen Grafentitel mit ihrem Vermögen erkaufen wollte, würde er sie für diese vermeintliche Anmaßung mit einer Fülle von Demütigungen bezahlen lassen.

Wie bitter, daß sie sich erst jetzt daran erinnerte, daß er auch in den süßesten Momenten ihres Beieinanderseins nie das Wort Liebe in den Mund genommen hatte. Vermutlich kannte er unter dem Panzer seines Stolzes gar keine menschlichen Empfindungen. Sie hatte eine leidenschaftliche Eroberung mit zärtlicher Liebe verwechselt, und außer sich selbst konnte sie niemand die Schuld dafür zuweisen.

Aber er sollte sich wundern, der hochwohlmächtige Seigneur. Auch sie war inzwischen nicht mehr die ahnungslos verliebte Jungfer, die sich ihm an den Hals geworfen hatte. Das Feuer des Hasses hatte ihr Herz gehärtet, und er würde es schwerer als gedacht finden, sie zu besiegen! Das schwor sie sich bei allem was ihr heilig war.

Gleichwohl fand sie schwer Schlaf in dieser Nacht. Unruhig warf sie sich zwischen den duftenden, seidigen Laken des baldachinüberwölbten Bettes hin und her. Als sie irgendwann tatsächlich in einen erschöpften Schlummer sank, wurde sie von wirren Träumen heimgesucht, aus denen sie schweißgebadet wieder erwachte.

Sie stützte sich auf einen Arm und strich sich die feuchten Haare aus der Stirn. Das Feuer im Kamin war erloschen und das fremde Gemach lag in undurchdringlicher Finsternis. Das Dröhnen in ihren Ohren kam vom Schlag des eigenen Herzens, und die Dunkelheit legte sich wie eine erstickende, dicke Decke um sie, Schwärze, undurchdringliche Nacht.

Sie drängte die Erinnerung an drei Paar schwarze Augen auf, die ihr den ganzen Abend lang gefolgt waren: Die prüfenden, beobachtenden Blicke Katharina von

Medicis, die kühl glitzernden Unheil versprechenden Diana von Poitiers' und letztendlich jene stumpfen, drohenden, die dem Manne gehörten, der sie in dieses chaotische Labyrinth aus Liebe und Haß gestoßen hatte, in dem sie sich unrettbar verloren fühlte.

Sie versuchte zu beten, aber es wurde nicht viel mehr als ein wirrer Hilferuf, verzweifeltes Gestammel, für das sie sich bei Tageslicht sicher geschämt hätte. Die Mutter Gottes hatte Besseres zu tun, als sich der Dummheiten einer jungen Frau anzunehmen, die ihre Unbesonnenheit und ihr stürmisches Temperament in eine ausweglose Lage gebracht hatte.

9. KAPITEL

»Euren Wurf, Gräfin! Dann werden wir sehen, ob das Spielglück Euch auch weiterhin treu bleibt!«

König Heinrich ließ es sich nicht nehmen, den Würfelbecher persönlich an die junge Frau im goldbestickten, fliederfarbenen Atlaskleid weiterzureichen. Der ganze Hof wurde Zeuge, wie sich ihre Finger berührten, und der galante König sich neigte, um die schmale Hand zu allem Überfluß auch noch zu küssen. Das Licht der zahllosen Kerzen, das sich auf den Juwelen und Stickereien brach, ließ den wartenden Hof nicht über die kleinste vertraute Geste dieser liebenswürdigen Auszeichnung im unklaren.

Ein wenig geniert und doch nicht ohne eine gewisse Koketterie, nahm die Gräfin von Chartière sowohl den Würfelbecher wie die Huldigung entgegen. Das Spiel, dem der König des Abends mit Leidenschaft frönte, langweilte sie zwar, aber sie ließ sich diesen Überdruß mit keinem Wimpernschlag anmerken. Im Gegenteil, sie war ganz die strahlend schöne, amüsierte Gefährtin, die zum Erstaunen aller am Spieltisch die höchsten Gewinne erzielte.

Diana von Poitiers, die zu jenen gehörte, deren Goldstücke in den Besitz der Dame wechselten, hatte sichtliche Mühe, ihre marmorblasse Beherrschung in dieser Lage weiterhin zu wahren.

»Man könnte meinen, Eure verehrte Gattin sei noch nicht reich genug«, zischte sie mit strengen Lippen Yves de Saint-Tessé zu, der neben ihr stand und die Szene nachdenklich betrachtete.

»Fortuna läßt sich nicht befehlen, wen sie mit ihrer

Gunst beglückt, Madame«, antwortete er leise. Aber die strengen Falten, die sich zu beiden Seiten seiner Mundwinkel eingegraben hatten, bewiesen deutlich, daß auch seine Gedanken nicht unbedingt erfreulich waren. Der Flirt des Königs mit seiner Gemahlin war so unverkennbar, um seinen Gefallen zu finden.

Auch Fleur registrierte diese Falten, die dem Antlitz ihres Gatten etwas Raubvogelartiges verliehen. Seit sie ihm vor zwei Tagen in der Schloßkapelle von Fontainebleau ihr Ja-Wort gegeben hatte, wich er ihr aus. Nur wenige Stunden nach der Hochzeit hatte er sich zur Jagd begeben, und die Nacht, der sie mit so vielen Bedenken entgegen gesehen hatte, war in ihrer Einsamkeit ebenso enervierend wie lange gewesen.

Wenn er sich in ihren Räumen aufhielt, so tat er das in den Zeiten, da sie ihren Dienst als Ehrendame bei der Königin versah oder während sie schlief. Ihre Bangigkeit hatte sich innerhalb kürzester Zeit verflüchtigt und geblieben war nur der Haß, den sie sorgsam pflegte. Daß er sie mied, beeinträchtigte ihre Rachepläne, und das wollte sie nicht zulassen, ebensowenig, wie es sein Stolz dulden würde, daß die Dame de Chartière mit dem König flirtete. Soweit zumindest glaubte sie, ihn zu durchschauen.

Ihre Rechnung ging schneller auf, als sie erwartet hatte. Als sich der Hof zum Bankett begab, fand sie sich erstaunlicherweise an der Seite ihres Gatten, und die Berührung, als er nach ihrer Hand griff, war die erste, seit er ihr vor dem Priester den schweren, ziselierten Goldreif übergestreift hatte, an dessen erstaunliches Gewicht sie sich noch immer nicht gewöhnt hatte.

»Ich werde Euch zur Tafel führen!«

Ein Befehl und keine Bitte. Fleur warf ihm unter halb gesenkten Wimpern einen vorsichtigen Blick zu, aber sie zuckte zurück, als sie das glühende Feuer sah, das ihr in seinen Pupillen begegnete. Wut, Verachtung, Zorn und irgend etwas anderes, schwer zu Beschreibendes prallten gegen ihren eigenen, spöttischen Stolz, hinter dem sie sich verschanzte, sobald sie es mit ihm zu tun bekam.

»Welche Ehre, mein Gemahl!« säuselte sie und schenkte ihm ein strahlendes Lächeln, das so falsch wie die Jugend der Dame de Brézé war. »Ich hatte bereits den Eindruck, ich hätte unsere Heirat nur geträumt.«

»Diese Gnade wird uns beiden nicht zuteil«, murmelte der Graf mit unterdrückter Heftigkeit. »Aber Ihr werdet Euch des Namens, den Ihr Euch erschwindelt habt, würdig erweisen, meine Dame oder ich sehe mich gezwungen, diesen Aspekt Eurer Erziehung nachzuholen.«

»Ihr seht mich als gelehrige Schülerin«, behielt Fleur ihren leichten Ton bei, wenngleich in ihren Augen pures Eis blitzte. »Ihr seid mir in allem Vorbild, Seigneur. Doch während Ihr der Favoritin dient, ziehe ich es vor, meine Ergebenheit dem König und seiner Gemahlin zu widmen.«

»Ein ehrenwertes Unterfangen, wenn Ihr dabei die ungeschriebenen Gesetze von Sitte und Anstand nicht verletzen würdet.«

»Tue ich das? Ich muß es von Euch gelernt haben. Bei der Gelegenheit, als Ihr Euch selbst drüber hinweggesetzt habt, indem Ihr die Naivität und den Glauben eines ahnungslosen Mädchens ausgenutzt habt, das an Sitte und Anstand glaubte, während Ihr nur Eure Gelüste im Sinn hattet ...«

Fleur sah, daß sich seine braune Stirn rötlich färbte und wußte, daß ihr Hieb getroffen hatte. Die Genugtuung verlieh ihren Wangen Farbe.

»Wer die natürlichen Grenzen seiner Herkunft überspringen möchte, sollte derartige Fehlschläge besser zuvor einkalkulieren!«

»Die Manipulation ist ein Talent, über das in meiner Familie lediglich mein Vater und meine Brüder verfügen,

Seigneur!« Sie dachte nicht daran, in höflicher Wohlerzogenheit zu schweigen.

»Ihr unterschätzt Eure Talente, Madame!«

Es war ein Gefecht. Ein Gefecht mit verletzenden, scharfen Worten, die halb gemurmelt, nur die dafür bestimmten Ohren erreichten, während die Lippen steif dazu lächelten. Nach außen hin boten Fleur und ihr Gatte für alle anderen das Bild eines höchst eleganten Paares, das sich plaudernd an dem reichhaltigen Mahl ergötzte, das auf Silberplatten und in dampfenden Terrinen aufgetragen wurde.

»Bescheidenheit ist eine Tugend, die sowohl meine Großmutter, wie meine Mutter mich gelehrt haben, Seigneur!« behielt die junge Gräfin mit sanfter Stimme auch dieses Mal das letzte Wort.

Ihr Gatte wählte stumm den Ausweg des Weinbechers. Er stürzte die dunkelrote Flüssigkeit in einem einzigen Zug hinunter und wischte das schmale Rinnsal in seinem Mundwinkel mit dem Handrücken ab, ehe er das leere Gefäß einem vorbeieilenden Lakaien zum Auffüllen hinhielt.

Bis zum Ende des umfangreichen Mahles hatte er dies so oft getan, daß Fleur Mühe hatte, ihre Bedenken für sich zu behalten. Während sie von den kandierten Pflaumen naschte, die neben vielfältigen anderen Süßigkeiten zum Schluß gereicht wurden, fragte sie sich, ob er es tatsächlich wagen würde, sich an der königlichen Tafel wie ein Fuhrknecht zu betrinken?

Doch entgegen ihren Befürchtungen bebte nicht einmal die Faust, die sich ihr später entgegenreckte, damit sie ihre Hand darauf legen konnte. Das strenge Zeremoniell des französischen Hofes sah vor, daß sich die Damen und Herren im Herbst, nach dem Erntedankfest, um 11 Uhr zu Bett begaben, und das Bankett endete pünktlich.

Sogar der König respektierte diese Einteilung, wenngleich man munkelte, daß er danach stets die Gemächer von Madame de Brézé und nicht jene der Königin aufsuchte. Da sich ihre Majestät zudem in der Erwartung befand, würde Katharina von Medici auch heute vergeblich auf den Besuch ihres Gemahles hoffen.

Fleur gehörte an diesem Abend nicht zu den Damen, die der einsamen Königin beim Auskleiden helfen sollten. Sie mußte sich der Etikette beugen und sich von ihrem Gatten in das Appartement begleiten lassen. Es war ein langer Weg, den sie in feindseligem Schweigen zurücklegten.

Ihre Schatten gingen, vom Licht der Öllampen an die Wände geworfen, als überdimensionale Scherenschnitte neben ihnen her. Das gespenstische Paar wirkte bedrohlich, und es verstärkte das unbehagliche Gefühl der jungen Frau. Sie ahnte, daß der Graf von Chartière, gleich einem brodelnden Vulkan, kurz vor dem Ausbruch stand.

»Ihr könnt gehen!« herrschte er denn auch prompt ihre Kammerfrau an, die auf sie gewartet hatte. Die Dienerin warf nur einen kurzen Blick auf seine Züge, dann knickste sie und verschwand stumm. Der Graf wandte sich umgehend der bereitstehenden Weinkaraffe zu.

Gereizt schob sich Fleur zwischen ihn und das fragliche Tablett. »Wie kommt Ihr dazu, meine Zofe zu verabschieden«, fauchte sie. »Mit welchem Recht mischt Ihr Euch in meine Angelegenheiten?«

»Mit dem Recht dessen, dem Ihr gehört!«

»Und um dieses Recht zu demonstrieren, verlangt Ihr, daß ich mich nach Miederschnüren verrenke und mit den Häkchen in meinem Rücken kämpfe?«

»Warum so umständlich, meine Schönste!«

Ehe Fleur auch nur den Hauch einer Ahnung haben konnte, was er im Schilde führte, hatte er mit beiden Händen den eckigen Ausschnitt ihrer neuen, fliederfarbenen Atlasrobe gepackt und ihn mit einem Ruck aufgerissen. Ihr empörter Schrei mischte sich mit dem häßlichen Knirschen des Stoffes und dem erstickten, zynischen Gelächter des Mannes.

»Ihr seid ja verrückt! Ihr seid völlig betrunken!« rief sie entrüstet.

»Ein wenig, aber leider nicht genügend«, stimmte ihr Gemahl sardonisch lächelnd zu.

»Ihr benehmt Euch skandalös!« Fleur versuchte sich mit den Fetzen ihres Kleides zu bedecken, aber Chartière hatte ganze Arbeit geleistet. Auf den Absätzen herumwirbelnd wollte sie nach dem Hausmantel greifen, der bereits bereit lag, doch auch diese Bewegung hatte er vorausgesehen.

Sie fand sich rücksichtslos in eine Umklammerung gerissen, die ihren bloßen Busen so eng gegen die steifen Stickereien seines gefältelten Samtwamses preßte, daß sie kaum richtig Atem holen konnte.

»Laßt mich! Sind das die Manieren, die in Eurer ehrenwerten Familie herrschen?« Auch wenn ihr das Herz bis in den Hals hinauf klopfte, sie würde sich ihre Panik nicht anmerken lassen. »Gebt mich frei oder ich werde um Hilfe rufen!«

»Wer sollte Euch hören? Die Mauern dieses Schlosses sind stabil. Eine Ehrenwache vor der Tür bekommt Ihr erst, wenn Ihr die Favoritin von ihrem Platz vertrieben habt. Aber macht Euch keine falschen Hoffnungen, ich werde es ohnehin zu verhindern wissen!«

Fleur zappelte wenig damenhaft in einem eisernen Griff, der ihre Taille umspannte und nicht einmal genügend Raum ließ, damit sie mit ihren Fäusten gegen diese breiten Schultern trommeln konnte. Die Anstrengung löste die schweren, hochgesteckten Locken, und bei jeder heftigen Bewegung rieselten Haarnadeln zu Boden. Die elegante, goldfarbige Frisur löste sich in einen Wasserfall aus glänzenden, wirren Strähnen auf.

Inmitten dieses seidigen Wirrwarrs funkelten ihre wütenden Augen wie grüne Kerzen, und der liebliche Mund zischte jede erdenkliche Beleidigung, die ihr einfiel. Die Auswahl war bunt und nicht sehr vornehm. Fleur hatte immerhin ein paar ältere Brüder, die sich nicht immer darum gekümmert hatten, ob ihre kleine Schwester in der Nähe stand und mit offenen Ohren lauschte.

Einem Raubtier gleich zog der Graf die Lippen über die Zähne nach oben. »Das also steckt unter Eurer oberflächlichen, kultivierten Politur, Madame. Eine zänkische Furie mit zweifelhaftem Vokabular. Wir werden dafür sorgen müssen, daß Ihr lernt Euren Mund zu halten, Dame Fleur!«

»Darauf könnt Ihr warten, bis Ihr im finstersten Eck der Hölle schmort, Schuft der Ihr seid ...«

Die Drohung wurde von einem Paar Lippen erstickt, das sich Dämonen gleich über sie stürzte. Hart, besitzergreifend und voll wilden Hungers. Obwohl sich Fleur geschmeidig und mit zäher Ausdauer gegen diese Eroberung wehrte, war ihre Kapitulation nur eine Frage von wenigen Herzschlägen.

Unter ihrem keuchenden Atem lauerte schon das zärtliche Echo, das dieser brutale Kuß trotz allem in ihr weckte. Ihr Körper verriet den Geist auf der ganzen Linie. Er erwachte, begann zu prickeln, zu fühlen, zu antworten. Ihre Fäuste lösten sich und die Spannung ihrer Muskeln wurde zur sanften Anschmiegsamkeit. Wehrlos in den Strudel leidenschaftlichen Verlangens gerissen, vergaß sie ihren Stolz, ihre Selbstachtung und nicht zuletzt ihren Racheschwur.

Das Zimmer verschwamm vor ihren Augen und das halb geschluchzte »Nein!« erstickte in dem Schwung, mit dem Yves de Chartière sie aufnahm und nach nebenan in das Schlafzimmer trug. Seltsam zweigeteilt wußte sie, daß sie sich wehren sollte, daß sie es bereuen würde, wenn sie nicht bis zum letzten Atemzug gegen das kämpfte, was er mit ihr vorhatte. Sie würde es bereuen! Umsonst, ihre andere Hälfte hatte längst kapituliert.

Sie lieferte sich den fieberhaften Händen aus, die ihr ungeduldig die Fetzen des ohnehin zerstörten Gewandes vom Leibe rissen. Der Kampf, der eigentlich seit jenem Tag im Palais de Tournelles zwischen ihnen schwelte, entlud sich in einer so verzweifelten ungestümen Erregung, die keiner von ihnen beiden mehr kontrollieren konnte, was er tat. In stummer Verbissenheit machte sich Yves de Saint-Tessé die Schönheit zu eigen, die ihn reizte, verspottete und die doch wie ein Stachel in seinem Blut saß.

Es war beileibe nicht jenes zärtlich erotische Erlebnis, das Fleur beim ersten Male in seinen Armen erlebt hatte. Im Gegenteil, sie spürte deutlich, daß sie unterjocht werden sollte, daß es ihm darum ging, seine Macht zu demonstrieren und den Herren herauszukehren. Daß es diese schmerzhafte Sehnsucht absichtlich weckte, die sie dazu trieb, seine Küsse hemmungslos zu erwidern und auch ihm die Kleider vom Leib zu streichen.

»Du verdammter Teufel ...«, keuchte sie, während sie sich unter den Liebkosungen seiner kundigen Hände wölbte. »Ich hasse dich!«

»Das mag schon sein«, antwortete er sarkastisch. »Aber noch mehr begehrst du mich, meine kleine Raubkatze. Sieh her, du kannst es nicht verleugnen!«

Spielerisch umfaßte er leicht die steifen, rosigen Brustwarzen mit seinen Zähnen und streifte mit den Fingern über ihren bebenden Schoß, der zitternd und feucht nach dieser Berührung verlangte. Scharfe Pfeile unerträglicher Lust zuckten durch Fleurs Körper, und ihr Schluchzen war zugleich ein wildes Stöhnen.

Erst als er Lippen und Hände von ihr nahm, schlug sie die Lider wieder auf. Fassungslos und gleichzeitig voller Sehnsucht starrte sie in das triumphierende dunkle Antlitz, auf den muskulösen Oberkörper, der im Schein der Kerzen über ihr schwebte. Teufel und Gott zugleich in ihrer wirren Phantasie. Er lächelte, und seine weißen Zähne schimmerten im Dämmerlicht.

»Sag' mir, daß du mich begehrst!« forderte er unbarmherzig. »Bitte mich, daß ich dich nehmen soll!«

Etwas in Fleur zog sich zusammen, verweigerte diese totale Unterwerfung unter einen fremden Willen. Nein! Nein! Nie und nimmer würde sie …

Allein, da war dieses fremde, quälende Fieber in ihrem Blut. Dieses Gefühl auf der Stelle zu sterben, wenn er sie in diesem Moment in all ihrer Begierde und ihrer Qual allein lassen würde. Dieser instinktive Drang, sich auch der letzten aller kühnen Zärtlichkeiten zu unterwerfen, ihn als alleinigen Herrn über ihr Fleisch anzuerkennen.

»Nun?« Eine provozierende Frage, die er unterstützte, indem er den Mund über ihre Brüste senkte und mit der Zunge streichelte, was er vorhin mit den Zähnen geneckt hatte. Fleurs Augen verschleierten sich und ein kehliges Stöhnen drang tief aus ihrem Inneren.

»Nimm mich!« forderte sie heiser. »Ich begehre dich, ist es das, was du hören willst?«

»Es ist ein Anfang, meine Schöne!« murmelte er in plötzlicher Sanftheit.

Seine Küsse verließen die perlmuttfarbenen, schön geschwungenen Hügel und nahmen ihren Weg über den flachen Bauch, bis in das lichte Gewölk der silbernen Locken, die ihren Schoß bewachten. Sie drangen vor, ohne Fleurs erschrecktes Zurückzucken zu dulden und diese gab sich schließlich willenlos der glühenden Woge der Lust hin, die diese heiße und zugleich zärtliche Zunge in die intimsten Tiefen ihrer Weiblichkeit trug.

Pure Flammen schienen von jeder Berührung ausgelöst durch ihren Körper zu zucken, und sie verlor völlig den Kontakt zur Wirklichkeit. Eine so ungeheuere Spannung baute sich irgendwo tief in ihr auf, daß sie sich auf die Lippen biß, um nicht laut aufzuschreien. Sie schmeckte süßliches Blut, doch es berührte sie nicht einmal. Unbeherrscht warf sie den Kopf mit den silberblonden Haaren von einer Seite auf die andere, während ihre Hände sich hilflos in das dichte schwarze Haar dessen krallten, der diesen unerträglichen Sturm verursachte.

Der gleißende Blitz der Erlösung entlockte Fleur den heiseren Schrei, den sie so lange zurückgehalten hatte. Im Erzittern ihres Körpers spürte sie die vollkommene Ekstase, als die Flammen über ihr zusammenschlugen. Er hatte sie umgebracht, aber, bei allen Heiligen, welch ein herrlicher Tod das doch war!

Sanfter Atem, der über ihre Brüste streichelte und Lippen, die spielerisch an ihrem Hals knabberten, brachten Fleur wieder zu sich und weckten zugleich das Erstaunen.

Nein, sie war nicht tot! Im Gegenteil, sie nahm das Leben sogar mit neuer, geschärfter Eindringlichkeit wahr. Die drängende Männlichkeit, die sich an ihre seidige Hüfte preßte und verriet, daß ihr Gatte sein eigenes Bedürfnis zurückgestellt hatte, um ihr Lust zu bereiten. Oder um ihr zu beweisen, daß sie Wachs in seinen Händen war?

Was hatte sie gesagt, getan? Schamhafte Röte färbte ihre Wangen, aber sie versuchte vergeblich, sich aus den starken Armen zu befreien.

»Oh, nein, meine Liebe! Ich möchte, daß du bei mir bleibst. Die Nacht hat doch gerade erst angefangen. Du schuldest mir etwas ...«

Benommen und auf befremdliche Art neben sich selbst stehend, erkannte Fleur, daß sie diesen Mann sehr wohl bei Tag glühend hassen und in der Nacht leidenschaftlich lieben konnte. Daß ihr Kopf und ihr Körper eigene und sehr unterschiedliche Wünsche haben konnten und daß es Dinge zwischen Mann und Frau gab, von denen sie nicht die geringste Ahnung gehabt hatte.

Sie ließ sich aufs neue in das wollüstige Spiel hineinziehen. Ihre bei Tag so schwierige Gemeinsamkeit reduzierte sich im Schein des Mondes auf die Sprache der Küsse und der Zärtlichkeiten. Was von ihrem stolzen Gemahl als Demonstration der Macht, als Vergewaltigung und Zerstörung ihres Willens gemeint gewesen war, wurde erneut wie schon zum Wunder zweier Menschen, die durch eine Laune der Natur genau aufeinander abgestimmt waren.

10. KAPITEL

Die Worte des Priesters glitten an Fleurs Ohr vorbei, ohne daß sie ihren frommen Sinn richtig erfaßte. Dabei bot sie nach außen hin den Anschein demütigster Frömmigkeit. Sie kniete neben Madame de Gondi, den blonden Scheitel mit einem zarten Spitzenschleier bedeckt und die Hände über dem kostbaren Gebetbuch gefaltet. Niemand konnte daran zweifeln, daß sie der Messe mit äußerster Andacht folgte und ihre Gebete in die vorgeschriebene Litanei paßten.

Freilich, wie sollte sie sich auf die Messe konzentrieren, wenn ihr Körper noch unter dem Nachklang der Lust bebte, die sie in der vergangenen Nacht verspürt hatte. Wenn die violetten Schatten einer erschöpfenden Liebesschlacht ihren Augen Tiefe verliehen und ihre Lippen noch die Spuren ausschweifender Küsse bewahrt zu haben schienen. Mußte man solche Lust beichten? Sich für soviel Wonne schämen? Erforderte es Sühne?

Sie beugte das Antlitz über die verschlungenen Hände und erwartete nahezu jeden Moment, vom strafenden Blitz göttlicher Gerechtigkeit getroffen zu werden. Es waren so gar keine christlichen Gefühle, die sie erfüllten. Leidenschaft, Haß, Lust, der heiße Wunsch nach Rache, die Sehnsucht nach etwas Unerfüllbarem. Und alles miteinander weit entfernt von jener gläubigen Sanftmut, die eine wahre Edeldame auszeichnen sollte.

Der Aufruhr in ihrem Inneren spiegelte sich nur in ihren Augen, und die hielt sie sorgsam hinter halb gesenkten Lidern verborgen. Es verbot sich von selbst, daß sie zur Seite oder nach hinten sah, um jenen zu suchen, von dem sie beim Erwachen am Morgen nur noch den Abdruck eines Kopfes auf den Kissen gefunden hatte. Er mußte bereits in aller Frühe das Gemach verlassen haben.

Sie hatte nicht recht gewußt, ob sie darüber froh oder wütend sein sollte. Einerseits war ihr die übliche Verachtung erspart geblieben, mit der er sie behandelte und die sie nach dieser Nacht besonders schmerzend getroffen hätte. Andererseits fand sie es wieder schändlich, daß er sich nicht einmal die Mühe gemacht hatte, sich von ihr zu verabschieden.

Der Eindruck, wie eine gekaufte Dirne behandelt worden zu sein, traf sich mit der Scham über die eigene befremdliche Hemmungslosigkeit. Ihr Sinn für Gerechtigkeit erlaubte ihr nicht, die Schuld für die Geschehnisse ausschließlich ihrem Gatten anzulasten.

Freilich, wie hätte sie sich gegen ihn wehren können? Nur seiner Raffinesse in Liebesdingen war es doch zuzuschreiben, daß sie soviel Liebeslust empfunden hatte, obwohl sie den Mann, der ihr diese Genüsse verschaffte, nach wie vor gering schätzte. Das Plädoyer, das sie zu ihrer eigenen Verteidigung hielt, endete mit dem morgendlichen Segen des Hofkaplans und Fleur schlug mit den anderen zusammen das Kreuzeszeichen.

Ein wenig ruhiger und gesammelter verließ sie gemeinsam mit dem übrigen Hof die Kapelle und bemühte sich, Madame de Gondi dabei nicht auf den gewaltig gebauschten Rock zu treten, den diese nach neuester Hofmode trug. Viola de Montaigne, deren Freundschaft auf der Gräfin von Chartière erhalten geblieben war, machte eine ihrer üblichen vernichtenden Bemerkungen.

»Madame wirkt in diesem schwarzen Brokat wie eine wandelnde Teertonne, findet Ihr nicht auch? Weiß der Himmel, was alle an diesen spanischen Trachten finden. Ich denke nicht daran, meinen Busen unter bestickter Seide zu verbergen und mir einen Mühlstein aus weißer Spitze um den Hals zu legen. Allerdings, wenn einen die

Natur so sparsam ausgestattet hat wie unsere strenge Zuchtmeisterin, kann man damit natürlich eine Fülle vortäuschen, die in Wirklichkeit nicht vorhanden ist. Was meint Ihr dazu?«

Piero Strozzi ersparte Fleur eine Antwort. Er trat zu den Damen und lüftete mit seiner üblichen theatralischen Gestik einen Hut, der so viele Federn trug, daß es für ein halbes Dutzend Pfauen ausgereicht hätte.

»Mesdames! Ihr bringt den Frühling in einen trüben Herbstmorgen! Gestattet mir, Euch zu sagen, daß ich bezaubert bin!«

»Und wir sind in besonderer Eile, Seigneur! Gehabt Euch wohl!« Die Gräfin Montaigne zerrte ihre Begleiterin am Arm weiter und stieß einen erleichterten Seufzer aus, als er zurückblieb.

»Man könnte meinen, er sei Euer Schoßhündchen, Fleur! Geht Euch dieser Gaukler in seinen bunten Gewändern nicht auf die Nerven?«

»Warum sollte er? Unter seinem farbenfrohen Kostüm ist er ein kluger Mann, die Königin schätzt ihren Vetter. Ich finde ihn amüsant!«

»Amüsant!« wiederholte ihre Begleiterin und verdrehte die Augen zum Himmel. »Sagt mir, wie kann man einen komischen Gaukler amüsant finden, wenn man mit einem schwarzen Ritter verheiratet ist? Ich würde gerne begreifen, was in Eurem Kopf vorgeht, meine liebe Freundin!«

Fleur gab vor, die Anspielung nicht zu verstehen. »Von wem redet Ihr, meine Liebe?«

»Von Eurem Gemahl! Du lieber Himmel, von wem sonst? Die Hälfte aller Damen bei Hof trägt Trauer, seit er Euch geheiratet hat. Und an erster Stelle natürlich, die schöne Diana von Poitiers. Sie hat ihn einmal verschmäht, weil die Macht des Königs über den Charme eines einfachen Grafen gesiegt hat, aber glaubt mir, sie bedauert diesen Schritt, den ihr die Vernunft geraten hat, im Herzen noch immer. Solange es keine andere gab, die über ihn herrschte, war sie es zufrieden. Sie genießt die Rolle der unerreichbaren Göttin seit Jahren. Aber daß dort eine Jüngere triumphiert, wo sie bisher unangefochten herrschte, ist ihr unerträglich! Ihr habt Euch eine noch gefährlichere Feindin geschaffen, als es nach außen hin den Anschein hat. Seid vorsichtig!«

»Ihr träumt, Viola!« wehrte Fleur ab. »Ich habe den Grafen auf Befehl des Königs geheiratet. Nennt Ihr es einen Triumph meiner Schönheit, daß seine Majestät denkt, Chartière könne mich höfisches Benehmen und gehorsames Schweigen lehren?«

Viola lachte auf. »Meint Ihr? Und warum sieht dieser Zuchtmeister Euch an, wie ein Hund seinen Lieblingsknochen, sobald Ihr in sein Blickfeld geratet? Wenn je ein Mann seine Gattin begehrt hat, dann dieser! Oh, nein, leugnet es nicht, meine Liebe! Ihr habt dasselbe Glitzern in den Augen, wenn er auftaucht, der Befehl des Königs ist für Euch genau im richtigen Moment gekommen! Ich möchte wetten, daß Ihr die Nacht in seinen Armen verbracht habt und daß Ihr mehr getan habt, als nur zu streiten. Allein die Liebe zaubert diesen Glanz in Frauenaugen.«

»Ihr ... Ihr seid völlig ... närrisch!« Fleur verhielt mitten im Schritt, um sich gegen diese Spekulationen ihrer einzigen Freundin zu verwahren, aber erntete nur ein weiteres, vergnügtes Blinzeln.

»Bin ich das? Nun, in erster Linie bin ich eine liebenswürdige Dame und lasse Euch deswegen mit dem Herrn allein, der so zielstrebigen Schrittes auf uns zu eilt. Da, seht Ihr, ich wußte es, er läßt Rosen auf Euren Wangen blühen, wenn Ihr ihn seht! Laßt ihn nicht zu sehr merken, daß Ihr ihm so wenig widerstehen könnt!«

Mit einem koketten Rascheln ihrer Röcke, das juwelengeschmückte Gebetbuch an den Busen gedrückt und dem Grafen von Chartière einen fröhlichen Gruß zunikkend, verschwand die junge Ehrendame. Fleur blieb kaum Zeit, ihr rasendes Herz mit einem tiefen Atemzug zu kontrollieren, dann stand er schon vor ihr und verneigte sich in seiner unnachahmlichen elegant-lässigen Art.

Im Gegensatz zur herrschenden Hofmode, trug er nur selten eine Kopfbedeckung und auch jetzt setzte die helle Vormittagssonne seinem schwarzen Schopf bläulich funkelnde Reflexe auf. Ohne daß sie es verhindern konnte, erinnerten sich ihre Fingerspitzen daran, wie seidig sich diese dichten Locken anfühlten. Mit welch erstaunlicher Sprungkraft sie wieder an ihren angestammten Platz zurückkehrten, sobald man spielerisch durch ihre Fülle fuhr. Ärger über die eigenen, dummen Gedanken furchte ihre Stirn mit einer unmerklichen Falte.

»Wir sind zum Mahl des Königs geladen, Madame!« verkündete ihr Gemahl mit völlig unbeteiligter Stimme und fegte ein nicht vorhandenes Stäubchen von seinem Ärmel. »Gestattet, daß ich Euch begleite.«

Es gehörte zum fest umrissenen Tagesablauf des Hofes, daß der König um zehn Uhr die Messe hörte und sich gegen elf zu Tisch begab. Dabei leisteten ihm, im Gegensatz zum abendlichen Bankett, nur die führenden und bevorzugten Persönlichkeiten des Hofes Gesellschaft. Es galt als ehrenvolle Auszeichnung dazu geladen zu sein, und doch beherrschte Fleur mit Mühe ihren Groll. Am liebsten hätte sie sogar mit dem Fuß aufgestampft.

Diese kühle Aufforderung, war das alles, was er ihr nach der vergangenen Nacht zu sagen hatte? Kein persönliches Wort, keine Entschuldigung oder gar ein Zeichen von Gefühl? Keine Erinnerung oder Geste, die darauf hindeutete, daß sich doch etwas verändert haben mußte. Oder hatte es ihm tatsächlich so wenig bedeutet, sie in den Armen zu halten, daß er sie vergaß, sobald er die Tür ihres Schlafzimmers hinter sich schloß?

Es schien so, sonst hätte er sie wohl kaum in dieser Gleichgültigkeit in den großen Saal führen können, dessen polierter Boden völlig unter den duftenden Kräutern verschwand, die über ihn gestreut worden waren. Sie knisterten unter ihren Rocksäumen, und der Duft nach Lavendel mischte sich mit dem des sterbenden Hauches des Herbstes. Sicher war dies der Grund, warum ihr plötzlich die Augen brannten und sie mit Mühe die Tränen vermied.

Das schwache Lavendelaroma gehörte zu den Gerüchen ihrer Kindheit in einem sonnendurchfluteten Haus über dem Meer, unter dessen Dachsparren im Innenhof die gesammelten Kräutersträuße trockneten. Ein Haus, in dem Kinder lachten und ständiges Kommen und Gehen herrschte. Ein Haus, dessen Frieden sie erst aus der Entfernung schätzte.

Wie weit das alles zurücklag. Es mußte in einem anderen Leben gewesen sein. Damals, als sie noch an Märchen und Sagen geglaubt hatte. Als sie von der Liebe und einem Märchenprinzen geträumt hatte, der sie entführen und zeit ihres Lebens mit jenen Blicken betrachten würde, mit denen ihr Großvater Dame Isabelle verfolgt hatte. Blicke, deren Inhalt sie damals nicht verstanden hatte, die ihr aber immer als der Inbegriff von Liebe erschienen waren.

Die Prozession der Lakaien weckte sie aus ihren Träumen. Kaum hatten sie Platz genommen, als auch schon der königliche Vorschneider die silberne Glocke hereintrug, unter der die Tischbestecke seiner Majestät lagen. Der schwere Damast der mit Honigklee-Wasser parfümierten Tischdecke, die in langen, schweren Falten bis zum Boden herabhing, war mit Nelken und Zucker bestreut. Mit Wasser gefüllte Fingerschalen standen an jedem Platz bereit, ebenso die silbernen Teller, mit den kleinen, süßen Konfektstückchen, die Fleur so gerne naschte.

Vom Mundkoch, dem Hofbäcker und dem königlichen

Mundschenk überwacht, trugen Scharen von Küchenjungen die gefüllten Schüsseln herein. Der König aß mit bestem Appetit, und er verschmähte die silbernen Gabeln, die seine Gemahlin am Hofe eingeführt hatte. Nach gutem, alten gallischen Brauch verwendete er seine Finger, manchmal ein Messer oder einen Löffel.

Die Königin hingegen demonstrierte ihr Geschick mit dem mehrzinkigen neuen Instrument. Sie hatte es deswegen auch nicht nötig, wie ihr Gemahl die Fingerschale zu benutzen und sich danach die Hände am Tischtuch abzutrocknen.

Fleur tat es ihr mit einer Fertigkeit nach, die um so selbstverständlicher wirkte, als sie die Routine langer Übung verriet. Es fiel ihr nicht auf, daß sich auf der Stirn ihres Gemahls eine weitere Falte bildete. Er sah ohnehin finster genug aus, und der saftige Hirschbraten wurde auf seinem Teller kühl, ohne daß er ihn anrührte.

»Habt Ihr keinen Hunger?« platzte sie mit der nächstbesten Frage heraus, um wenigstens das unheilvolle Schweigen zwischen ihnen zu brechen.

Er sah sie an, als sei er mit seinen Gedanken in weiten Fernen gewesen und müsse sich nun mühsam besinnen, wer da das Wort an ihn richtete.

»Nein«, brummte er barsch und fügte dann überraschend neugierig hinzu: »Wo habt Ihr den Umgang mit dieser Gabel gelernt?«

»Zu Hause! Meine Großmutter hatte eine Abneigung dagegen, Heißes mit den Fingern zu essen. Sie brachte diese Instrumente von einer Reise nach Florenz mit, als ich noch ein kleines Mädchen war. Habt Ihr erwartet, daß ich in einem Schweinekoben aufgewachsen bin und mit jedem unbekannten Instrument auf Euch losgehe?«

Die Art, wie Fleur den Kopf leicht schief legte und die goldblonden Brauen hob, wirkte so provozierend, daß sie förmlich den Zorn ihres Gatten mit Händen greifen konnte. Da war sie wieder, jene unerklärliche Verbindung zu ihm, die sie von Anfang an verspürt hatte. Unter Haß und Stolz vergraben, hatte sie die Magie verloren geglaubt, aber in diesem Augenblick las sie seine Gedanken so klar, als habe er sie laut ausgesprochen.

»Ihr habt Euch entschlossen, mich zu verachten und jede Facette meiner Person, die Euch davon abhält, versucht ihr geringschätzig zu machen, nicht wahr? Was in der vergangenen Nacht zwischen uns passiert ist, hat Euch unsicher gemacht und nun sucht Ihr bei Tageslicht Eure vorübergehende Schwäche zu entschuldigen ...«

»Und wenn dem so wäre?«

»Erwartet Ihr etwa Mitleid von mir? Vergeßt es! Es würde mir gefallen, Euch leiden zu sehen. Ich könnte dann wieder an die göttliche Gerechtigkeit glauben.«

Die in gedämpftem Ton ausgetragene Meinungsverschiedenheit wurde so leise geführt, daß keiner ihrer Nachbarn etwas davon mitbekam.

Sie isolierte Fleur und ihren Gatten an der königlichen Tafel in eine eigene, ganz spezielle und vergiftete Welt. In ihr kam es nur darauf an, dem anderen weh zu tun. Ihm zu zeigen, daß der eigene Stolz ungebrochen Bestand hatte und keine noch so perfide Bosheit ihn je ins Wanken bringen würde.

»Bleibt Euch das Wort von der göttlichen Gerechtigkeit nicht im Halse stecken, kleine Ehrgeizlinge? Habt Mut zur Ehrlichkeit! Ihr seid mit dem erklärten Ziel an den Hof gekommen, einen Gatten zu finden. Einen Dummkopf zu angeln, der Eurem Geld die nötige Adelspolitur gibt, damit Ihr Eure Ambitionen bei Hofe befriedigen könnt. Ihr habt keine überflüssige Zeit vertan, mein Kompliment!«

Unwillkürlich erinnerte sich Fleur an den liebevollen Abschied von ihrer Mutter und deren letzte Worte klangen geradezu höhnisch durch ihren Kopf. »Ich bin sicher, daß du bei Hof einen Gatten finden wirst, Fleur! Einen Edelmann, der deiner würdig ist und den deine Schönheit verdient. Ich werde täglich meine Gebete für dein Glück an die heilige Jungfrau richten!«

Versonnen strich sie sich eine schwere Locke aus der Stirn, die sich trotz aller Haarnadeln aus der goldenen Krone gelöst hatten, die ihre Haare bildeten und die heute nur mit Perlenschnüren durchflochten war. Sie zweifelte nicht daran, daß ihre Mutter noch immer betete, wenngleich sie die Botschaft, in der sie ihre Heirat verkündete, doch inzwischen erreicht haben mußte.

Alle Fürbitten der Welt würden ihr freilich nicht helfen, jenes Glück zu finden, von dem sie damals voller Naivität geträumt hatte. Die Wirklichkeit sah anders aus und sie forderte Kampf, wenn sie nicht untergehen und verzweifeln wollte. Sie präparierte von neuem ihre beste Waffe, eine geschmeidige Zunge.

»Wenn Ihr Euch in der Rolle des Dummkopfes seht, Seigneur, so will ich der Einschätzung Eurer Person nicht widersprechen. Es ziemt sich einer Gattin nicht, die Worte ihres Gemahls anzufechten.«

»Hexe!«

»Ganz die Eure, mein Gemahl!«

Fleur griff nach den winzigen Pralinés und mußte ihre ganze Kraft aufbieten, daß ihre Finger dabei nicht zitterten. Ein Segen, daß sie saß! Sie knabberte an der zuckerüberzogenen Mandel und schmeckte nichts davon. Aber nach außen bot sie das Bild vollendeter Gelassenheit und verführerischer Weiblichkeit.

Yves de Saint-Tessé sagte sich, daß er dieses intrigante Frauenzimmer verabscheute, daß es bestenfalls die Peitsche verdiente. Und doch — am liebsten hätte er die feinen Zuckerkristalle auf ihren feuchten Lippen weggeküßt und jene ungebärdige Strähne aus der Stirn gestrichen, die wieder und wieder aus der Frisur fiel und ihr die Unschuld eines kleinen Mädchens verlieh, das über heftigen Kinderspielen vergessen hat, auf Frisur und Kleid aufzupassen.

Er mied das Essen und stürzte dafür einen Becher Wein nach dem anderen hinunter. Der Alkohol änderte jedoch nichts an den Tatsachen. Er hatte sich wie ein liebeskranker Narr in den Fängen dieser goldenen Sirene verfangen und wußte mit demütigender Sicherheit, daß er kaum die Nacht erwarten konnte, die es ihm erlaubte, sie wieder in die Arme zu nehmen. Sie war das Gift in seinem Blut, die Luft, die er zum Atmen brauchte, und wenn sie es jemals erfuhr, würde sie daraus die tödlichsten Messer schmieden, die je einen Mann vernichtet hatten.

Es schien Ewigkeiten zu dauern, bis die Tafel endlich aufgehoben wurde und der König in einer Fensternische seine Audienzen gewährte. Das Zeremoniell erforderte, daß auch der Graf Chartière und seine Gemahlin das Knie vor seiner Majestät beugten. Eine Perspektive, aus der Heinrich einen erfreulichen Blick auf die seidigen Brüste der Gräfin hatte, die sich auf das hübscheste im Ausschnitt ihre lindgrünen Atlasgewandes wölbten. Der Schal aus hauchzarter Spitze, den sie zur Messe über dem Haar getragen hatte, umrahmte die Köstlichkeiten wie weißer Frühlingsnebel.

»Wir sind beglückt, Euch zu begrüßen, Gräfin!« machte der König aus seinem Entzücken keinen Hehl. »Werdet Ihr uns heute auf der Jagd begleiten?«

»Mit Vergnügen, wenn Ihre Majestät die Königin, keine anderweitige Verwendung für mich hat ...« Fleur behielt ihren Gehorsam für die Königin auch nach der erzwungenen Eheschließung bei.

Katharina winkte gnädig ab.

»Ihr habt frische Luft nötig, mein Kind! Amüsiert Euch gut. Wenn der Prinz auf der Welt ist, werde ich mit Vergnügen ebenfalls wieder an der Jagd teilnehmen.«

Der einzige, dem dieses Unternehmen nicht zusagte, war Fleurs Gemahl.

»Wahrhaftig, könnt Ihr überhaupt reiten?« knurrte er, nachdem sie der König gnädig entlassen hatte. »Die Favoritin ist gut zu Pferd und wird ein scharfes Tempo anschlagen. Sie reitet wie ein Mann. Ihr riskiert, Euren raffinierten kleinen Hals zu brechen!«

»Nun, das wäre immerhin eine Lösung, für die Ihr Euch nicht persönlich strapazieren müßtet«, spottete Fleur erbost. »Wie wäre es, wenn Ihr Sankt Hubertus eine Kerze stiftet, damit er in Eurem Sinne wirkt? Ich muß mich leider entschuldigen. Sicher habt Ihr Verständnis dafür, daß ich nicht in offizieller Robe auf ein Pferd steigen kann, auch wenn ich nicht wie die Dame de Brézé als Amazone durchgehe!«

Die Mischung aus Rebellion, Enttäuschung, Jähzorn und Rachsucht war es auch, die Fleur antrieb, bei der folgenden Jagd Kopf und Kragen zu riskieren. Der Gedanke, den eigenen Problemen einfach zu entfliehen, indem sie vielleicht beim nächsten Sturz nicht mehr aufwachte, hatte sogar etwas sehr Verführerisches.

Das Bein in jener neuen, halbsbrecherischen Art um den Sattelknauf geschlagen, die Katharina von Medici schon zu Zeiten von König Franz eingeführt hatte, meisterte Fleur die elegante goldbraune Stute, die sie mit an den Hof gebracht hatte, mit souveräner Selbstverständlichkeit. Pferd und Reiterin bildeten eine Einheit von bestechender Eleganz. Eine Sinfonie in Goldtönen, die vor dem Grün des Waldes besonders reizvoll wirkte.

Während der Hetzjagd behauptete die Gräfin von Chartière unangefochten ihren Platz an der Seite des Königs, überdies noch vor Diana von Poitiers. Am Ende war auch sie es, die das Knie vor dem König neigte, damit er den Eichenlaubzweig an ihrer Kappe befestigen konnte, welcher der mutigsten Jägerin gebührte. Eine Ehrung, die meistens die Dame de Brézé errang, sehr selten die Königin und bislang nie eine der anderen Ehrendamen.

Ein wenig erhitzt, mit gelösten Haaren und funkelnden waldgrünen Augen nahm sie die Auszeichnung entgegen und richtete sich wieder auf. Das goldpaspelierte, grüne Reitkleid ließ sie mit den Bäumen verschmelzen, und nur das zarte Gesicht, die goldenen Schnüre und der leuchtende Schleier ihrer Haare fingen den Rest von Tageslicht ein. Mehr denn je glich sie einer verwunschenen Nymphe, die sich unter die Jagdgesellschaft verirrt hatte.

Der bezauberte König hatte nichts Besseres zu tun, als ihr eben dies in glühenden Komplimenten mitzuteilen.

»Ein bezauberndes Paar, nicht wahr? Eine reizende Fee, die seine Majestät da eingefangen hat.«

Piero Strozzi konnte sich das Vergnügen nicht versagen, die ohnehin schon erboste Favoritin auf das ansprechende Bild hinzuweisen, das der hochgewachsene athletische König und die hinreißende Gräfin von Chartière bei ihrem Flirt dem ganzen Hofe boten.

»In der Tat«, bewahrte die Favoritin eisern ihre Fassung, wenngleich ihre Stimme seltsam metallisch klang. »Seine Majestät hatte schon immer einen guten Geschmack, habt Ihr das nicht gewußt, Messire Strozzi?«

»Madonna, wer wäre ich, wenn ich es wagte, Euch zu widersprechen!« übertrieb der Vetter der Königin seine untertänige Bewunderung so schamlos, daß sie sich ins Gegenteil verwandelte ...

Yves de Saint-Tessé wurde zufälliger Zeuge des kleinen Wortwechsels, und obwohl Diana von Poitiers lächelte, streifte ihn, wie ein taubenetztes, zähes Spinnennetz die Furcht. Diese Dame gehörte nicht zu jenen, die eine Niederlage gelassen hinnehmen.

Er sah auf die andere Seite der Lichtung, wo der König Fleurs Hand ergriffen hatte und so aussah, als wolle er sie die nächsten Wochen nicht mehr loslassen. Seine sonst so boshafte, zänkische, kleine Gemahlin lächelte, daß er das Leuchten ihres Blickes wie Feuer auf der Haut spürte. Das Feuer mit dem sie spielte, wenn er die offizielle Maitresse seiner Majestät ansah.

Ein Feuer, das auch in ihm aufflammte, wenn er diese aufkeimende Romanze mit ansehen mußte. Der Gedanke, daß ein anderer Mann jene aufreibende Mischung aus zärtlicher Unschuld und sinnlicher Leidenschaft genießen sollte, brachte kalten Schweiß auf seine Stirn. Er wußte zu gut, daß dieser zierliche rassige Körper, der mit seiner Stute wie verschmolzen schien, einen Mann um den Verstand bringen konnte.

Andererseits, hatte sie ihm nicht bereits eine überlegene Kostprobe ihrer Zielstrebigkeit gegeben? Von der Kaufmannstochter zur Gräfin Chartière, von der Gräfin zur königlichen Maitresse? Zur heimlichen Herrscherin von Heinrichs Gnaden? Zur schönsten und ersten Dame des Hofes? War dies von Beginn an ihr wahres Streben gewesen?

Ein feines Knacken zwischen seinen Fingern riß Yves de Saint-Tessé aus seinen düsteren Gedanken. Die beiden Teile der zerbrochenen Reitgerte in den Händen, sah er, wohin ihn der unterschwellige Wunsch, Fleurs Hals zwischen den Händen zu haben, getrieben hatte. Bei allen Heiligen — er war eifersüchtig auf seinen eigenen König!

So eifersüchtig, wie die Dame de Brézé, deren Lächeln eine Farbe darstellte und die nun mit sehr nachdenklichem Blick, ihre Reitgerte zwischen den Fingern der anderen Hand hindurchgleiten ließ, als schleife sie ein Messer.

Allein, was konnte sie Fleur schon antun? Falls sie überhaupt Gelegenheit dazu bekam, sich an ihr zu vergreifen. Im Moment schien es ihm wahrscheinlicher, daß er selbst in Kürze dafür sorgen würde, daß sie das Schicksal seiner eigenen Gerte teilte.

[illegible]

[illegible]

[illegible]

[illegible]

11. KAPITEL

»Madonna, sie würde mich am liebsten bei der nächsten Jagd anstelle irgendeines dummen Hirsches durch die Wälder von Fontainebleau jagen. Sie haßt mich so sehr, daß sie ganz grün wird, sobald sie mich sieht! Sie wird sich noch häßliche Falten in ihre vollkommene Maske ärgern, wenn ich mich ein wenig bemühe!«

Piero Strozzi warf unter der Krempe seines wie üblich üppig geschmückten Hutes einen vieldeutigen Blick hinüber zum Ehrenhof, wo sich die Jagdgesellschaft des Königs versammelte. Diana von Poitiers thronte im Damensitz auf einem Zelter, dessen Weiß mit dem ihres schwarz abgesetzten Jagdkostümes wetteiferte. Die Peitsche in der Linken und die juwelenbesetzten Zügel in der Rechten, unterhielt sie sich mit dem König, ohne daß ihren herumirrenden Blicken irgend etwas entging.

Fleur wußte, auch ohne daß sie sich umdrehte, von wem der kleine Italiener sprach. Die Feindschaft der Favoritin mit dem Cousin der Königin war um so intensiver, als der König den merkwürdigen und stolzen kleinen Italiener sehr schätzte. Er zeichnete ihn mit seiner Gunst aus, ohne wie sonst auf die Einwände seiner Geliebten zu hören. Fleur vermochte nicht zu sagen, weshalb der König den kleinen Mann so unwiderstehlich fand, aber die Tatsache, daß er ihm am Tag seiner Krönung die Kette des Sankt-Michael-Ordens verliehen hatte, war deutlich genug. Nicht einmal Diana von Poitiers konnte ihn in Ungnade stürzen, und Strozzi nützte diese Tatsache weidlich aus.

»Seid ehrlich, es bereitet Euch Vergnügen, die Dame bei jeder Gelegenheit zu provozieren. Kein Wunder, daß sie

Euch gerne los würde«, sagte sie ihm auf den Kopf zu und milderte die Feststellung durch ein Lächeln.

»Natürlich«, gab er schamlos zu. »Ich möchte zu gerne einmal den Moment erleben, in dem sie ihre Beherrschung verliert!«

»Wieso reitet Ihr dann die heutige Jagd nicht mit?« erkundigte sich die Gräfin de Chartière eher beiläufig, denn in Wirklichkeit prüfte sie aus den Augenwinkeln die Jagd-Gesellschaft, ob sich auch ihr Gemahl unter den Teilnehmern befand.

Es war eigenartig, daß sie so wenig über seinen Tagesablauf wußte. Seit jener sinnlichen, fieberhaften Nacht war mehr als eine Woche vergangen, und sie konnte nicht sagen, daß sie dem Geheimnis ihres arroganten Gatten auch nur einen Schritt näher gekommen war. Sie ahnte nicht einmal, was er tat, wenn er sie mied. Das Rätsel seiner Person beschäftigte sie mit jeder Stunde mehr.

»Habt Ihr schon vergessen, daß unsere gemeinsame Herrin heute einen wichtigen Boten erwartet?« Piero Strozzi nahm mit der vertrauten Bewegung eines guten Freundes Fleurs Arm und führte sie zur Freitreppe zurück. »Die Nachrichten aus Urbino sind von Bedeutung für uns alle. Glaubt Ihr, daß mich unter diesen Umständen eine Jagd locken könnte? Wenn sich König Heinrich entschließt, diesen Verräter Cosimo für Urbino zur Rechenschaft zu ziehen, bin ich sein Mann!«

»Also gehört Ihr ebenfalls zum Kreise der Sklaven, die den Vergnügungen des Hofes, zugunsten der hohen Politik fern bleiben müssen!« scherzte Fleur.

Die Tatsache, daß sie ihren Gatten nirgends entdeckt hatte, machte es ihr leicht, diesen neckenden Ton anzuschlagen. Merkwürdigerweise hob es ihre Laune beträchtlich, den Grafen nicht im getreuen Troß der Favoritin zu finden. Es mißfiel ihr ebensosehr, daß diese ihm Befehle erteilte, wie es sie verdroß, wenn er den Anordnungen auch noch gehorchte. Woher nahm die Dame das Recht dazu?

Immerhin heute mußte sich die Favoritin ein anderes Opfer für ihre Launen suchen und Fleur fühlte sich im Stande, das nötige Interesse für das politische Schicksal der diversen südlichen Herzogtümer aufzubringen, auf welche Katharina von Medici Anspruch erhob.

Im Moment gehörten ihr diese Gebiete allerdings nur formal, denn der Großherzog der Toskana hatte sich nicht nur das florentinische Erbe der Monarchin, sondern auch ihre ausgedehnten Ländereien angeeignet, ebenso wie das reiche Bankhaus der Familie Strozzi, was der tiefere Grund für Piero Strozzis Abneigung gegen den so plötzlich aufgestiegenen Medici aus jüngerem Zweig der Familie war.

»Ich sehe mich nicht als Sklave, Donna Fleur!« antwortete der farbenprächtig gewandete Kavalier unerwartet ernst. »Ich bin meiner Cousine treu ergeben, und das kann sie nicht von vielen Menschen an diesem Hofe sagen!«

»Ich hoffe, Ihr zweifelt nicht an meiner Loyalität?« verwahrte sich Fleur gegen die Botschaft hinter seinen Zeilen, und ihr Lächeln verschwand.

»An Eurer nie, meine Schönste. Aber könnt Ihr auch für die Ergebenheit Eures stolzen Gatten garantieren, der bisher wenig Anlaß gegeben hat, ihn für einen Freund unserer Herrin zu halten?«

Fleur verhielt den Schritt und hob mit einer ratlosen Geste die Hände. »Ich kann weder ja noch nein sagen, Messer Piero!« antwortete sie unwillkürlich auf italienisch, um ungebetene, zufällige Zuhörer auszuschließen. »Mein Gatte und seine Gedanken sind mir ein Mysterium, dessen Lösung mir mit jedem Tag schwieriger und ferner erscheint.«

»Er macht Euch Kummer?«

Schlicht ja zu sagen, wäre zwar die Wahrheit gewesen,

aber wie konnte sie einem Fremden derart ihr Herz offenbaren? Yves de Saint-Tessé war ein ständiger Stachel in ihrem Fleisch. Ein Ärgernis, eine Bedrohung, ein Kummer. Und doch, wenn sie ihn nicht sah, fragte sie sich, wo er steckte und wenn er bei ihr war, was er dachte. Ärgerlicherweise erhielt sie keine Antwort auf diese Fragen, denn sie kamen nie über ihre Lippen.

Bei Hofereignissen, die ihr gemeinsames Erscheinen erforderten, behandelte er sie mit makelloser Höflichkeit. Er bot keinerlei Angriffsfläche und machte sie schon deswegen auf eine so entnervende Art zornig, daß sie in manchen Stunden nicht daran zweifelte, daß sie den Mut haben würde, ihn niederzustechen, besäße sie nur die entsprechende Waffe dafür.

Und trotzdem konnte es passieren, daß sich des Nachts die Tür ihres Gemaches öffnete und er schweigend zu ihr kam, daß er sie voller Zerstörungswut und stumm nahm, und daß er förmlich floh, wenn er sein Ziel erreicht hatte und sich selbst in seiner Schwäche verlor.

Auch in der vergangenen Nacht war das der Fall gewesen, und Fleur hatte ein hochgeschlossenes Kleid anziehen müssen, um die Male seiner Leidenschaft zu verbergen.

Die bloße Erinnerung an die Begebenheit zauberte eine Röte auf ihre Wangen, und sie spürte das Prickeln, das ihren Leib überlief, der sich jeder hemmungslosen Einzelheit mit beschämender Deutlichkeit entsann. Ebenso wie der demütigenden Tatsache, daß sie Gefallen daran gefunden und sich nicht gewehrt hatte. Wenn das so weiterging, würde sie noch närrisch werden.

Verrückt, zwischen Haß und Raserei aufgerieben, längst nicht mehr die harmlose Tochter, die ein besorgter Vater in die Hände der Königin gegeben hatte. Ein Geschöpf der Nacht, das sich über die eigenen Gefühle keinesfalls im klaren war und das seinen Stolz verraten hatte. Gedemütigt, ratlos und von einem Gatten tyrannisiert, den ihr die Königin aufgezwungen hatte.

Wie auf das Stichwort tauchte in diesem Moment der Graf von Chartière auf der Freitreppe auf und trat auf sie zu. Ausnahmsweise einmal nicht in Schwarz, sondern in düsteres Rot gekleidet, glich er mehr denn je einem Satan. Da Fleur den Arm ihres Begleiters umfaßt hielt, spürte dieser, daß die junge Frau erstarrte.

»Wahrhaftig, kann es sein, daß Ihr Euren diabolischen Gatten fürchtet?« Die scharfen Augen Piero Strozzis sahen mehr, als Fleur lieb war.

»Sagen wir, ich habe gelernt seinen Stolz und seine sarkastische Zunge zu respektieren«, murmelte sie mit steifen Lippen und erwiderte mit einem hoheitsvollen Nicken, die leichte Verneigung, mit der sie gegrüßt wurde.

»Verzeiht, daß ich Euer trauliches Beieinandersein störe«, erklärte Chartière mit einem Sarkasmus, der Fleurs ärgste Befürchtungen übertraf. »Aber wenn Ihr mir ein Wort mit meiner Gattin gönnt, Signore ...«

Allein? Mit ihm? Ein Gefühl nahe der Panik überflutete Fleur. Sie wollte nicht mit ihm allein sein! Bei allen Heiligen, wer konnte schon wissen, was er tun würde. Was sie ihm erlauben würde zu tun. Wachs, das sie in seinen Händen war, sobald er sie berührte.

»Nein!« Sie zwang sich ihre Stimme zu beherrschen und wiederholte ein wenig ruhiger. »Es tut mir leid. Meine Zeit ist bemessen, die Königin erwartet mich in ihrem Arbeitskabinett. Könnt Ihr mir nicht ein anderes Mal sagen, was Ihr so Wichtiges auf dem Herzen habt?«

Flüchtig gewann sie den Eindruck, daß er mühsam eine heftige Antwort unterdrückte. Dann hatte er sich wieder wie gewohnt in Gewalt. »Ich werde wohl Geduld haben müssen, wenn Ihr mich darum bittet. Erlaubt, daß ich Euch wenigstens zur Königin begleite.«

Ein solches Angebot abzulehnen, hätte nur die ohnehin schon vorhandene Neugier Piero Strozzis weiter aufgestachelt. Fleur verzog ihre Lippen zu einem halbwegs glaubhaften Lächeln.

Ihre Aufforderung: »Dann laßt uns gehen, meine Herren!« bezog auch ihren hartnäckigen Verehrer mit ein und der Graf mußte wohl oder übel sowohl seine Anwesenheit akzeptieren, ebenso die daraus folgende Tatsache, daß sich damit jedes private Wort zwischen ihnen ganz von selbst verbot.

Von beiden eingerahmt, ihrem purpurdunklen Gatten und dem schreiend bunt gekleideten Italiener, schritt Fleur davon. Eine auffällige Gruppe, die viele Blicke auf sich zog, auch diejenigen der königlichen Maitresse, die in tadelloser Haltung davongaloppierte. Doch dieses Mal glich ihr Gesichtsausdruck eher jenem einer Katze, die erfolgreich eine versteckte Sahneschüssel leergeschleckt hat.

Auch die Königin machte sich ihre Gedanken, während sich die beiden Kavaliere vor ihrer Ehrendame verneigten. Nur einer von ihnen trat sichtbar widerwillig den Rückzug an. Sie legte die Feder neben das Pergament, das sie eben beschrieben hatte und erhob sich ein wenig schwerfällig, denn die fortschreitende Schwangerschaft belastete sie mit jedem Tag ein wenig mehr.

»Auf ein Wort, Dame Fleur!« zog sie die junge Gräfin in eine Fensternische, wo sie beide, vor den Ohren der übrigen Hofdamen geschützt, ein kurzes Gespräch führen konnten. »Kann es sein, daß Euer Gemahl endlich Gnade vor Eurem Herzen gefunden hat?«

Fleur wich den fragenden dunklen Augen aus, aber sie wußte, daß sie der Königin keine Antwort verweigern konnte, so gerne sie es auch getan hätte. »Mein Herz gehört nicht zu jenen, die eine Beleidigung vergessen, Majestät«, erwiderte sie stockend.

»Erzählt mir nicht, daß Ihr die Leidenschaft ignorieren könnt, die Eurem Gatten ins Gesicht geschrieben steht, sobald er Euch erblickt.«

»Eine Leidenschaft, die er gerne befriedigt hätte, ohne deswegen mit einem Ehering gebunden zu werden«, widersprach Fleur trotzig. »Begehren kann man schließlich auch eine Bürgerliche, eine Person, deren Stand so niedrig ist, daß sie einem Grafen Chartière zwar das Bett wärmen, aber niemals seinen Namen tragen dürfte.«

»Sind es Dummheiten dieser Art, die Euch noch immer kränken, mein Kind?« forschte die Königin mütterlich und suchte ihren Blick.

»Nur offensichtliche Wahrheiten, Majestät!« verbesserte Fleur rebellisch und erntete dabei ein melancholisches Lächeln.

»Ihr müßt noch eine Menge lernen, meine Kleine!« beschloß Katharina von Medici das kurze Gespräch. »Ich hoffe für Euch, daß Ihr es nicht erst tut, wenn es zu spät ist, um Nutzen daraus zu ziehen. Stolz ist eine Sache, die sich nur sehr, sehr mächtige oder sehr, sehr einfältige Leute leisten können und er macht einsam, einsamer, als Ihr es Euch vorstellen könnt ...«

Ehe Fleur die Möglichkeit fand, darauf zu erwidern, verneigte sich ein Lakai vor der Königin und gab die Ankunft des erwarteten Boten bekannt. Die Zeit für private Plaudereien war vorüber, das Spiel der Macht, das die junge Königin von Frankreich so geschickt beherrschte, erforderte wieder ihre volle Aufmerksamkeit.

»Ihr haltet umsonst Ausschau, mein Lieber! Wenn Ihr Eure niedliche, kleine Frau sucht, sie ist noch in den Gemächern der Königin. Man möchte meinen, die Dame empfängt ganz Florenz in diesen Tagen, anstatt sich der Ruhe hinzugeben, wie es sich für eine Herrscherin gehört, die in der Erwartung steht. Man hört kaum noch ein französisches Wort, sobald man sich in die Nähe ihres Logis begibt.«

Diana von Poitiers, die der König erst vor wenigen Tagen auch noch zur Herzogin von Valentinois ernannt hatte, legte eine weiße, schöne Hand auf den Arm des Grafen Chartière und schenkte ihm jenes Lächeln, dem der König schon vor vielen Jahren, als Jüngling, verfallen war.

Auf Yves de Saint-Tessé hatte es im Laufe der Zeit allerdings nach und nach seine zauberische Wirkung verloren, so sehr, daß er im Moment eigentlich nur Ungeduld darüber verspürte, daß er von ihr aufgehalten wurde. Was wollte sie von ihm? Das kaum sichtbare, schadenfrohe Glitzern ihrer Augen gab ihm zu denken.

»Ihr seid, wie immer, bestens informiert!« entgegnete er höflich, ohne indes das Lächeln zu erwidern.

»Ich weiß noch mehr, mein lieber Freund, Ihr könnt aufhören mit dieser finsteren Miene auf mich herabzustarren.« Der Griff der Hand auf seinem Arm verstärkte sich und übermittelte eine stumme, vertraute Botschaft. »Ich kann Euch unter dem Siegel strengster Verschwiegenheit versprechen, daß Eure lästigen Probleme schon in Kürze auf das vortrefflichste gelöst werden.«

Leise Verblüffung schwang durch seine Antwort. »Meine Probleme? Bei allen Heiligen, was könnt Ihr von meinem Problemen wissen?«

Die schwarzen Pupillen der Herzogin funkelten, als sie mit einem leisen Rascheln die Falten ihrer schwarzseidenen Röcke ordnete und sich die schmalen Lippen mit der Zunge befeuchtete. Es war deutlich, daß sie die Nachricht genoß, die sie dem Grafen in gedämpftem Ton verkündete: »Eure bezaubernde, aber absolut indiskutable Gattin wird spätestens morgen von den Schergen des Königs wegen Hochverrat verhaftet und eingekerkert werden.«

»Ihr träumt!« Yves de Saint-Tessé befreite sich aus dem

Griff der Herzogin, als könne er damit auch Abstand zwischen sich und ihre Worte legen.

»Oh, nein, nicht im geringsten.« Diana de Poitiers wedelte mit einem hauchzarten Spitzentüchlein, und der betäubende Duft von Rosenöl und Moschus hüllte sie ein. »Ich weiß aus verläßlicher Quelle, daß sie sich auf die Seite von Messire Strozzi geschlagen hat und mit ihm gegen die Interessen Frankreichs Ränke spinnt.«

»Unsinn! Meine Gattin hat sich nie in politische Dinge gemischt. Sie dient der Königin als Ehrendame und mit Strozzi hat sie nicht mehr zu tun, als jede andere Hofdame.« Der Chevalier hörte zu seinem eigenen, nicht geringen Erstaunen, daß er seine lästige Gemahlin verteidigte.

Das Lächeln der Herzogin verwandelte sich unmerklich in eine spöttische Grimasse. »Euer Vertrauen in die Dame in Ehren, Yves, aber mir müßt Ihr nicht den ergebenen Gatten vorspielen. Ihr wißt, daß ich alles über ihre Familie in Erfahrung zu bringen versucht habe. Sie ist dem Handelshaus Tornabuoni und damit den Medici durch Geburt und Blut verbunden, fast eine Italienerin wie die andere, eine Fremde, die uns nicht versteht. Ihre Interessen liegen auf seiten des verräterischen Papstes und Kaiser Karls. Wenn sie an diesem Hof ist, dann nur, um ihr Teil dazu beizutragen, daß unser König in eine Auseinandersetzung mit dem Großherzog von Florenz getrieben wird und eine ähnliche Niederlage erleidet wie sein Vater in der Schlacht von Pavia, als er gefangen genommen wurde!«

»Wir haben Frieden!« Yves de Saint-Tessé versuchte das unerfreuliche Gespräch zu beenden. »Niemand denkt daran, mit Waffengewalt nach Italien zu gehen und Cosimo de Medici oder Kaiser Karl herauszufordern!«

»Glaubt ihr das wirklich? Und wenn nun der König den Ehrgeiz hat, den Kriegsruhm seines verehrten Vaters zu übertreffen? Wenn er die verlorenen Gebiete zurückerobern und die italienischen Herzogtümer endlich unter französischer Herrschaft vereinigen will? Ich kenne seine Träume und ich weiß, daß er nur auf den richtigen Moment wartet, um loszuschlagen. Warum sonst hat er das Herzogtum Urbino bereits in aller Öffentlichkeit als Erbe des Dauphins bezeichnet?«

»Was hat meine Gemahlin mit alldem zu tun?« Am Ende seiner Geduld verzichtete der Seigneur über überflüssige höfische Komplimente und kam zum Kern der Sache.

Diana von Poitiers hob affektiert das parfümgetränkte Spitzentuch unter die längliche Nase und senkte bedeutsam ihre Stimme. »Sagt mir, was mit jemand passiert, der die geheimen Pläne des Königs an Cosimo de Medici verrät, im Austausch gegen die feste Gewähr, daß der künftige Herzog von Urbino Piero Strozzi heißt und der Thronerbe von Frankreich leer ausgeht?«

Der Graf unterdrückte den heftigen Impuls, die Dame zu schütteln, damit sie endlich damit aufhörte in Rätseln zu sprechen.

»Wen meint Ihr mit Jemand? Fleur? Wie sollte sie von diesen Plänen wissen? Zudem ist sie der Königin zutiefst ergeben und würde nie gegen die Interessen ihrer Majestät handeln. Und daß jene zum Nachteil des eigenen Sohnes tätig sein würde, könnt Ihr selbst nicht glauben.«

»Gott erhalte Euch Euren guten Glauben!« spottete die Dame de Brézé aufgebracht. »Seid Ihr blind? Seht Ihr nicht, daß Strozzi der treue Hofhund Eurer Gemahlin ist? Wer hat ihr wohl diese märchenhaften Perlen geschenkt, die sie trägt? Euer Einkommen überschreiten solche Gaben bei weitem und ich nehme doch an, daß Ihr Euch für diese Person nicht in Schulden stürzen werdet!«

Der bloße Gedanke, daß mehr zwischen dem gnomenhaften, kleinen Strozzi und Fleur sein könnte, als die Sympathie zweier kluger Köpfe, die nichts auf Äußerlichkeiten geben, war so ungeheuerlich, daß es Yves de Saint-Tessé für einen Moment die Rede verschlug. Bisher hatte er sich auch noch keine Gedanken gemacht, woher der märchenhafte Schmuck stammte, den seine Gemahlin trug. Als Tochter eines reichen Handelsherrn besaß sie vermutlich Juwelen im Überfluß.

»Verlaßt Euch auf mich«, gab sich die Herzogin geheimnisvoll. »Es ist alles vorbereitet. Morgen um diese Zeit werdet Ihr ein freier Mann sein und ich bin sicher, daß Ihr nie vergessen werdet, wem Ihr diese Tatsache zu verdanken habt. Ihr wißt, daß ich meine Freunde nicht im Stich lasse. Und Ihr seid ein ganz besonders lieber Freund ...«

»Der Sinn Eurer Worte ist mir ein Geheimnis. Nur der Tod kann unsere Ehe scheiden und ...«, sträubte sich Saint-Tessé gegen die Ungeheuerlichkeit dieser Ankündigung.

»Der Tod! Im wahrsten Sinn des Wortes«, unterbrach Diana von Poitiers bestätigend und ein paar hektische rote Flecken zeichneten ihr marmorblasses Antlitz. »Eine andere Strafe für Hochverrat und Majestätsbeleidigung gibt es im Königreich Frankreich nicht.«

»Ergebenheit für die Königin ist kein Hochverrat!« protestierte der Chevalier, aber sein Einwurf fand kein Gehör. Die Herzogin raffte ihre Röcke zum Gehen.

»Vertraut mir und wartet in Ruhe die Geschehnisse ab. Ich kann Euch keine Einzelheiten verraten, aber seid gewiß, daß Eure persönliche Freiheit nur noch eine Sache von wenigen Stunden ist.«

»Bleibt und erklärt mir was ...«

Aber die Dame hatte bereits auf dem Absatz kehrt gemacht und rauschte über die Galerie, auf der dieses kurze und doch so mysteriöse Gespräch stattgefunden hatte.

Freilich in Kenntnis ihrer ehrgeizigen und machthungrigen Persönlichkeit, war es ihm möglich, einige der angedeuteten Geheimnisse nach kurzem Grübeln zu lösen.

Ihre Eifersucht stand zum Beispiel außer Frage. Die Andeutung, daß Fleur Piero Strozzi Freiheiten erlaubte, entsprang sicher dieser weiblichen Bosheit.

Das Interesse König Heinrichs für die schöne Gräfin Chartière war seit ihrer Heirat offenes Geheimnis. Es wurde sogar bereits gemunkelt, daß die Dame Brézé ihren neuen Titel in erster Linie dem schlechten Gewissen des Königs verdankte. Wollte er ihr den Abschied versüßen?

Sobald der König sein Ziel bei Fleur erreicht hatte, würde es um Dianas Position und damit um ihre Macht und ihren Einfluß geschehen sein. Die Jüngere, Schönere und Fröhlichere von beiden, würde Heinrich gewiß geraume Zeit fesseln, und es hing von ihrer Intelligenz ab, wie weit und wie schnell sie während dieser Zeit die eigene Stellung festigen konnte. Eben von diesem Scharfsinn Fleurs hielt ihr aufgezwungener Gatte eine ganze Menge. Gleichermaßen von ihrem Streben nach Respekt und Anerkennung.

Ein Titel, ein Schloß, eine Grafschaft, war das Mindeste, welches eine königliche Favoritin im Tausch gegen ihren bezaubernden Körper erringen konnte. Und hatte ihm nicht schon einmal eine ruhmsüchtige Frau bewiesen, daß er mit der Macht des Königs nicht konkurrieren konnte? Daß aufrichtige Gefühle nicht zählten, wenn es darum ging, die erste Dame des Reiches zu werden?

Allein die Herzogin von Valentinois war keine Frau, die ihren Thron freiwillig räumte. Sie würde nicht ruhen, bis sie die mögliche Rivalin völlig vernichtet hatte. So gründlich, daß ein weiteres Erscheinen der Jüngeren und Schöneren im Gesichtsfeld des Königs künftig völlig ausgeschlossen sein würde. Auch der verliebteste Monarch durfte, um der eigenen Sicherheit willen, einer Hochverräterin nicht verzeihen.

Ein solches Verbrechen konnte nur mit der Todesstrafe

geahndet werden. Fleurs Tod würde ihm die Freiheit wiedergeben und die Favoritin stärken. Die wenigen Wochen dieser erzwungenen Ehe würden danach nur noch ein vergessener Alptraum sein. Eine unwichtige Episode, ohne Folgen.

War es das, was er sich wünschte? Daß sich seine eifrige kleine Bettgefährtin ahnungslos im Spinnennetz der Intrigen Madame de Brézés verlor? Daß ihre Schönheit, ihre spitze Zunge und ihr geschmeidiger Körper dem Henker ausgeliefert wurden? Den Folterknechten zuvor, die aus ihr jedes Geständnis herauspressen würden, das gefordert wurde!

Danach würde nicht mehr viel übrig sein, von ihrer alabasterzarten Haut, ihrer melodiösen Stimme und dem seidigen Gespinst der ungebärdigen Haare. Das Geschöpf, das letztendlich seine Existenz unter dem Beil des Henkers lassen mußte, würde nur noch ein Zerrbild der betörenden Hexe sein, die ihm das Leben so schwer machte.

Aber welches Dasein würde er ohne sie führen? Das eines katzbuckelnden Höflings, immer auf der Suche nach einer Möglichkeit, das schwindende Vermögen seiner Familie zu vermehren? Das des bezahlten Söldners, der seine Existenz nicht für die Freiheit des Vaterlandes, sondern für die machthungrigen Träume seines Königs riskierte? Das eines Mannes, der seine Niederlage bei einer Frau nicht akzeptieren wollte und auf die Gelegenheit zur Rache wartete?

Aber bei allen Heiligen, was interessierte ihn die Favoritin eigentlich noch? Konnte er nicht längst von Glück sagen, daß sie vor vielen Jahren einen verliebten Jüngling vor den Kopf gestoßen hatte? Hatte sich nicht ein paar türkisfarbener Augen in sein Herz geschlichen? Brachte ihn nicht viel eher der Gedanke um den Verstand, daß seine hinreißende Gattin in den Armen des Königs lag?

Die Züge des Grafen Chartière bekamen einen so finsteren und angespannten Ausdruck, daß ihm die wenigen Höflinge, denen er auf seinem Weg begegnete, ganz von selbst auswichen. Er machte den Eindruck, als sei mit ihm im Augenblick nicht gut Kirschen essen.

12. KAPITEL

»Danke, Yolande! Ich möchte nur wissen, wer auf die Idee gekommen ist, uns arme Dinger in diese mörderischen Käfige einzusperren!«

Fleur de Saint-Tessé atmete tief durch, als sich die Fischbeinstangen des schweren Korsetts von ihrem Körper lösten. Sie hatten das spinnwebfeine Seidenhemd, das sie darunter trug, so eng auf die Haut gepreßt, daß sie es nun mit den Fingerspitzen wegzupfte.

Sie war müde. Wie immer nach den Stunden, die sie im Arbeitskabinett der Königin verbracht hatte, auch ausgehöhlt und kaum fähig, einen sinnvollen Gedanken zu fassen. Die enorme Energie, mit der Katharina von Medici sich ihrer Politik widmete, mit der sie zuhörte, sprach, nachdachte und formulierte war zwar bewundernswert, aber ungemein anstrengend für diejenigen, die alles das notieren, sortieren und beantworten mußten.

Die Vertrauensposition, in die Fleur ohne großes Dazutun hineingerutscht war, erforderte zumindest ein Mithalten der königlichen Gewalttour. Im Stillen dankte sie ihrem Vater, der für eine so umfassende und gründliche Ausbildung ihres Verstandes gesorgt hatte. Und eigentlich empfand sie auch Dankbarkeit für die Königin, daß sie ihr so wenig Raum dafür ließ, über die eigenen Probleme nachzugrübeln.

Auch heute war sie einfach zu abgespannt, um sich zusätzlich den Kopf darüber zu zerbrechen, welches ach so wichtige Gespräch ihr anmaßender Herr Gemahl mit ihr zu führen wünschte. Sie war sogar zu matt, um sich groß davor zu ängstigen. Welche neuerliche Schikane er sich auch immer ausgedacht haben mochte, um sie zu demütigen, es würde früh genug sein, wenn sie morgen davon erfuhr.

Sie ließ sich auf das samtüberzogene Taburett neben dem Kamin sinken und öffnete selbst die straffen Flechten ihrer hochgesteckten Haare, die tagsüber ein perlenbesticktes Käppchen getragen hatte. Das elegante, kostbare Häubchen zierte jetzt einen hölzernen Kopf neben ihrem Spiegel, damit er seine Fasson behielt.

Die schweigende Gründlichkeit, mit der ihre zurückhaltende Kammerfrau sich um die Kleidungsstücke kümmerte, tat ihr gut. Sie reichte ihr das durchgeschwitzte Hemd und hüllte sich in ein weichfließendes Hauskleid aus opalfarbenem Atlas, das im Licht der Kerzen in sanften Regenbogenfarben aufschillerte. Sie sehnte sich nach einem Bad, aber um diese Stunde würde sich niemand finden, der eimerweise heißes Wasser aus den Wirtschaftsräumen herbeitrug.

Die Stille besänftigte nach und nach ihre aufgepeitschten Nerven und das Rascheln des Stoffes hatte etwas Heimeliges. Dankbar überließ sie Yolande die breite silberne Bürste, mit der sie ihre Haare entwirrte. Sie schloß die Augen und genoß die gleichmäßige Massage der langsamen Striche.

Zu Hause hatte es zu Jeannes Aufgaben gezählt, jeden Abend die wilde Fülle der blonden Locken zu entwirren, eine Arbeit, die sie mit einer nie versiegenden Fülle von Klatsch und Lebensweisheiten versah. Wie harmlos, überschaubar und friedlich ihre Welt doch damals gewesen war.

»Du machst das fast so geschickt wie meine alte Kinderfrau, Jeanne!« murmelte sie aus diesen Gedanken heraus verträumt. »Ehe sie in meine Dienste trat, war sie die Zofe meiner Großmutter. Aber Großmama hat sie zu mir geschickt. Sie sagte damals, mit weißen Haaren würde man keine Zofe mehr benötigen. Das war natürlich Unsinn, denn sie war bis zu ihrem Tod eine wunderschöne Frau. Ich erinnere mich, daß sie die romantischsten Geschichten über die Provence und ihren letzten König erzählen konnte. René von Anjou. Ein höchst lebenslustiger Herr, den sie offensichtlich noch persönlich geka ...«

Fleur brach mitten im Wort ab, über die eigene Unbedachtheit entsetzt. Das hier war eben nicht Jeanne, mit der sie plaudern konnte, ohne jedes Wort auf die Goldwaage legen zu müssen. Ihr Gemahl hatte Yolande angestellt. Ob sie ihm berichtete, was sie erzählte?

»Warum sprecht Ihr nicht weiter? Es ist das erste Mal, daß Ihr von Eurer Kindheit erzählt!«

Fleur fuhr so abrupt von ihrem Stuhl hoch, daß sie gegen die Hand mit der Bürste stieß und diese klappernd auf die Marmoreinfassung des Kamins fiel. Sie wich zurück, bis sie die Hitze der Flammen durch das feine Gewebe der dünnen Robe spürte. Nicht Yolande hatte ihre Haare gebürstet, sondern Yves de Saint-Tessé! Sie war so in ihre Träume versunken gewesen, daß sie seinen Eintritt und das Verschwinden der Kammerfrau völlig überhört haben mußte. »Was wollt Ihr von mir?« keuchte sie, ohne zu ahnen, daß das flackernde Licht der Flammen ihren zierlichen Körper durch die dünnen Falten ihres einzigen Kleidungsstückes nachzeichnete. Es warf rötliche Reflexe über ihre offenen Haare und fuhr ihre Silhouette mit einem goldenen Pinsel weich nach.

»Mit Euch reden, ohne daß uns neugierige Ohren zuhören. Wart Ihr mit meiner Arbeit als Kammerfrau etwa nicht zufrieden? Ich habe mir große Mühe gegeben, aber ich muß gestehen, daß es mir ein wenig an der Übung fehlt ...«

Fleur wich den intensiven Augen aus und sah auf ihre verschlungenen Hände hinab. Das Senken des Kopfes hatte zur Folge, daß ihre losen Haare gleich einem Vorhang mitschwangen und ihr Gesicht verbargen.

»Ihr macht Euch lustig über mich!« hauchte sie tonlos und versuchte ihre Beherrschung wiederzufinden. Daß er wie herbeigezaubert plötzlich in ihrem Gemach stand, erschütterte sie mehr, al sie zugeben mochte.

»Nein, für Scherze ist dies wahrhaftig nicht der richtige Moment«, widersprach er ernst. »Ihr steckt in Schwierigkeiten, meine Kleine!«

Ob es nun die Sanftheit der ungewohnten Anrede war oder die Absurdität seiner Feststellung, es entlockte Fleur in jedem Fall ein heiseres Lachen, das dicht an der Hysterie schwang. Seit sie bei Hofe war, schien sie nur in Schwierigkeiten zu stecken, was sollte daran so neu sein?

»Genug!« Mit zwei Schritten war der Graf bei ihr, umfaßte ihre Schultern und schüttelte sie sanft. »Ihr werdet jetzt die Nerven bewahren und mir zuhören. Ist es möglich, daß die Königin heute nachmittag irgendwelche Boten oder Botschaften empfangen hat, die seiner Majestät dem König mißfallen könnten? Weniger kompliziert gefragt, begünstigt sie im geheimen, in ihrem Heimatland Interessen, die jenen der französischen Krone widersprechen?«

Fleur warf die goldene Mähne mit einem Schwung in den Nacken und starrte ihren Gatten an, als habe er sich vor ihren Augen soeben in einen der steinernen Wasserspeier verwandelt, die gruppenweise das Dach des Schlosses von außen zierten.

»Erwartet Ihr von mir, daß ich Spionagedienste für die Herzogin von Valentinois leiste, die Euch am Gängelband führt?« zischte sie empört. »Glaubt Ihr, ein Nichts wie ich hintergeht seine Herrin? Denkt Ihr, daß meine niedere Herkunft und meine bescheidenen Ahnen, die Garantie dafür sind, daß ich an die große Glocke hänge, was nur einem eingeweihten Kreis bekannt werden soll?«

»Dann gibt es also diese Konspiration?«

An der Kinnbewegung sah Fleur, daß er mit den Zähnen knirschte und sich mühsam bezähmte. Aus einem ihr unbekannten Grunde stand er kurz vor einem veritablen Wutanfall. »Seid Ihr denn von allen guten Geistern verlassen, Euch da hineinzumischen?« knurrte er böse. »Steckt kein Verstand unter all den Haaren?«

»Wenn Ihr weiterhin so schreit, hättet Ihr Yolande nicht hinausschicken müssen!« Je brummiger er wurde, um so mehr fand sie die eigene Gelassenheit wieder. »Außerdem habe ich mich in nichts eingemischt. Ich diene der Königin und nur sie kann Rechenschaft von mir fordern.«

»Aber Ihr tragt den Namen Chartière! Bei allen Heiligen, glaubt Ihr denn, ich sehe dabei zu, daß Ihr wegen Hochverrats verhaftet werdet?«

»Warum so heftig? Das wäre doch ein ungeheuer nützliches Ereignis für Euch. Möglicherweise erlangt Ihr auf diesem Wege sogar die Annullierung unserer Heirat und Euer auch so kostbarer Name ist nicht mehr von meiner unwürdigen Person beschmutzt.«

Im Nu war aus dem anfänglichen, harmlos begonnenen Gespräch wieder der übliche, heftige Streit geworden. Alle ihre Versuche, miteinander zu reden, endeten damit. Jeder schien genau zu wissen, was er sagen mußte, damit der andere an die Grenzen seiner Zurückhaltung stieß.

»So nehmt doch Vernunft an, Fleur! Wir sprechen hier nicht über unsere Ehe, sondern darüber, daß Ihr in Teufels Küche kommen werdet, wenn Ihr Euch nicht helfen laßt! Um welche Gebiete ging es heute nachmittag?«

»Urbino!« Fleur hätte sich am liebsten selbst geohrfeigt. Wieso gab sie das zu?

»Also doch!«

Abrupt wurde Fleur freigegeben und sie rieb sich automatisch mit überkreuzten Armen ihre malträtierten Schultern, auf denen sich rote Griffmale abzeichneten. Mit einer Drehung des Kopfes warf sie ihre Locken auf den Rücken und fixierte das finstere, im Augenblick von Falten durchfurchte Männergesicht.

»Erklärt Euch!« rief sie beunruhigt. »Was kann schimpflich daran sein, daß Ihre Majestät Botschaften aus einem Herzogtum empfängt, dessen Souverän, in ihrer Nachfolge, ihr eigener Sohn ist? Was habt Ihr Euch für eine neuerliche Bosheit ausgedacht, die mir Unannehmlichkeiten bereiten soll?«

Die Müdigkeit, die sie vorhin erfüllt hatte, kehrte mit vermehrter Macht zurück. Sie war erschöpft, des ständigen Kampfes und der ewigen Zwistigkeiten so überdrüssig. Sie brachte nicht einmal mehr die Entschlossenheit auf, ihn wie sonst mit der Kraft ihres unverminderten Hasses zu attackieren.

Dieses warme Gemach mit seinen hübschen Tapisserien, dem flackernden Kaminfeuer und den weichen Teppichen schien zur Entspannung gedacht, zum Lachen, Träumen, auch zum Lieben, aber mit Sicherheit nicht zum Krieg! Aber sie traf keine Schuld daran, sie hatte die Feindseligkeiten zwischen ihnen nicht eröffnet. Im Gegenteil, sie hatte eine Eroberung erlaubt, wo Verteidigung ratsamer gewesen wäre.

Die Mattigkeit zeichnete bläuliche Schatten unter ihre großen Augen. In dem schimmernden Kleid, mit gelösten Haaren und dem erschreckten Blick eines gestellten Wildes, weckte sie in Yves de Saint-Tessé das befremdliche Gefühl, sie vor allem Bösen beschützen zu müssen. Unmöglich, in ihr die zornige Amazone wiederzufinden, die ihm ihren Abscheu entgegen geschleudert hatte.

Von diesen Gedanken, bis zu dem Schritt, der ihn vorwärtstrieb, sie in seine Arme zu nehmen, verging kaum die Spanne eines Herzschlages.

»Nein, meine Kleine! Was denkt Ihr von mir?« Er preßte den halsstarrigen kleinen Kopf an seine Schulter und vergrub das Gesicht in dem seidigen blonden Gespinst, das nach Sommer und wilden Blumen duftete. »Ich will Euch doch nichts Böses! Hört auf gegen mich zu kämpfen und spart Eure Kraft für Eure wirklichen Feinde!«

Von dem köstlichen Gefühl völliger Sicherheit durchdrungen, hielt Fleur still. Unter ihrer Wange spürte sie durch den gefältelten Samtstoff die beruhigende Wärme der starken Muskeln und auf ihrem Scheitel das Streicheln zärtlicher Lippen. Wie unbegreiflich närrisch und seltsam es doch war, daß sich ihr Widerstand in Luft auflöste, sobald er sie berührte. Ein Zauberbann, den sie nicht begreifen konnte und gegen den sie mit einem verschwindenden Rest von Widerspenstigkeit ankämpfte.

»Warum sollte ich Euren Worten Glauben schenken? Meine Bekanntschaft mit Euch hat mich leider eher Mißtrauen und Vorsicht gelehrt. Sagt, was Ihr auf dem Herzen habt und dann geht . . .«

Es klang tapfer. Wesentlich stolzer, als sie sich fühlte, denn am liebsten hätte sie den sicheren Platz im Kreis dieser Arme nie verlassen. Welch ein Segen, daß er ihre Gedanken nicht lesen konnte.

»Schickt Ihr mich davon, weil es Euch reizt, Eure entzückenden Krallen in den König zu schlagen? Liebäugelt Ihr damit, nicht nur die Schönste, sondern auch die Mächtigste dieses Hofes zu sein?«

Fleur konnte sich nicht einmal über die dummen Anschuldigungen erregen. Daß ihr Gatte in allem nur das schlechteste von ihr annahm, war ihr bekannt. Resigniert senkte sie die Lider und wisperte tonlos.

»Glaubt was Ihr wollt, aber geht. Geht! So geht doch endlich . . .«

Für einen Moment hörte man nur das leise Knistern des Feuers und Fleurs angestrengten Atem. Dann klang ein leiser Laut auf, von dem sie nicht sagen konnte, ob es nun ein Seufzen oder ein Stöhnen gewesen sein sollte.

»Wir gehen gemeinsam, meine Kleine! Nein, hört mich

an, ich mache keine Späße. Ihr wißt, daß Ihr Euch die Feindschaft der Herzogin von Valentinois zugezogen habt. Die Dame spinnt ein Komplott, das mit eurer Verhaftung und der Anklage wegen Hochverrats enden soll. Es hat mit den italienischen Interessen der Königin zu tun und Ihr könnt Euch darauf verlassen, daß sie irgendwie auch die hieb- und stichfesten Beweise für ihre Vorwürfe liefern wird. Sie ist raffiniert genug, sich keine Fehler zu erlauben. Ihr dürft ihr nicht in die gestellte Falle gehen.«

In ungläubigem Erstaunen hob Fleur den Kopf, um in das Gesicht ihres Gatten zu sehen, während er sprach. Sowohl der Inhalt, wie der Ton seiner Rede paßten nicht zu dem, was sie bisher von ihm gehört hatte. Die Feindschaft der Herzogin war eine natürliche Folge der Aufmerksamkeit des Königs. Es hatte ihr sogar gefallen, die allzu mächtige, arrogante Göttin zu reizen.

Aber nur ein wenig, denn sie hatte schließlich nicht die Absicht, die nächste Maitresse Heinrichs zu werden. Es gefiel ihr einfach, vom mächtigsten Mann des Landes bewundert und verwöhnt zu werden. Eine höchst angenehme Erfahrung für eine Frau, die der eigene Gatte wie eine Kreuzung aus Stallmagd und Dirne behandelte, sobald er mit ihr sprach.

»Hochverrat«, murmelte sie verblüfft. »Heilige Mutter Gottes ... wie kann das sein?« Sie biß sich auf die Unterlippe und brach ab.

»Die Einzelheiten sind mir unbekannt«, unterbrach der Graf ihre fieberhaften Überlegungen schroff. »Aber es ist relativ sicher, daß schon für morgen Eure Verhaftung geplant ist. Wir müssen noch heute nacht fliehen, das ist die einzige Möglichkeit!«

Wahrlich, dies entpuppte sich als eine Stunde der Überraschungen. Fliehen? Mit ihm? Wohin und weshalb sollte sie so etwas tun?

»Warum?« platzte sie mit der erstbesten Frage heraus und befreite sich endlich aus seiner allzu vertrauten Umarmung. Mit etwas Abstand zu ihm, konnte sie besser denken und genau das schien von Nöten zu sein.

»Weil es besser ist, den Kerker von vorne herein zu vermeiden, als sich zu verteidigen, wenn man erst einmal drinnen sitzt«, antwortete er gereizt. «Je eher wir den Hof verlassen, um so mehr Vorsprung haben wir. Packt nur das Nötigste zusammen und zieht Euch ein Reitkostüm an. Nehmt einen warmen Mantel mit, denn die Nächte sind bereits empfindlich kühl. Bis wann könnt Ihr fertig sein?«

»Ihr müßt toll sein, wenn Ihr denkt, daß ich eine solche Geschichte glaube!« empörte sich Fleur und verschränkte die Arme rebellisch vor der Brust. »Was habt Ihr vor, wollt Ihr mich in dunkelster Nacht aus dem Wege schaffen?«

Ihre flammende Anklage verschlug dem Grafen zuerst die Sprache, dann stieg ihm dunkle Röte in Wangen und Stirn. »Man sollte Euch übers Knie legen! Wofür haltet Ihr mich? Für einen Strauchdieb? Einen Gauner? Einen Mörder?«

»Ich halte Euch für einen sehr hochmütigen, anmaßenden Aristokraten, der aus einem unerfindlichen Grund heraus glaubt, anderen Menschen von Geburt an überlegen zu sein. Es ist gefährlich, Euren Stolz zu verwunden und den Schlag, den Euch der König mit unserer Heirat versetzt hat, rechnet Ihr voller Rachsucht meiner Person an. Ist das alles oder habe ich etwas vergessen?« Fleur trotzte seinem dunkel glühenden Blick mit erhobener Stirn und schmal aufeinandergepreßten Lippen.

»Seid bedankt dafür, daß Ihr mir nicht auch noch Dummheit und Schwachsinn anlastet!« Seine schroffe Antwort troff vor Ironie.

Sie wich keinen Schritt. Das schmale Kinn angriffslustig vorgestreckt, glich sie einem schlecht bewaffneten, aber um so tapfereren David, der sich Goliath ohne Schleuder stellt. Lästig und rührend zugleich. Herausfordernd und doch wieder so weiblich, daß es ihm schwer fiel, die Notwendigkeiten nicht aus den Augen zu verlieren.

»Laßt uns dieses Scharmützel fortsetzen, wenn wir in Sicherheit sind«, schlug er mit seiner üblichen Arroganz vor. »Im Augenblick drängt die Zeit.«

»Nennt mir einen Grund, warum ich Euch glauben sollte?« Keines seiner Argumente hatte Fleur bisher überzeugt. Im Gegenteil, je länger diese Diskussion dauerte, um so ärgerlicher fand sie das Ganze. Was dachte er sich, ihre Zustimmung so einfach vorauszusetzen? Hielt er sie für sein Eigentum? Seine Sklavin? Daß ihr Status als Ehefrau sehr ähnlichen Gehorsam voraussetzte, erhöhte nur ihren Verdruß!

»Sei's drum, meine störrische Schöne! Nachdem ich Euch mit Worten nicht zu überzeugen vermag, vielleicht glaubt Ihr ja diesem!«

Ehe sie ahnen konnte, was er im Schilde führte, wurde sie erneut in seine Arme gerissen und sein Mund eroberte ihre Lippen in gründlicher, verlangender Eindringlichkeit.

Oh, wie sie sie verfluchte, diese teuflische Magie! Jedes Mal, sobald er wieder fort war und sie wieder klar denken konnte. Freilich in diesem Moment, eng gegen seine breite Brust gepreßt, jeden heftigen Atemzug von ihm spürend, setzte ihr Denkvermögen beschämenderweise aus.

So gehalten fühlte sie nur noch die Zärtlichkeit, die drängende Sehnsucht und das Entzücken, das dieser Kuß in ihr entfachte. Er spaltete jene Fleur, die kühl und logisch denken konnte, von ihr ab. Er ließ nur die schwache, einfältige Kreatur zurück, welche gegen jede Wirklichkeit, den Traum einer hoffnungslosen Liebe nicht aufgeben wollte. Einen Traum, der sich gleich einer hartnäckigen Krankheit festgesetzt hatte und der gegen jede noch so wirksame Medizin immun zu sein schien.

»Es ist mehr, das uns verbindet, als ein Befehl des Königs, Fleur!« hörte sie eine beschwörende, rauhe Stimme dicht an ihrem Ohr. »Laßt es uns herausfinden! Wir gehen nach Chartière. Auch wenn Ort und Schloß unter den Feldzügen des Königs gelitten haben, wir sind dort wenigstens in Sicherheit. Der Herzog von Savoyen wird uns Asyl gewähren. Wir werden im Gästehaus des nahe gelegenen Klosters unterkommmen. Der Abt kann uns nicht abweisen ...«

Fleur glaubte sich verhört zu haben. »Ihr wollt gemeinsam mit mir fliehen?«

»Es wird höchste Zeit, daß ich dem Hof den Rücken kehre und mich um mein Leben kümmere. Was Ihr auch denkt, ich habe Euch im Angesicht Gottes zur Frau genommen und geschworen, für Euren Schutz und Eure Gesundheit zu sorgen. Ich werde nicht zulassen, daß man Euch aufgrund dummer Intrigen in den Kerker wirft.«

Er meinte es tatsächlich ernst und die spielerischen Küsse, die er während dieser kleinen, ernsthaften Rede auf ihre Stirn, die Wangen und die Nasenspitze hauchte, schlugen eine zusätzliche Bresche in ihre Abwehr.

»Aber warum wollt Ihr das tun? Ihr verachtet mich!« warf ihm Fleur mit schwindendem Trotz vor.

»Ich habe mich mit aller Kraft bemüht, eben das zu tun«, antwortete er überraschend ehrlich. »Aber irgendwie will es mir nicht gelingen. Es ist etwas an Euch, meine Kleine, das Euch von allen anderen Frauen unterscheidet. Ich möchte Zeit haben, zu entdecken, was es ist ...«

Fleur lauschte so gebannt, daß sie zu atmen vergaß. Lediglich die heftig pulsierende Ader an ihrem Hals bewies, daß sie keine Statue war. Die auschließliche Konzentration aufeinander trennte sie von der übrigen Welt. Jeder suchte in den Zügen des anderen, wenn schon nicht nach einer Antwort auf alle Fragen, so doch wenigstens nach einem Anhaltspunkt, daß man seinen Worten Glauben schenken durfte. Zum ersten Mal fanden sie sich beide bereit, einander ohne die üblichen Vorurteile anzuhören.

»Was wollt Ihr von mir?« flüsterte sie schließlich mit bebenden Lippen.

»Daß Ihr uns eine Chance gebt, meine Schöne! Ihr habt allen Grund, mir zu mißtrauen, aber ich gebe Euch mein Wort, daß Ihr nichts zu befürchten habt. Wenn Ihr bleibt, ist das Urteil jedoch bereits gesprochen!«

Von irgendwoher klang der Schlag einer Glocke und durchbrach den Bann. Instinktiv zählte Fleur die zwölf Schläge mit. Mitternacht. Schon so spät. Zu spät, um den Kopf aus der Schlinge zu ziehen?

So holte tief und entschlossen Luft. »Mein Reitkostüm ist nebenan, ich brauche nur wenige Minuten, um mich anzuziehen.«

»Gut!« Yves de Saint-Tessé schenkte ihr ein Lächeln, das eine Hitzewelle durch ihren Körper jagte. »Ich hole Euch zum nächsten Glockenschlag hier ab. Packt möglichst Euren Schmuck mit in ein Bündel. Was Ihr hier zurücklaßt, fällt mit Sicherheit in die Hände der Favoritin.«

»Keine Sorge, ich werde mich beeilen!«

Kurze Zeit später hatte Fleur ihr Versprechen erfüllt und schloß die Knebelverschlüsse ihres Reitkleides. Sie schlüpfte in die passenden dunklen Stiefel aus weichem spanischen Leder und legte die dazugehörigen Handschuhe bereit. Dann häufte sie ein wenig Wäsche und zwei einfache Kleider in einen pelzgefütterten Umhang, den sie als Decke und Tasche zugleich verwenden konnte.

Es tat ihr leid um die herrlichen Hof-Toiletten, aber die steifen Mieder und juwelenbestickten Ärmel eigneten sich weder für eine Flucht bei Nacht und Nebel, noch für das Leben in der Bescheidenheit eines Klosters, welches ihr Gatte in Aussicht gestellt hatte. Bei der zierlichen gedrechselten Elfenbeinschatulle, die ihren Schmuck enthielt, zögerte sie. Sie war zu groß für das Bündel, aber sie hatte ihrer geliebten Großmutter gehört und sie ließ das Kleinod nur ungern zurück.

Mit einem bedauernden Seufzer füllte sie den Inhalt in einen Lederbeutel. Ganz unten in ein Tuch eingeschlagen lag die Kette mit dem Ring, den ihr Dame Isabelle geschenkt hatte, kurz bevor sie starb. Zu den weit ausgeschnittenen Hof-Toiletten hatte sie ihn nie getragen, aber nun streifte sie die Goldglieder über und verbarg das Schmuckstück unter ihrem Gewand. Kühl und schwer lag der Smaragd auf ihrer Haut, wie eine Mahnung.

Danach schlug sie den Umhang zu und verknotete das Bündel notdürftig. Sie zögerte. Sollte sie der Königin eine Nachricht hinterlassen? Ein paar Zeilen, die ihr Verschwinden erklärten? Aber was, wenn diese Nachricht in die falschen Hände fiel? Und was konnte sie schon schreiben, ohne zu verraten, in welche Richtung sie floh?

Nein, ob mit oder ohne Erklärung, ihre Flucht bedeutete in jedem Fall, daß sie Katharina von Medici im Stich ließ. Sie riskierte den Zorn der Königin aus Vertrauen zu einem Mann, der dieses Gefühl noch nicht ein einziges Mal gerechtfertigt hatte. Sie mußte nicht bei Trost sein, eine andere Erklärung gab es nicht dafür!

Es tat ihr leid, daß sie aus eben diesem Grunde auch Viola de Montaigne ohne Erklärung lassen mußte, aber sie konnte die Freundin schlecht über die Königin stellen. Vielleicht würde ihr die Zukunft irgendwann die Möglichkeit bieten, jenes Versäumnis nachzuholen. Im Augenblick war es besser zu schweigen.

Sie schob einen Feuerschirm vor den Kamin und löschte die Kerzen. Ob sie dieses Zimmer jemals wieder betrat?

[illegible]

[illegible] das Leben [illegible]

[illegible] im Mann [illegible] Leben [illegible]

[illegible] und [illegible] nicht [illegible] dabei.

[illegible] Menschen [illegible] müßte, aber [illegible] könnte die Frage [illegible] Sterben stellen. Vielleicht würde [illegible] Zukunft [illegible] die [illegible]

[illegible]

13. KAPITEL

Die vertrauten Wege durch das Schloß glichen zu dieser stillen Stunde dunklen, nur dämmrig erleuchteten Höhlen. Einzig bei den Wachposten und in den Hauptgängen flackerten Nachtlichter und wer tatsächlich noch unterwegs war, tat gut daran, eine Laterne bei sich zu haben. Da ihr Gemahl aus verständlichen Gründen auf diesen Gegenstand verzichtete, stolperte Fleur schon nach wenigen Metern über eine unerwartete Stufe und wäre gefallen, wenn er sie nicht im letzten Moment gestützt hätte.

»Dickkopf!« raunte er unwirsch. »Sagte ich nicht, daß Ihr meinen Arm nehmen solltet!«

Freiwillig seine Nähe suchen zu müssen, versetzte die junge Frau in noch größere Panik, als sie ohnehin schon empfand. Sie kam sich wie die Figur eines verückten Spieles vor. Es war ihr so wenig Zeit geblieben über die Geschehnisse nachzudenken, daß die Gefahr, die ihr Gatte beschworen hatte, noch völlig irreal auf sie wirkte. Es hätte sie nicht überrascht, wenn er hinter der nächsten Ecke in zynisches Gelächter ausgebrochen wäre und das Ganze als schlimmen Scherz abgetan hätte.

Vorsichtig umklammerte sie seinen Arm, dessen Stärke sie unter dem dicken Samtärmel seines Wamses spüren konnte. Während der nächsten Schritte wurde ihr zudem klar, daß er den höfischen Zierdegen mit einem schweren Säbel vertauscht hatte, der zum Kampf verwendet wurde. Rechnete er damit, die gefährliche Waffe gebrauchen zu müssen? Zu deutlich sah sie die Spuren verblaßter Narben auf seinem Körper vor sich. Der Gedanke, daß er verletzt werden konnte, ließ sie zögern.

»Wie wollt Ihr aus dem Schloß kommen?« wisperte sie,

eingedenk der Tatsache, daß der Haushofmeister dafür zuständig war, daß alle Türen des Gebäudes verschlossen sein mußten, sobald sich der König zu Bett begab.

Die nötigen Schlüssel dafür wurden Abend für Abend mit großem Zeremoniell im Nachtkasten des Königs versenkt und erst, wenn sich seine Majestät am nächsten Morgen erhob, händigte er sie dem Haushofmeister wieder aus, damit er wieder aufschließen konnte. Niemand konnte in dieser Zeit Fontainebleau verlassen!

»Seid unbesorgt, es findet sich mit Sicherheit eine Terrassentür zu den Gartenanlagen, die unbewacht ist«, raunte er beruhigend. »Von dort können wir die Ställe erreichen, wo uns mein Diener mit den Pferden erwartet. Wir sind fort, ehe die erste Morgendämmerung am Horizont steht!«

Fleur wünschte sich, seine Sicherheit teilen zu können. Sie hatte Mühe, die würgende Angst, die sie erfüllte, zu beherrschen. Die unheimlichen Gänge mit ihren kostbaren Vertäfelungen gewannen in ihren Augen rätselhaftes Leben.

Sie rechnete jeden Moment damit, daß eine der schemenhaften Marmorfiguren von ihrem Sockel steigen und sie aufhalten würde. Aber sie begegneten nur einem müden Wächter, der seine Runde so nachlässig versah, daß er die beiden Gestalten, die sich hastig hinter ihm in eine tiefe Türnische drückten, nicht einmal bemerkte.

Der Graf mußte sie fast gewaltsam aus ihrem Versteck ziehen und Fleur umklammerte ihr Bündel, das sie ihm nicht hatte anvertrauen wollen, als könne sie sich daran festhalten. Obwohl sie das Schloß inzwischen kannte, verlor sie zwischen all den Gängen und Gemächern die Übersicht. Die Treppe, die sich plötzlich vor ihren Füßen auftat, hätte ihren Sturz gesehen, wenn nicht jene herrische Hand, die sie vorwärts führte, ihr Straucheln verhindert hätte.

»Verd …« Der unterdrückte Fluch neben ihrem Ohr ließ sie auffahren.

»Verzeiht, daß ich nicht die Augen einer Katze habe, die in der Nacht sieht!« zischte sie mit unterdrückter Stimme, böse über den Tadel, von dem sie annahm, daß er ihn gerade noch unterdrückt hatte.

»Und auch nicht die Lautlosigkeit einer Schlange!« hörte sie scharf an ihrem Ohr. »Wollt Ihr endlich Euren ungebärdigen Mund halten, werteste Dame, oder habt Ihr es Euch anders überlegt. Zieht ihr den Komfort des Schafotts unserem Ausflug vor?«

Die brutale Drohung wirkte. Fleur schluckte und das ängstliche Schlagen ihres Herzens klang in ihren eigenen Ohren fast so laut, wie das flüsternde Rascheln ihrer Röcke. Stumm schalt sie sich eine törichte Närrin. Wieso hatte sie sich auf dieses Abenteuer eingelassen?

Wer sich zwischen Nacht und Tag wie ein Dieb davonstahl, machte sich doch automatisch verdächtig, auch wenn er es mit dem reinsten Gewissen der Welt tat. Und wieso fragte sie sich eigentlich erst jetzt, was der Mann an ihrer Seite gewann, wenn er sie der Verfolgung des Königs entzog? Hatte er ihr nicht in Worten und Taten bewiesen, daß er kein Herz besaß? Welches Ziel verfolgte er?

Sie eilten die Treppe hinab, die sie nun als jene erkannte, die zum Cour de la Fontaine und damit zu den Terrassen des Parks führte. Ohne zu zögern, öffnete der Graf eine reich geschnitzte Flügeltür und tauchte mit seiner Gemahlin aus der absoluten Finsternis des Ganges in einen vom blassen Mondlicht schwach erhellten Saal.

Die schwarzen Schattengitter der hohen Fenstertüren lagen wie eine Federzeichnung auf dem matt glänzenden Parkett. Die wenigen, geschnitzten Möbelstücke an den Wänden des Raumes standen geheimnisvoll und bedrohlich Wache für dieses Schattenspiel. War es wirklich erst wenige Tage her, daß sie in eben diesem Raum mit dem König von Frankreich gelacht und getanzt hatte?

Während Fleur bang über die Schulter sah und die bedrohlichen Umrisse musterte, machte sich ihr Gemahl an den Riegeln einer großen Fenstertür zu schaffen, die schließlich mit einem durchdringenden Quietschen aufschwang.

Einen Herzschlag lang erstarrte auch Cartières Gestalt, doch die Stille des Gartens wurde nur vom Ruf eines Käuzchens und dem leisen Rauschen des Windes in den Bäumen unterbrochen. Niemand schien das verdächtige Geräusch gehört zu haben.

»Kommt!« raunte er schließlich und faßte die junge Frau erneut am Arm.

Trotz allem was er gesagt und getan hatte, um sie zu beruhigen, fiel es ihr schwer, die Sicherheit der mächtigen Mauern aufzugeben. Beabsichtigte der Graf wirklich zu Pferd bis an die savoyische Grenze zu fliehen? Wie sollte sie einen solchen Gewaltritt durchhalten? Ein derartiges Unternehmen war nicht mit den paar Stunden einer Jagd zu vergleichen, deren Strapazen man anschließend bei einem Bad und in einem weichen Bett vergaß.

Fleur fröstelte ungeachtet des warmen Samtumhanges, unter dem sie ihre wenigen Habseligkeiten an sich preßte, denn ein böiger Wind verfing sich in seinen Falten und kroch kühl unter die Säume ihrer Röcke. Auch die doppelte Last der Unterröcke schützte nicht davor. Die Luft roch nach Herbst und Regen und, je näher sie den flachen Steingebäuden der Ställe kamen, nach Pferden und Dung und ...

»Die Pferde sind bereit, ich kann mich auf meine Leute verlassen. Keine Angst, meine Schöne, nun hält uns niemand mehr auf!«

Chartiére hatte das unmerkliche Zögern seiner Gemahlin gespürt und führte es auf Furcht zurück. Aber Fleur blieb trotz seiner beruhigenden Worte stehen, als wäre sie gegen ein Hindernis geprallt.

Sie erkannte noch mehr, als nur nächtliche Erde, Pferde und warmen Stalldunst. Ihre empfindsame Nase, die fähig war, die feinsten Blumendüfte zu unterscheiden, splitterte auch die Nacht in Einzelteile. In besorgniserregende Gerüche, welche die Harmonie der absoluten Einsamkeit zerstörten. Sie nahm Menschenschweiß, Leder, Waffenfett, Weindunst und kräftigen Knoblauchdunst wahr.

Sie packte ihren Begleiter mit unerwarteter Heftigkeit am Arm und versuchte ihn zurückzuhalten. »Nein, wartet! Geht nicht weiter! Dort müssen Männer sein. Männer mit Waffen, vielleicht Soldaten ...«

Sie kam nicht dazu, weiterzusprechen, denn ein hartes Kommando unterbrach ihr hastiges Wispern und der Schein von Pechfackeln erhellte die Nacht.

»Halt! Im Namen des Königs! Bleibt stehen!«

Ein Kreis aus flackerndem Licht, Männern und Waffen schloß sich um die Flüchtlinge, im selben Moment, als diese den gepflasterten Stallhof betraten. Sie waren offensichtlich nicht allein von Dienern und gesattelten Pferden erwartet worden.

Unwillkürlich drängte sich Fleur näher an die hochgewachsene Gestalt ihres Gemahls. Sie spürte seine Überraschung, seinen aufflammenden Zorn und das beherrschte Abwarten, zu dem er sich gewaltsam zwang, als klänge ein Echo seiner Gefühle in ihrem Körper nach. Was wollte diese militärische Abordnung von ihnen?

Ein schnauzbärtiger Hauptmann der königlichen Garde kam jeder Frage zuvor. »Im Namen des Königs, Ihr seid verhaftet!« bellte er durch die Nacht.

»Verhaftet? Ihr macht Euch lächerlich, Hauptmann!« Yves de Saint-Tessé gab sich so arrogant und selbstsicher, daß Fleur wieder von ihm abrückte. Wer würde schon einen Parteigänger der Herzogin von Valentinois verhaften? Jedermann wußte, daß der Graf von Chartière bisher zu ihrem Hofstaat gezählt hatte.

»Befehl des Königs!« entgegnete der Hauptmann knapp. Er suchte augenscheinlich in der wiederholten Beschwörung des Königs Schutz vor der Persönlichkeit des Mannes, der ihn musterte, als habe er noch nicht entschieden, ihn niederzustrecken oder nur zur Seite zu schieben. »Erkennt Ihr das königliche Siegel?!«

Im flackernden Licht der Pechfackeln wirkte das Pergament mit dem blutroten Siegel so bedrohlich, daß Fleur ein leiser Seufzer entfuhr. Yves de Saint-Tessé sagte kein Wort. Er betrachtete stumm das erhabene Wappen Frankreichs auf dem Wachskreis.

»Es ist Vorschrift, daß Ihr mir Eure Waffe gebt, Seigneur!« Sein Schweigen machte dem Hauptmann Mut, seinen Auftrag zu Ende zu führen, während sich die übrigen Männer noch enger um das Paar scharten.

Ein Trupp von zwölf Mann, stellte jener Teil von Fleurs Verstand fest, der trotz allen Entsetzens noch arbeitete. Zu viele, um mit einem einzigen Säbel bekämpft zu werden, selbst wenn der Graf damit Zauberdinge vollbringen sollte.

Aber wer hatte sie verraten? Wer konnte wissen, daß sie sich in dieser Nacht in Sicherheit bringen wollten? Wem war daran gelegen, daß sie spurlos in einem Kerker verschwand und des Hochverrats angeklagt wurde?

Im Grunde kamen nur zwei Personen dafür in Frage. Die Frau, die sie sich zur Feindin gemacht hatte und ihr eigener Gemahl! Plötzlich fügten sich die Teile des unverständlichen Bildes lückenlos zusammen. Natürlich, sie hatte ihm einmal mehr geglaubt und sich lächerlich gemacht!

Der Graf hatte sie mit allen Mitteln zu einer hastigen Flucht gedrängt. Er hatte ihr geraten, nur das Nötigste mitzunehmen und dafür gesorgt, daß sie niemandem eine Nachricht hinterließ. Wenn sie nun völlig ohne jedes Aufsehen, in der Stille der Nacht, in den Tiefen eines Kerkers landete, so würde keine Menschenseele je von ihrem schrecklichen Schicksal erfahren.

Die eigenartige Scharade, zu der sich der Graf nun hergab, indem er seine Waffe überreichte, ohne den Versuch der Gegenwehr zu machen, diente sicher nur dazu, die eigene Beteiligung an dem schändlichen Komplott herabzuspielen. Fleur zweifelte keinen Moment daran, daß sie irgendwann von ihm getrennt werden würde und sie das alleinige Opfer dieser nächtlichen Gefangennahme bliebe.

Die Schlußfolgerungen, die sie innerhalb weniger Herzschläge gezogen hatte, beseitigten ihre Furcht und ersetzten sie durch Haß und durch Zorn auf die eigene Dummheit. Heilige Mutter Gottes, sie verdiente kein besseres Schicksal, wenn sie sich wie ein Schaf von diesem Mann auf die Opferbank hatte führen lassen. Wenn sie trotz allerschlechtester Erfahrungen mit seinem abscheulichen Charakter an die Wahrhaftigkeit seiner Worte nicht gezweifelt hatte.

»Was wirft man uns vor?«

Fleur preßte die Lippen aufeinander. Wie rechtschaffen empört und hochfahrend seine Frage doch klang. Geradeso, als sei ihm tatsächlich Unrecht widerfahren.

»Es ist nicht meine Sache, Euch zu antworten, Seigneur!« entgegnete der Hauptmann, der sich nun, da er einem unbewaffneten Manne gegenüberstand, deutlich stärker fühlte. »Ich habe lediglich Befehl, Euch in den Kerker zu eskortieren! Folgt mir bitte!«

»Nun gut!« trieb der Graf in Fleurs Ohren die abscheuliche Komödie auf die Spitze. »Aber erlaubt, daß sich meine Gemahlin entfernt. Sie hat nicht das Geringste mit der Sache zu tun!«

»In der Tat?« Ein rauhes Lachen zeigte an, daß der Hauptmann diesen Einwurf eher komisch fand. »Die Dame wird sich mit Euch in Gewahrsam begeben! Mein Befehl lautet Euch und die Gräfin wegen Hochverrats und Flucht vor der königlichen Gerechtigkeit zu verhaften! Folgt Ihr mir freiwillig oder muß ich Euch in Fesseln legen?«

Fleur trat einen großen Schritt in die angedeutete Richtung, um der sinnlosen Diskussion ein Ende zu machen. Zudem legte sie damit auch die erwünschte Entfernung zwischen sich und ihren Gemahl. Sie ertrug weder seine Gegenwart noch seinen Anblick. Zu groß war die Gefahr, daß sie vor seinen Augen in haltlose Tränen ausbrach und Schwäche zeigte.

»Behaltet die Ruhe, meine Kleine. Alles wird in Ordnung kommen!« wisperte er in diesem Moment an ihrem Ohr und sie spürte erneut eine stützende Hand. »Noch bin ich nicht ohne jeden Einfluß bei Hofe. Ich habe Freunde, die sich für uns einsetzen werden.«

»Erlaubt!« sagte im selben Augenblick der Hauptmann, trat auf Fleur zu und entriß ihr das Bündel, welches sie noch immer an sich drückte, als könnte sie in seiner tröstenden Berührung Stärke finden.

»Seid Ihr verrückt, Mann?« rief sie erbost.

»Die Sachen sind beschlagnahmt!« wurde ihr beschieden, während ihr Eigentum in die Pranken eines vierschrötigen Soldaten weiterwanderte.

»Warum das? Es handelt sich lediglich um Kleidung und um meine . . .«

Das Wort Juwelen blieb Fleur erneut in der Kehle stecken.

Sie versuchte sich zu erinnern. Wie war das doch gleich gewesen? Ihr Gemahl hatte darauf bestanden, daß sie ihren Schmuck mitnahm, andernfalls fiele er der Favoritin in die Finger. Nun, jetzt konnte die Dame wenigstens sicher sein, daß sie jene Kostbarkeiten vollständig erhielt.

»Ich habe meine Befehle, Gräfin!« blaffte der Hauptmann und schob Fleur mit einem groben Stoß zwischen die Schulterblätter voran. »Kommt mit!«

Fleur war zu vernichtet, um zu registrieren, wohin man sie brachte. Die Erschöpfung des langen und anstrengenden Tages, im Verein mit dem Chaos der Gefühle, in das sie die Ereignisse gestürzt hatten, verband sich zu bitterster Verzweiflung. Sie setzte einen Fuß vor den anderen, ohne sich zu fragen, in welchen düsteren Katakomben des prächtigen Schlosses sie wohl landen würde.

Als sich schließlich eine eisenbeschlagene Tür vor ihr auftat und der Fackelschein über die Quader einer rohen Mauer tanzte, die Feuchtigkeit ausdünsteten, schritt sie einfach über die Schwelle. Der quadratische Raum war leer, bis auf einen Haufen Stroh in einer Ecke. Erschöpft ließ sie sich auf die dünne kratzige Unterlage sinken, ohne ein Wort oder einen Blick auf die Männer zu verschwenden, die sie bis hierher eskortiert hatten.

Sie vergrub das Gesicht in den Händen und hörte die Schritte und den dumpfen Laut, mit dem die Tür zufiel. Das metallische Kreischen des Riegels, der draußen vorgeschoben wurde, bestätigte nur ihre schlimmsten Vermutungen. Wann würde sie je lernen, ihrem Verstand und nicht ihrem Herzen zu trauen?

14. KAPITEL

»Fleur! Ich bitte Euch, laßt den Mut nicht sinken. Ich weiß, daß es ...«

»IHR?«

Fleur schoß hoch. Eine zierliche Gestalt im moosgrünen Samtumhang, dessen Kapuze von ihren Haaren geglitten war, die wie üblich die Hälfte aller stütztenden Nadeln bereits verloren hatten. Das Gewirr aus mondlichtfarbenen Locken, erhellte sogar den düsteren Raum, dessen einzige Lichtquelle eine müde blakende Laterne war, die an einem Haken neben der Tür baumelte.

In ihrem trüben Lichtkreis stand Yves de Saint-Tessé, der Graf von Chartière. Er vermochte den fassungslosen Unglauben, der sich auf Fleurs Zügen abzeichnete, nicht richtig einzuordnen.

»Je nun, wen habt Ihr erwartet?« seufzte er geradezu indigniert. »Eure Kammerfrau oder seine allergnädigste Majestät persönlich?«

»Wieso ... wieso hat man Euch ...« Fleur brach ab und versuchte sich zu konzentrieren. Sie verschlang die Hände ineinander und fuhr sich mit der Zunge nervös über die Unterlippe. Wieso befand er sich im selben Raum mit ihr? Wollte er es selbst übernehmen, sie zu verhören?

»Was erwartet Ihr Euch? Vertrauliche Einzelheiten über einen Verrat, den ich nie begangen habe?«

»Fleur! Zum Teufel, habt Ihr den Verstand verloren?« Mit wenigen schnellen Schritten war er bei ihr und packte sie so grob an den Oberarmen, daß sie vor Schreck leise aufschrie.

Er schüttelte sie wütend, im Bewußtsein, daß jedes Mittel erlaubt sein mußte, damit sie nicht ausgerechnet jetzt die Nerven verlor. Ihre Zähne klirrten wie ein ungeordnetes Schellenspiel aufeinander.

»In der Tat!« fauchte sie mißgestimmt zurück, sobald sie wieder Luft genug dazu hatte. »Übergeschnappt muß ich sein, einem Verräter wie Euch zu vertrauen.«

»Tut mir den Gefallen und hebt Euch Euren hysterischen Anfall für bessere Zeiten auf!« kommandierte ihr Gemahl und preßte ihr Gesicht gegen seine breite Schulter. »Ihr habt bislang Gleichmut bewiesen, also bleibt auch dabei. Wir weden aus diesem Verließ nur herauskommen, wenn wir unseren Verstand benutzen. Wen sollte ich verraten haben?«

Bedrängt von seiner Nähe und dem unverwechselbaren Flair seiner Persönlichkeit, atmete Fleur den typischen Geruch nach herben Kräutern und frischem Wald ein, der auch aus dem Stoff seines dicken Umhanges aufstieg. Irgend jemand mußte diese spezielle Mischung aus getrockneten Pflanzen in seinen Kleidertruhen regelmäßig erneuern ...

Aber was interessierte sie die Pflege seiner reichhaltigen Garderobe? Sie befreite ihr Antlitz aus den Falten und sah ihn mit dem Blick eines Rehes an, das sich von der Meute der Jagdhunde gestellt sieht. Langsam wußte sie wahrhaftig nicht mehr, was sie denken sollte, so schrecklich verwirrt fühlte sie sich.

»Wir wurden erwartet«, murmelte sie rauh. »Unsere angebliche Flucht hat mich nur umso sicherer ins Verderben gerissen. Ihr habt mich damit überfallen und verhindert, daß ich die Königin um Hilfe bitte. Wollt Ihr etwa leugnen, daß Eure Befehle und Taten mich in diese verzweifelte Situation gebracht haben?«

Yves de Saint-Tessé starrte auf die junge Frau hinab, die ihn offen des Verrats und der Heimtücke bezichtigte. Jeden anderen hätte er für diese unerträgliche Beleidigung gefordert. Aber hatte sie nicht allen Grund der Welt, mißtrauisch zu sein? Mußte er es sich nicht selbst zuschreiben, daß sie kein Zutrauen zu ihm hatte?

Er unterdrückte seinen Zorn und zwang sich zu einer merkwürdigen Mischung aus Nachsicht und Sarkasmus. »Bei dieser günstigen Gelegenheit habe ich mich auch gleich selbst verhaften lassen, nicht wahr? Ach, Fleur! Meine arme, wirrköpfige, argwöhnische, kriegerische Gemahlin. So wie es scheint, traut Ihr mir alle Schlechtigkeiten dieser Erde zu, nicht wahr?«

Es lag etwas in seinem Ton, das Fleur mehr berührte, als der Inhalt seiner Worte. Eine traurige Resignation, eine Art von selbstquälerischer Schwermut, die so gar nicht zu diesem arroganten, siegessicheren Ritter passen wollte. Verunsichert löste sie sich aus seinem Griff.

»Man wird Euch holen, wenn Ihr darum bittet«, wehrte sie sich trotzig gegen seine Wahrheit. »Ihr seid nur an meiner Seite, um mich auszuhorchen, nicht wahr? In der Tat, Ihr müßt mich für dümmer als dumm halten!«

»Ich halte Euch für ein bemerkenswertes Geschöpf, das am Ende seiner Nerven und seiner Kräfte ist. Hört auf, Euren armen Kopf zu zermartern und legt Euch ein wenig auf dieses ungastliche Stroh!« Er öffnete seinen Umhang und deckte ihn über die knisternde Liegefläche, ehe er sich darauf niederließ. Mit einer Handbewegung lud er die junge Frau ein, seinem Rat zu folgen. »Ihr benötigt Schlaf und Ruhe, damit Ihr morgen klar denken könnt!«

Was bezweckte er mit dieser Freundlichkeit? Skeptisch widerstand Fleur der Bitte in seinen Worten und seinen Augen. Sie hatte es zu schmerzlich bezahlt, ihm erneut Glauben geschenkt zu haben. Mit eigensinnig durchgedrücktem Rücken blieb sie stumm vor ihm stehen.

»Wann begreift ihr, daß es mir fern liegt, Euch Schaden zuzufügen, meine teure Gemahlin?« Chartière las jeden einzelnen ihrer Gedanken von dem feinen Antlitz ab. Er fügte mit einem sehr merkwürdigen, halb spöttischen, halb zärtlichen Lächeln hinzu. »Glaubt Ihr im Ernst, ich würde den Kerker wählen, um Euch zu zähmen?«

Der Logik dieser Frage konnte sie sich nur schwer verschließen. Indes: »Wenn Ihr mich nicht verraten habt, wer kann es dann getan haben? Nicht einmal ich selbst wußte von Euren Plänen!«

»Ich fürchte, ich habe aus dummer Sentimentalität den Fehler gemacht, unsere kluge Gegnerin zu unterschätzen, meine Schöne«, seufzte Yves de Saint-Tessé. »Sie hat mir eine Information hingeworfen, wie einem Hund einen Knochen. Danach mußte sie mich nur im Auge behalten und darauf warten, wie ich reagieren würde. Ihr dürft mich mit Fug und Recht einen Idioten nennen.«

»Ich ... ich begreife nicht ...« Fleur zitterte in einer Mischung aus Müdigkeit und Angst. Das pelzgefütterte Tuch auf der Strohunterlage übte eine magische Anziehungskraft auf sie aus. Sie sank auf die Knie und lehnte sich mit den Schultern gegen die feuchte Mauer. Am liebsten hätte sie die Augen geschlossen, aber das wagte sie nicht. Sie hatte Angst allein zu bleiben, sobald sie es tat.

Noch glaubte sie nicht völlig, was er als logische Tatsachen beschrieb, aber die Bereitschaft, es letztendlich zu tun, unterhöhlte bereits ihre Widerstandskraft. Es wäre doch zu schön, wenigstens auf seine Unterstützung zählen zu können. »Wollt Ihr etwa allen Ernstes behaupten, daß Euch die Herzogin von Valentinois ihre Gunst entzogen hat?« hauchte sie zweifelnd.

»In der Tat. Die Dame verzeiht keine anderen Göttinnen neben sich. Es war mein Fehler, daß ich diesen Punkt übersehen habe.« Hörte sie da wirklich Schuldbewußtsein in seinen Worten? »Es hätte mir auffallen müssen, daß sie mich ins Vertrauen zog. Sie gehört nicht zu jenen Schwätzerinnen, die einfach nur plaudern ...«

Zu anderer Zeit und wenn es um andere Personen gegangen wäre, hätte Fleur die Raffinesse Dianas von Poitiers sogar würdigen können. Da sie selbst jedoch das Opfer war, blieb ihr nur die resignierte Zusammenfassung.

»Die Herzogin hat Euch gesagt, daß ich verhaftet werden soll und dann darauf gewartet, wie Ihr reagieren werdet. Sie hat mit einem Schachzug das Schicksal zweier Figuren geklärt. Hättet Ihr geschwiegen, so wäre sie mich losgeworden und hätte einen ergebenen Gefolgsmann behalten. Im anderen Fall wird sie mich ebenfalls los und bestraft zusätzlich einen getreuen Verehrer dafür, daß er die Fronten gewechselt hat. Sehe ich das richtig?«

Es war nicht das erste Mal, daß Yves de Saint-Tessé die Intelligenz seiner Gattin anerkennen mußte. Warum hatte er nicht vorher mit ihr darüber gesprochen? Möglicherweise hätte sie die Zusammenhänge, die ihm erst nun klar wurden, auf Anhieb durchschaut.

»Welch ein gewaltiges Komplott, nur um eine leichtsinnige Beleidigung zu sühnen«, murmelte Fleur nachdenklich.

»Eine leichtsinnige Beleidigung?« wiederholte der Graf. »Ihr habt eine kuriose Manie, die Dinge herabzuspielen. Für Diana de Poitiers geht es um die Macht über den König und die Macht über Frankreich!«

Fleur, die an jenen Abend im Palais de Tournelles gedacht hatte, als sie Diana eine Dirne genannt hatte, konnte keine Zusammenhänge herstellen. »Ich mache ihr keines von beiden streitig, Seigneur!«

»Nein?«

Wie war es nur möglich, daß ein- und derselbe reizende Kopf soviel kühle, geschliffene Logik und soviel ahnungslose Unschuld enthielt?

»Wollt Ihr mir erzählen, daß Ihr nicht gemerkt habt, daß unser allergnädigster Souverän, König Heinrich, nur noch Augen für die Gräfin Chartière hat? Es bedarf einer winzigen, entgegenkommenden Geste von Euch und die Herzogin wird auf ihre Güter verschwinden. Ein Zeichen, das Ihr bisher entgegen allen Erwartungen noch nicht gegeben habt? Warum nicht?«

»Es ist mir tatsächlich entgangen, daß mir die Position der ›maitresse en titre‹angeboten wird, Seigneur«, wisperte Fleur und strich sich mit einer erschöpften Geste die Haare aus der Stirn. »Aber auch wenn das nicht der Fall gewesen wäre, hätte es wenig geändert. Der König ist freundlich zu mir, und das sind nicht viele Leute bei Hofe. Mein Ehrgeiz treibt mich jedoch deswegen nicht aus Dankbarkeit in sein Bett. Was auch immer Ihr von mir denkt, ich bin kein Freudenmädchen, die sich an den Meistbietenden verkauft. Das Wenige, was mir von meinem Stolz geblieben ist, werde ich auch für ein Königreich nicht aufgeben ...«

»Verzeiht!«

Bitte und Ton klangen so unerwartet demütig, daß Fleur zurückfuhr, als habe sie eines jener kleinen Tiere gebissen, die sie im Stroh rascheln hören konnte.

»Wie meint Ihr das?« fragte sie spröde.

»Ich habe Euch Unrecht getan und ich bitte Euch dafür um Verzeihung«, erklärte der Graf ruhig. »Für diese und viele andere häßliche Vermutungen. Ich habe nach dem Anschein geurteilt, ohne Euch zu kennen. Ihr habt es nicht verdient, von einem zu ehrgeizigen Vater auf dem Altar eines vergnügungssüchtigen Hofes geopfert zu werden. Ich will versuchen, mein Möglichstes zu tun, um wenigstens meine Schuld an Euch zu sühnen!«

Zwischen ihrer maßlosen Verblüffung und dem Wunsch ihren ungerecht angegriffenen Vater zu verteidigen, suchte Fleur einige Zeit nach den richtigen Worten, ehe sie das Schweigen zwischen ihnen brach.

»Schuld? Ich verstehe Euch nicht. Von welcher Schuld sprecht ihr ...«

»Die Beweise der Herzogin gegen Euch werden vermutlich in irgendwelchen Schriftstücken bestehen«, sprach er weiter, ohne genau auf ihre Frage einzugehen. »Man sagt, Ihr schreibt die Briefe der Königin, also wird es mit Sicherheit einen Brief geben, der verräterisch gegen Euch ausgelegt werden kann. Einen Brief, den Ihr angeblich hinter dem Rücken der Königin angefertigt habt!«

»Aber wie kommt ihr ...«

»Schscht! Laßt mich ausreden. Wir müssen uns einig sein, in dem was wir sagen. Ihr müßt behaupten, daß Ihr jenen Brief, was immer auch in ihm steht, auf meinen Befehl geschrieben habt. Haltet um Himmels willen Eure Zunge im Zaum. Seid ahnungslos, hilflos und sehr verzweifelt! Spielt die Naive! Bittet darum, daß Euer Fall dem König vorgetragen wird. Aber tut das nur, wenn die Herzogin nicht beim Verhör dabei ist ...«

»So hört doch auf mit diesem Unsinn!« Die Erbitterung überwand die Müdigkeit der jungen Frau und sie straffte die Schultern, als ginge es in einen Kampf. »Wieso sollte ich derartige Geschichten erzählen? Es gibt keinen Brief, keinen Verrat und keine Lügen! Wollt Ihr, daß man Euch an meiner Stelle Unannehmlichkeiten bereitet, obwohl ich unschuldig bin?«

»Wenn ich damit erreichen kann, daß man Euch die Freiheit gibt und Ihr bei Eurer Familie oder der Königin Zuflucht findet, werde ich jedes noch so unsinnige Mittel anwenden!«

Chartière hatte ein Knie auf das provisorische Lager seiner Gattin gelegt, um sich in Höhe ihrer Augen zu befinden. Er strich ihr sanft eine Haarsträhne aus der Stirn und Fleur fand sich im goldenen Glühen seines intensiven Blickes gefangen. Aus einer unbekannten Quelle, tief in ihr drinnen stieg Wärme auf. Sie erstickte die Angst und den Zorn, die sie erfüllten und machte sie schwach und willenlos.

»Warum ... warum solltet ihr das für mich tun?« hauchte sie mit enger Kehle.

»Weil ich nicht möchte, daß Euch etwas geschieht! Weil ich den Gedanken nicht ertragen kann, daß die Favoritin Euch zerstört.«

Fleur hatte längst ihre Umgebung vergessen. Der Kerker, die Kakerlaken, die Kälte und das zitternde Licht wurden unwichtig. Ihr Herz schlug in schweren, verzögerten, langsamen Schlägen, so, als könne es die Kraft dafür nur sehr mühevoll aufbringen.

»Warum soviel Sorge, um eine ehrgeizige Kaufmannstochter von niederer Geburt, dem Ihr gegen Euren Willen angetraut worden seid?« wisperte sie. »Wäre es nicht besser, Ihr würdet Eure Loyalität dort belassen, wo sie seit Jahren gut aufgehoben war?«

Die kurze Spanne Luft zwischen ihnen schien mit gewittergleicher Energie aufgeladen zu sein. Unter dem Bann seines Blickes merkte sie nicht, daß sie sich nervös mit der Zungenspitze über die trockenen Lippen fuhr und sich das eng geschnürte Oberteil ihres Reitkleides im Rhythmus ihre heftigen Atemzüge hob und senkte.

»Warum?« antwortete Yves de Saint-Tessé ebenso leise und hob die Schultern zu einem hilflosen Achselzucken. »Vielleicht, weil ich zu meiner eigenen Verblüffung entdeckt habe, daß es mich in Wirklichkeit nicht interessiert, welchen Rang Euer Vater einnimmt und wie sich Eure Ahnen jenes märchenhafte Vermögen verdient haben, von dem alle munkeln. Vielleicht weil ich endlich begriffen habe, daß Ihr die Frau seid, die in den Sternen für mich bestimmt wurde. Vielleicht, weil es nur Euch gegeben ist, mir meine Ruhe, meinen Stolz und mein Herz zu nehmen. Weil ich mir ein Leben ohne Euch nicht mehr vorstellen kann!«

Fleur war sich nicht bewußt, daß ein sanftes, entrücktes Lächeln um ihren Mund lag, als sie die Hand ausstreckte und einen Finger auf die sinnlichen Männerlippen legte, deren Macht sie so gut kannte. Nachdem sie sich jedoch einmal so verzweifelt nach diesen Worten gesehnt und nur Hohn und Spott geerntet hatte, mußte sie sich nun vergewissern, ob sie auch ernst gemeint waren.

»Wer sagt mir, daß Ihr die Wahrheit sagt?« seufzte sie widerspenstig. »Wer sagt, daß Ihr mich nicht schon morgen wieder mit Eurem eisigen Hochmut vernichtet und alle Heiligen verflucht, weil sie Euch mit einer Gattin geschlagen haben, deren Blut dem kostbaren Stoff nicht würdig ist, der durch die Adern eines Chartière fließt?«

Sie spürte das Beben seiner Lippen unter ihrer Fingerkuppe und vor ihren Augen verschwammen die harten, arroganten Züge, die näher und näher kamen.

»Ihr seid würdig, an der Seite eines Königs zu stehen, meine Schönste. Verzeiht einem armen Trottel, der das in seiner Dummheit nicht gleich erkannt hat.«

Das letzte Wort war nur ein leiser Hauch auf ihren Lippen. Fleur wich nicht zurück. Aber dieses Mal war es keiner jener gewalttätigen, lüsternen Überfälle im Dunkeln eines Alkovens. Keine bloße Eroberung, die im Grunde nur männliche Macht demonstrieren sollte und deswegen jedes tiefere Gefühl ausschloß.

Dieser Kuß war anders, neu und von unerwarteter, bebender Süße. Fleur spürte, daß sie ihn beenden konnte. Zu jeder Zeit und ohne auf Widerstand zu treffen. Aber gerade aus diesem Wissen heraus tat sie es nicht.

Sie hob die Arme um seinen Hals und schmiegte sich in die Umarmung, als habe jeder Atemzug und jedes Wort, das zwischen ihnen je gefallen war, nur auf diesen Moment hingeführt, in dem sie sich endlich ohne Mißverständnisse und falschem Stolz ihrer Liebe hingeben konnten. Auf stinkendem Stroh, in der feuchten Höhle eines Kerkers fanden sie eine Seligkeit, die sie Äußerlichkeiten und Umstände vergessen ließ.

»Du mußt keine Angst haben, alles wird gut werden«, flüsterte Chartière.

»Ich habe keine Angst, wenn du mich in deinen Armen hältst!« widersprach Fleur, und im leuchtenden Grün ihrer Frühlingsaugen fand er die Erinnerung an jenen verzauberten Nachmittag in Lyon wieder.

»Wie schön du bist, wie weich und doch geschmeidig. Eine Sirene, die mich mit silbernen Locken gefesselt hat ...« Das sanfte Murmeln seiner Stimme verlor sich an ihrem Hals, wo er eine heftig pulsierende Ader küßte. Seine Finger nestelten an den winzigen Verschlüssen des Reitkostüms, um mehr und mehr ihrer warmen, alabasterfarbenen Haut freizulegen.

Fleur gab sich vertrauensvoll in seine Hände. Das unerwartete und deswegen um so berauschendere Geschenk seiner Liebe und seines Vertrauens, hatte alles andere in den Hintergrund gedrängt.

Im Augenblick zählten nur die Zärtlichkeiten seiner Lippen, die jede Kälte aus ihren Adern vertrieben und wohlige Schauer beginnender Lust durch ihren Körper sandten.

Über Schlingen, Knöpfe und Miederschnüre siegend, bettete Yves de Saint-Tessé seine bezaubernde Gemahlin mit bloßen Brüsten auf das Pelzfutter seines kräftigen Reitumhanges. Der unruhige Laternenschein tauchte ihre Haut in goldene Flammen und die rosig, vollendeten Brüste schimmerten in geheimnisvollem Leben. Von erregten, harten, dunkleren Spitzen gekrönt, glänzten sie wie kostbarer, warmer Marmor. Lebendiger Marmor!

Mit staunendem Entzücken umfing er ihre seidigen Brüste mit beiden Handflächen und beugte sich hinab, um das sanfte Tal dazwischen zu küssen. Erst in diesem Moment entdeckte er das Schmuckstück, das dort in geheinnisvollem grünem Feuer glühte. Er hielt inne, um den breiten Reif näher zu betrachten, der von einem mächtigen, geschliffenen Smaragd gekrönt, so unverwechselbar an eine Männerhand gehörte, daß er unwillkürlich die Stirne runzelte. Ein Ring an dieser Stelle getragen, mußte seine Bedeutung haben.

»Was ist das?« erkundigte er sich leise.

»Ein Andenken ...«, antwortete Fleur geistesabwesend. Sie hatte kein Vergnügen daran, in die Wirklichkeit zurückzukehren.

»Ein Andenken, das die Rose des Hauses Anjou trägt? Wie seid Ihr zu dem Juwel gekommen?«

Heraldische Diskussionen lagen seiner Gattin ebensowenig im Sinn, wie größere Erklärungen. In diesem Moment verspürte sie nicht einmal den Wunsch, an ihre Großmutter zu denken, so sehr sie die alte Dame auch geliebt hatte.

»Ein Geschenk . . .«, hauchte sie deswegen leise und hoffte, daß er es damit bewenden ließ.

Aber sie hatte sich getäuscht. Noch immer sehr in Gedanken versunken, betrachtete er das Schmuckstück. »Wenn dies jener Ring ist, den ich meine, dann tragt ihr ein Schmuckstück von seltenem Wert, meine Kleine. Man sagte, er sei verloren gegangen. Eigenartig . . . Andererseits ist es kein Wunder, daß ein Juwel wie dieses einem reichen Manne, wie Eurem Vater, zum Kaufe angeboten wird. Warum tragt Ihr es, der Reif gehört an eine Männerhand?«

»Ich sagte es bereits, er ist ein Geschenk! Ich bin glücklich, daß er nicht mit meinem anderen Schmuck in meinem Bündel war. Es hätte mich sehr geschmerzt, ausgerechnet ihn zu verlieren . . .«

Ihr Gatte zog sanft an der Kette und legte den Ring hinter ihrer Schulter auf den Umhang, so daß sich nur noch ein filigranzartes Band aus feinen Goldgliedern um ihren Hals zog und in der Flut ihrer gelösten Haarsträhnen verlor.

»Niemand soll Euch mehr Schmerz zufügen, am allerwenigsten ich«, raunte er und zog eine brennende Spur von Küssen über ihre Haut, bis er die wartende, pralle Spitze einer Brust erreichte und daran zu saugen begann, während er die andere mit den Fingerspitzen auf höchst erotische Art massierte.

Der unmittelbare, gnadenlos Ansturm der Begierde, den er damit in Fleur auslöste, ließ jedes weitere Wort verstummen. Ohnehin schon verloren, sobald er sie berührte, versetzte sie die Erkenntnis, daß er sie ebenso leidenschaftlich liebte wie sie ihn, in einen Rausch des Verlangens und der Lust. Sie spürte weder die klamme Kälte des Gemäuers, noch die unheimliche Stille des Kerkers, der sie von jedem Leben abschloß.

Ihre Wirklichkeit bestand aus jenen harten, muskulösen Schultern, die über ihr aufragten, aus diesem sehnigen Körper, der sich mit dem ihren vereinte und sie gemeinsam in Dimensionen der Leidenschaft entführte, von denen sie nicht gewußt hatte, daß es sie gab. Sie schenkte sich hemmungslos und mit einer verzweifelten Ausschließlichkeit, die im Hintergrund ihres Kopfes von einem einzigen, schrecklichen Gedanken ausgelöst wurde.

Sollte es nur diese eine einzige, allerletzte Nacht sein, die ihnen das Schicksal gönnte, so würde sie keinen Atemzug davon an Schlaf oder Denken verschwenden. Dann wollte sie sich in den Armen ihres Geliebten auflösen und mit ihm auf dem Höhepunkt ihrer Liebe sterben. Mit jeder Pore, jedem Tropfen Blut und jedem Atemzug wollte sie ihm gehören, solange sie noch spüren und berühren konnte.

Die flammende, wilde Leidenschaft, mit der sich Fleur seiner Liebe unterwarf und sie erwiderte, setzte den Grafen Chartière in Feuer und beseitigte den letzten Zweifel an der Richtigkeit seiner Pläne. Ein Geschöpf wie dieses durfte nicht zwischen den Mühlsteinen des Ehrgeizes und der Politik zerstört werden. Und wenn es das Letzte sein würde, was er in seinem Leben tat, er würde sie zu beschützen wissen. Seine Gemahlin, seine Liebe. Wie schrecklich, daß es erst der Gefahr bedurft hatte, um ihn dies erkennen zu lassen!

Auf dem Höhepunkt des Verlangens trafen sich ihre Augen. Fleur kam es vor, als tauche sie in nächtliche Glut, die sie von innen heraus verbrannte. In einer Ekstase, die alles übertraf, das sie je erlebt hatte, wölbte sie sich ihm mit einem Aufschrei entgegen und empfing dafür Stöße von elementarer Urgewalt.

Sie hatten beide in diesem Moment die oberflächliche Politur von Erziehung und Kultur längst hinter sich gelassen. Das heidnische, animalische, zeitlose Ritual der Paarung trieb sie in ungezähmter Begierde zueinander.

»Du gehörst mir! Spürst du es!«

»Ich bin dein!«

Mit weit geöffneten Beinen zog Fleur seine Härte in die samtig weichen Tiefen ihrer Weiblichkeit. Sie wollte ihn verschlingen, festhalten, nicht mehr loslassen. Sie setzte alle Muskeln dafür ein und krallte sich wie eine Katze in seine Schultern. Wer letztlich Beute und wer Jäger war, blieb offen.

Ihre Bewegungen versetzten den Grafen in eine sinnliche Raserei, die jede Rücksicht erstickte. Fleur spürte, daß er ihr Gesäß anhob, um sie noch näher an sich zu ziehen. Sie fühlte den mächtigen, heißen Pfahl, der sich wieder und wieder in sie bohrte. Der in ihr eine Spannung in unerträglichen, glühenden Spiralen aufbaute. Sie gab sich mit allen Sinnen dieser urtümlichen, männlichen Eroberung hin und die Erlösung traf sie mit der Gewalt eines gleißenden Blitzes, während sich ihr Geliebter in den Tiefen ihres Schoßes verströmte.

Erschöpft, verwirrt und auch ein wenig befangen tauchte Fleur aus diesem Rausch der Sinne irgendwann wieder auf. Sie lag in der Beuge eines schützenden Armes und ihr eigener Umhang war wärmend über ihre bloße Haut gezogen. Unter ihrer Wange spürte sie atmende, lebendige Haut und ihr matter Seufzer fand sein Echo in einem gedämpftem Lachen.

»Mir scheint, meine Löwin ist erschöpft. Schlaft, mein Herz, ich werde Euren Schlaf bewachen. Nichts Böses soll Euch geschehen ...«

»Verlaßt mich nicht«, hauchte Fleur. »Ich könnte es kein weiteres Mal ertragen!«

»Ich bin bei dir, mein Herz! Schlaf ...«

Es bedurfte nicht viel mehr, als dieses liebevollen Versprechens, damit sich der schöne Körper entspannte und der Schlaf Fleurs Zügen jene Unschuld verlieh, die in so krassem Gegenstand zu ihrem leidenschaftlichen Hunger stand. Sie ahnte nicht, daß ihr Gemahl in den folgenden Stunden kein Auge zutat.

Gegen die Mauer gelehnt, hatte er ihren Kopf auf seine Oberschenkel gebettet und sah sie an. Reglos und tief in seine Gedanken versunken, beschirmte er ihre Ruhe. Mit brennenden Augen betrachtete er die fein geschnittenen Züge des ovalen Antlitzes. Die feinen Schatten der langen Wimpern, die erstaunlicherweise am Ansatz golden und zum Ende hin bräunlich dunkel waren. Unter der zarten Haut pulsierte das Blut und der schmale Hals wirkte für die seidige Last der Haare fast zu schmal.

Wie er sie liebte. Und wie er sich für alles haßte, was er ihr angetan hatte. Ob ihm das Schicksal die Chance gab, diese Fehler zu tilgen? Der Morgen, der dieser Nacht folgte, würde es weisen ...

15. KAPITEL

»Ihr da! Aufstehen! Mitkommen!«

Der unfreundliche rauhe Befehl riß Fleur mit einem Schlag aus ihren Träumen. Was hatte dieser Kerl da in ihrem Schlafgemach zu suchen? Wo steckte Yolande? Warum warf sie ihn nicht einfach hinaus?

Aber es war ja gar nicht ihr Schlafgemach und sie lag auch nicht auf den seidenen Kissen, die sonst ihr Aufwachen begleiteten. Die warme Unterlage, auf die ihre Wange gebettet war, fühlte sich dennoch nicht unbequem an. Sie schien hart, elastisch, lebendig. Verwirrt hob sie den Blick und schaute in ein Männergesicht, dem die dunklen Schatten des nachwachsenden Bartes eine ungewohnte, zusätzliche Härte verliehen.

Scharfe Falten zogen sich zu beiden Seiten des Mundwinkels durch diese Schatten, und die schwarzen Augen waren prüfend auf die gegenüberliegende Tür gerichtet. Yves de Saint-Tessé, der Graf der Chartière, der Mann, den ihr der König zu heiraten befohlen hatte und den sie mit der Verzweiflung eines törichten Herzens nie zu lieben aufgehört hatte, hielt sie in seinen Armen. Allein, wem galt seine Aufmerksamkeit?

Fleur blinzelte in Richtung Tür und entdeckte einen Leibgardisten des Königs, den eine Schärpe als Hauptmann auswies und der mit unverkennbarer Autorität jene Aufforderung gebellt hatte, die noch in ihren Ohren nachhallte. Die Erinnerungen überfielen die junge Frau mit der Wucht eines eiskalten Wassergusses.

Sie befand sich in Haft! Der König verdächtigte sie des Hochverrates! Die Flucht, mit der sie sich in der vergangenen Nacht in Sicherheit hatte bringen wollen, war gescheitert. Man hatte sie gemeinsam mit ihrem Gatten verhaftet und in dieses Verlies geworfen!

Heiße Röte stieg in ihre blassen Wangen, als sie sich an die folgenden Ereignisse der zurückliegenden Nacht erinnerte und unwillkürlich tastete sie mit der Hand nach ihrem Körper. Sie trug wieder ihr Reitkostüm! Offensichtlich hatte sie Chartière, ohne daß es ihr bewußt geworden war, in ihre Kleider gehüllt und sie mit der Geschicklichkeit einer erfahrenen Kammerzofe nicht einmal dabei geweckt. Dankbarkeit erfüllte sie, daß er daran gedacht hatte, sie nicht den peinlichen Blicken der Wachen auszuliefern.

Erst jetzt begriff sie, daß sie die ganze Zeit im Schoße ihres Gemahles gelegen hatte und dieser auch jetzt keine Anstalten machte, seine Position zu verändern. Erschreckt fuhr sie im selben Moment hoch, als der Offizier deswegen seine barsche Aufforderung keinen Deut freundlicher wiederholte.

»Ihr da! Saint-Tessé! Ihr seid zum Verhör bestellt, erhebt Euch und kommt mit.«

»Nein!«

Fleur faßte ängstlich nach dem Arm ihres Gatten. Obwohl noch nicht ganz wach, erfaßte sie unbewußt die Gefahr, die ihnen drohte, sobald man sie trennte.

»Yves, ich flehe Euch an! Laßt mich nicht alleine! Wir werden beide zu diesem Verhör gehen!«

»Schscht, meine Liebe!« Der Graf half ihr vorsichtig auf die Beine und zog sie für eine kurze, aber heftige Umarmung an sich. »Ihr werdet doch nun keine Schwäche zeigen! Nicht Ihr, nicht meine Löwin! Laßt mich gehen, es ist an der Zeit, diesem Possenspiel ein Ende zu machen.«

»Nein!« Fleur umklammerte seine Schultern, als drohe ihm bereits das Schafott. Sie erinnerte sich an seinen dummen Plan, den er in der Nacht irgendwann entwickelt hatte und der aus berechtigten Gründen nicht weiter diskutiert worden war. Sie würde nicht zulassen, daß er irgendwelche Schuld auf sich nahm.

»Wir dürfen uns nicht trennen lassen. Ich ... ich habe keine Nachricht hinterlassen. Die Königin wird nach mir forschen, sie wird uns helfen. Sie wird erkennen, daß die Verdächtigungen gegen mich absurd sind. Sie wird sich für uns einsetzen. Ihr dürft nicht die Verantwortung für etwas auf Euch nehmen, das völlig unsinnig ist!«

Vorsichtig löste der Graf ihre verkrampften Finger aus seinem Wams und barg sie zwischen seinen warmen Handflächen. Wie konnte er nur so gelassen und warm sein? Fleur fühlte sich bis in die Zehenspitzen hinunter von eisigem Entsetzen erfüllt. Der Gedanke, allein in diesen Mauern bleiben zu müssen, ohne den Trost seiner Gegenwart, war zu entsetzlich, um ihn auch nur in Erwägung zu ziehen.

»Ich liebe dich, mein Herz! Meine Seele gehört dir! Vergiß es nicht und vertraue mir, was immer auch geschehen wird!«

Fleur spürte den leicht kratzigen Kuß eines unrasierten Geliebten auf ihrer Stirn, dann stand sie in einer leeren Zelle. Draußen entfernten sich Schritte, Waffengeklirr, harte Befehle und schließlich fiel die Stille von neuem über sie herein. Eine Stille, die um so schrecklicher war, als sie dieses Mal von keinem vertrauten Atem, keinem Trost und keiner beruhigenden Gegenwart gefüllt wurde. Sie dröhnte in den Ohren, machte das Atmen schwer und brannte in den trockenen Augen.

Mit einem leisen Wimmern sank sie auf das Strohlager und kauerte sich mit angezogenen Knien in die äußerste Ecke, dort, wo sich die Mauern zum spitzen Winkel trafen. Wie gelähmt überließ sie sich dem Ansturm der Furcht und des Entsetzens. Erst jetzt entdeckte sie, daß die Soldaten die Laterne mit sich genommen hatten und sie nun in undurchdringlicher Finsternis saß.

Die Kälte drang durch alle Schichten von Stoff. Auch der zweite, pelzgefütterte Umhang, den Yves de Saint-Tessé wohlweislich dagelassen hatte, milderte den Schüttelfrost nicht, der sie jetzt überfiel. Ihre Zähne klapperten hilflos aufeinander und das hohle Geräusch zerrte zusätzlich an ihren überreizten Nerven. Es fehlte nicht viel und sie würde den Verstand verlieren! Sie schloß die Lider und zwang sich den Wunsch zu schreien oder zu weinen, zu beherrschen.

Niemand sah, daß sie sich wie ein Kind auf den Fersen wiegte. Ein hilfloses kleines Mädchen, dem alle weh getan hatten und das sich nach ein paar Armen sehnte, die es trösten würden. Aber die Zeiten, da es sich in die lavendelduftende Umarmung seiner Großmutter oder die eines mächtigen Vaters hatte flüchten können, waren längst vorbei. Sie hatte verhängnisvolle Fehler gemacht und mußte nun selbst dafür einstehen.

Folgenschwere Dummheiten, deren Ursache in ihrem Stolz, ihrer Eifersucht und ihrem Ehrgeiz zu suchen waren. Warum hatte sie sich nicht bescheiden im Hintergrund gehalten, sondern alles getan, um die mächtige Favoritin zu reizen? Wahrhaftig nicht, weil sie die neue, von Katharina persönlich gelenkte Geliebte eines aufmerksamen Königs werden wollte. Nein, weil sie den Gedanken nicht hatte ertragen können, daß der Mann, den sie liebte, dieser ehrgeizigen, alternden Schönheit unverdrossen zu Füßen lag. Aus Gewohnheit oder aus Liebe?

Ihm, diesem arroganten, schwarzen Chevalier hatte sie beweisen wollen, daß er seine aufgezwungene Gattin unterschätzte. Daß ihre Schönheit einen König in ihren Bann ziehen und eine hochwohlgeborene Favoritin verdrängen konnte. Ihr verletzter Stolz hatte sie zu einem Spiel mit dem Feuer getrieben. Auch wenn sie es — soweit es ihren Gatten betraf — gewonnen hatte, ihres Sieges vermochte sie sich nicht zu freuen. Zu schwerwiegend war die Verfehlung, die sie sich in dieser Partie geleistet hatte.

Sie hatte die schwarz-weiße Dame im Spiel vergessen! Niemand störte ungestraft ihre Kreise und niemand bekam das Recht sie zu demütigen. Nicht einmal die Königin wagte gegen sie vorzugehen! Was bei allen Heiligen hatte sie dazu getrieben, den Kampf gegen sie aufzunehmen?

Sie hatte nicht nur sich selbst, sondern auch ihre Familie und ihren Gatten ins Verderben gerissen. Schaudernd rieb sich Fleur die Oberarme, aber die nutzlose Geste brachte keine Wärme in ihren erstarrten Körper zurück. Die Kälte von außen traf sich lediglich mit dem Eis, das längst an Stelle von Blut durch ihre Adern floß. Wieso war das Schicksal so ungerecht? Hatte sie in den letzten Wochen nicht genügend gelitten?

Fleur erschrak vor dem dumpfen Stöhnen, das durch den Kerker klang. Erst ein paar Herzschläge später begriff sie, daß sie selbst es gewesen war, die diesen Laut ausgestoßen hatte. Die Verzweiflung, die sie bisher einigermaßen unterdrückt hatte, setzte sich gegen die nutzlosen Reste von Vernunft und Logik durch. Ein gigantisches, schwarzes Ungeheuer, das gestaltlos in den Ecken des Raumes saß und sich von allen Seiten auf sie stürzte!

»Heilige Mutter Gottes, hilf mir!« flehte sie mit bebenden Lippen. »Ich darf jetzt nicht aufgeben! Ich muß denken, einen Plan machen, mir überlegen, was ich sagen will, wenn sie kommen und mich zum Verhör holen ...«

Allein, dafür hätte sie die Vorwürfe ja erst einmal kennen müssen. Sie wußte nicht, welches Gewebe aus Lügen und Betrug die raffinierte Herzogin von Valentinois um sie gesponnen hatte. Sie wußte nur, daß die Furcht, die sie erfüllte, zum Plan Dianas gehörte. Das Dunkel, die fehlende Laterne, die Einsamkeit, die Unsicherheit, es bedurfte keiner großen Phantasie, um das rachsüchtige Szenario zu durchschauen. Und wie erfolgreich es war!

Sie zitterte vor Angst, vor Ungewißheit und Schwäche. Sie verachtete sich dafür und fand doch keinen Ausweg!

Sie hätte nicht zu sagen gewußt, wie lange sie in der Finsternis des modrigen Verlieses kauerte und sich ihren schmerzenden Kopf zermarterte. Sie befand sich in einem seltsamen Zustand zwischen völliger Hoffnungslosigkeit und verzweifelt, künstlich aufrecht erhaltener Zuversicht.

Denn schließlich gab es doch auch noch Katharina von Medici. Sie würde die Tatsache, daß eine ihrer liebsten Hofdamen spurlos über Nacht verschwunden war, nicht einfach hinnehmen. Sie würde Nachforschungen veranlassen, Madame de Gondi nach ihr suchen lassen, Viola de Montaigne befragen. Yolande, ihre Kammerfrau würde feststellen, daß ihr Schmuck und ein paar Kleidungsstücke fehlten. Aber welche Schlüsse konnte die Monarchin daraus ziehen?

Nur den einen, daß sie fort war. Ob freiwillig oder unter Zwang, konnte niemand sagen. Würde man überhaupt Anklage gegen sie erheben? Möglicherweise vergaß man die lästige Gefangene einfach. Grauenvolle Geschichten von verhungerten Gefangenen und vergessenen Schicksalen schossen durch Fleurs Gedanken.

Bis ihr Vater von dem Drama erfuhr und sich ihrer annahm, würde es zu spät sein. Wie lange überlebte man zwischen kahlen Wänden, mit nichts als ein wenig Stroh und Ungeziefer? Mit der puren Verzweiflung als Nahrung und den eigenen Tränen als Getränk? Wer scherte sich um die Schreie einer Eingekerkerten?

Nur ihr Gemahl, der Graf von Chartière wußte, wo sie sich befand. Aber wohin war er verschwunden? Welchem Verhör unterzog man ihn? Der Folter? Du lieber Himmel, in welche Richtung verirrten sich ihre Gedanken! Immerhin handelte es sich bei Yves de Saint-Tessé um einen Mann, dessen Vorfahren seit Jahrhunderten dem König treu gedient hatten. Niemand konnte ihn so einfach ohne Beweise dem hochnotpeinlichen Verhör unterziehen.

Möglicherweise befand er sich auch schon wieder auf freiem Fuße. Wer vermochte im Grunde denn zu sagen, wie er sich entscheiden würde, wenn man ihn vor die Wahl stellte, zwischen einer Freiheit, die nur mit Schweigen bezahlt werden mußte und der Drohung neben seiner aufgezwungenen Gattin hingerichtet zu werden.

Er hatte ihr seine Liebe geschworen und die vergangene Nacht war ein Schatz, den Fleur tief in ihrem Herzen bewahrte, aber ein winziger, hartnäckiger Zweifel blieb trotz allem. Zu fragil und dünn war das Band der echten Liebe, das sie in einer Kerkernacht verbunden hatte. Der unbeugsame Stolz, den ihr Gatte bislang an den Tag gelegt hatte, warnte sie zudem vor dummen Illusionen.

Sie kannte ihn im Grunde doch gar nicht. War er treu oder wankelmütig? Ehrlich oder raffiniert? Edelmütig oder korrupt? Mehr auf die eigene Sicherheit bedacht, denn auf die seiner Gattin? Durfte sie die heißen Liebesschwüre auch am Morgen danach ernst nehmen?

Je intensiver sie versuchte, sich in die Gefühle und Gedanken jenes rätselhaften Mannes hineinzuversetzen, der ihr Herz erobert hatte, um so stärker wurde die Erkenntnis, daß sie nicht wußte, was in ihm vorging. Was hatte ihn geprägt? In den eleganten, zynischen Höfling verwandelt, als der er sich der Welt präsentierte?

Was ging in einem Mann vor, der in seiner Heimat nur die Trümmer eines Schlosses sein eigen nannte, während er bei Hofe von silbernen Platten speiste und sich nach den Launen einer verwöhnten, machthungrigen Herzogin richten mußte? Schmeckte ein solches Schicksal nicht nach Demütigung? Verbarg sich hinter dem unbeugsamen Stolz auf seinen alten Namen nicht auch die beschämende Erkenntnis, daß er selbst nur den Ruhm eines Parteigängers der königlichen Maitresse genoß?

Fleur massierte sich mit steifen Fingern die schmerzenden Schläfen. Wie entsetzlich gleichförmig die Zeit in moderiger Dunkelheit wurde. Dick, zähflüssig, wie Pech schien sie durch die Stunden zu kriechen. War es Tag? Nacht? Mittag oder Nachmittag? War das hohle, bohrende Gefühl in ihrem Magen auf Angst oder auf Hunger zurückzuführen?

Übelkeit würgte sie und hinterließ den bitteren Geschmack von Galle in ihrem Mund. Es war an der Zeit, daß sie sich den Tatsachen stellte. Yves de Saint-Tessé, der hochwohllöbliche Graf de Chartière, hatte bisher keine Gelegenheit ausgelassen, sie zu besitzen. Daß er sie begehrte und ihren Körper benutzte, sobald ihm danach zumute war, hatten die letzten Wochen ausreichend bewiesen.

Warum also sollte er eine Ausnahme machen, wenn er sich auf so angenehme Weise die Nacht in einem Verlies vertreiben konnte.

»Und du hast ihm weiß Gott keine großen Hindernisse in den Weg gelegt«, stellte Fleur in resignierter Selbsterkenntnis fest. »Du bist ihm verfallen, sobald er dich berührt und dein Stolz ist nur ein armes Fünkchen Glut, das unter seinem Stiefelabsatz ausgetreten wird.«

Er würde nicht zurückkommen. Sie mußte endlich aufhören damit zu rechnen. Seine Liebesworte waren höchstens Katzengold gewesen! Der flüchtige Schimmer eines Traumes, aus Mitleid und Raffinesse gewoben, damit sie sich ihm vorbehaltlos hingab. Der Erfolg hatte ihm recht gegeben und Fleur konnte die Spuren seiner Zärtlichkeiten noch auf ihrer Haut spüren. Sie hatte es für einen neuen Anfang zwischen ihnen gehalten, aber in Wirklichkeit war es vermutlich ein Abschied gewesen. Ein Abschied für immer.

Fleur hatte Mühe, ihre Lungen mit Luft zu füllen. Am liebsten hätte sie sich nach hinten sinken lassen und das Atmen eingestellt. Wozu noch leben, wenn keine Aussicht bestand, dieses Leben mit Yves de Saint-Tessé zu führen? Sie war des Kampfes um ihre Liebe so verzweifelt müde.

»Ich liebe dich, mein Herz! Meine Seele gehört dir! Vergiß es nicht und vertraue mir, was immer auch geschehen wird!«

Die dringliche, beschwörende Aufforderung ihres Gemahls schoß gleich einem Feuerstrahl durch ihren Kopf. Seine letzten Worte, ehe ihn die Wachen davongeführt hatten. Tat sie ihm mit ihren Gedanken unrecht? Und wenn er nun die Wahrheit gesagt hatte? Wenn ...

Aber war es nicht Luxus, sich in ihrer verzweifelten Situation den Glauben an einen anderen Menschen zu leisten? Die Liebe über die Vernunft zu stellen und den Untergang zu riskieren? Wie konnte sie sicher sein, daß Yves de Saint-Tessé ihre Gefühle erwiderte?

Sie legte die Stirn gegen die feuchten Quadern der Mauer. Die Nässe perlte ab und näßte ihre Wangen wie Tränen. In diesem verzweifelten Moment traf sie die Erkenntnis wie ein unverhoffter Schlag.

»Du wirst es nie sicher wissen, es sei denn, du entschließt dich, zu vertrauen!« sagte sie sich selbst. »Wenn du das nicht tust, wird eure Liebe immer nur der oberflächliche Genuß zweier Körper sein, welcher auf den Einklang der Seelen verzichtet.«

Aber Vertrauen? Es gab sehr wenige Menschen, denen Fleur wirklich vertraute. Ihre Großmutter hatte dazu gehört, natürlich ihr Vater, aber bei ihrer Mutter war bereits eine Grenze erreicht. Auch wenn Aimeé de Paradou ihre Kinder liebte, so erwartete sie doch von ihnen, daß sie sich ihr unterordneten, daß sie sich für ihre Zwecke verwenden ließen und daß sie durch ihre Kinder möglicherweise etwas erreichte, das ihr versagt geblieben war.

Fleur hatte gelernt, ihrer Mutter mit liebevoller Vorsicht zu begegnen und sich bei vielen ihrer Worte zu fragen, welchen Zweck sie damit im Schilde führte. Gleiches galt auch für ihre Geschwister und in der Folge für die Menschen, die sie bei Hofe kennengelernt hatte. Madame de Gondi, Piero Strozzi und die Königin, soviel Freundlichkeit sie ihr auch entgegenbrachten, sie würden stets und in erster Linie die eigenen Interessen wahrnehmen, ehe sie sich für Fleur de Paradou einsetzten.

Gehörte ihr Gatte zu jener verschwindend geringen Zahl von Menschen, die ihr, Fleurs Wohl über das eigene stellten? Das Wohl einer Frau, die er noch vor wenigen Wochen rücksichtslos als von geringer Geburt und verächtlicher Herkunft beleidigt hatte?

»Er hat dich um Verzeihung gebeten, hast du das vergessen?« ergriff sie selbst seine Partei. »Er wollte dich in Sicherheit bringen und mit dir fliehen. Was verlangst du mehr an Beweisen? Er hat den Zorn der Herzogin und den des Königs für dich riskiert ...«

Allein, was letztendlich die Waage wirklich für den stolzen Grafen de Chartière senkte, war die Erkenntnis, daß sie vom ersten Blick in seine Augen nie aufgehört hatte, ihn zu lieben. Egal, ob er sie umwarb, verführte, beleidigte, abstieß, verhöhnte oder verriet, ihr Herz blieb in seinen Händen.

Sie hatte lernen müssen, daß Verzweiflung, Haß, Abscheu und Zorn sehr wohl auch Seiten einer übergroßen Liebe sein konnten. Die dunklen, glühenden Schatten eines Feuers, das sie von innen heraus verzehrte und damit auch alle Zweifel und Unsicherheiten verbrannte. Da sie nicht aufhören konnte, ihn zu lieben, würde sie ihm wohl dieses kostbare Vertrauen schenken müssen, um das er sie gebeten hatte. Eine andere Möglichkeit sah sie nicht.

»Ich liebe dich!« wisperte sie in die lautlose Dunkelheit, und die wenigen Silben richteten einen Schutzschild zwischen ihr und der Angst auf. Sie waren der Mantel, der sie in Wärme hüllte und die Schrecken der Dunkelheit milderte. Sie schloß die Augen und rief sich das Bild ihres Gemahls in Erinnerung, die geflüsteten Schwüre der vergangenen Nacht und die Leidenschaft, die sie geteilt hatten.

Nein, weder Dunkelheit, noch Einsamkeit oder Furcht würden Fleur de Saint-Tessé, die Gräfin von Chartière brechen!

16. KAPITEL

Der Konnetabel de Montmorency hatte einst ebenfalls zu den Vertrauten gezählt, welche Diana von Poitiers mit ihrer Freundschaft auszeichnete, aber in der letzten Zeit hatte dieses Bündnis gelitten. Der alte Krieger weigerte sich, den herrschüchtigen Launen der Favoritin zu gehorchen und Diana bevorzugte seit neuestem die Mitglieder des Hauses Guise vor dem der Montmorencys.

Normalerweise hätte dies bereits genügt, ihn auch vom Hofe zu verbannen, aber der Konnetabel wußte sich der Zuneigung des Königs sicher, der bei ihm das Kriegshandwerk gelernt hatte. Er zählte zu den wenigen, die der Dame die Stirn boten.

Yves de Saint-Tessé schöpfte aus diesem Grunde heimliche Hoffnung, als man ihn in das reich möblierte Arbeitskabinett des Königs brachte, in dem zu dieser frühen Morgenstunde nur der väterliche Freund seiner Majestät und ein Fremder auf ihn warteten. Allein, es war trotz allem nicht der finstere Konnetabel, der den Hauptteil seiner Aufmerksamkeit auf sich zog, sondern eben jener Unbekannte.

Ein Italiener? Dagegen sprach das blasse Feuer seiner lebhaften, silberblauen Augen, die unter einem dichten weißen Haarschopf leuchteten. Die markanten Züge von tiefen Falten gefurcht, saß er in einem geschnitzten Stuhl mit hoher Lehne und hatte die Hände auf einem Stock mit Silberknauf gekreuzt. Sein dunkelbraunes Wams verschmolz mit der Dämmerung, denn die Kerzen beleuchteten nur den Bereich, in dem Montmorency stand und auf ihn wartete.

Ein herrischer Wink des alten Herrn beförderte stumm

die Wachen nach draußen und Chartière schüttelte in provozierender Lässigkeit die geschlitzten Ärmel seines burgunderfarbenen Samtwamses in Form, das unter den groben Händen seiner Begleiter deutlich gelitten hatte. Er vermittelte den beiden anderen absichtlich den Eindruck, als gäbe es im Moment für ihn kein wichtigeres Problem, wie den Sitz seines lädierten Gewandes.

Aus den Augenwinkeln beobachtete er indes den namenlosen Fremdling, der ihn in einer Mischung aus Neugier, unterdrücktem Zorn und etwas Unbekanntem, Merkwürdigem und gleichzeitig Wolhvertrautem, musterte. Er irritierte ihn, weil er ihn nicht einschätzen konnte. Er witterte förmlich die Gefahr, die hinter gelassener Fassade dieses Seigneuers lauerte. Wer er auch war, er schien kein Mann zu sein, den man sich zum Feind machen sollte. Wieso anderseits, bei allen Heiligen, hatte er das deutliche Gefühl, daß jener Unbekannte genau das war: Sein Feind!?

»Graf Chartière«, bellte in diesem Moment der Konnetabel und ließ sich hinter einem breiten, mit Dokumenten übersäten Tisch nieder, ohne seinem Opfer selbst Platz anzubieten. »Seine Majestät, König Heinrich, hat mich mit der Klärung der Angelegenheit beauftragt, die Euch betrifft. Was habt Ihr mir zu sagen?«

Yves de Saint-Tessé zwang sich, sein unbehagliches Empfinden jenem Chevalier gegenüber, zu beherrschen und sich auf Montmorency zu konzentrieren. Der oberste Feldherr des Königs wartete sichtbar gereizt auf eine Antwort und es lag an ihm, seine ohnehin schon schlechten Karten wenigstens klug auszuspielen.

»Eine Klärung habe ich mir von Euch erwartet, Seigneur Konnetabel!« entgegnete er mit aller Arroganz, deren er fähig war. »Seit wann ist es Usus, zu nächtlicher Stunde verhaftet zu werden, wenn man mit seiner Gemahlin in den Gärten des Königs unterwegs ist? Es ist mir neu, daß der Aufenthalt dort unter Strafe und Arrest steht.«

»Eure Neigung zu mitternächtlichen Spaziergängen in Ehren, Graf«, erwiderte Montmorency bissig. »Aber der Eure hat Euch zu den Ställen geführt, wo ein Diener mit gesattelten Pferden wartete. Könnte es sein, daß Ihr von der geplanten Verhaftung Eurer Gemahlin erfahren habt und Euch mit der Dame außer Gewalt der königlichen Gerichtsbarkeit begeben wolltet?«

Verdammt, der Konnetabel trieb ein Spiel mit ihm. Es schien Saint-Tessé unvorstellbar, daß er sich zum Handlanger der Herzogin machte. Also lag die Wahrscheinlichkeit näher, daß der König mit seiner Person einen diplomatischen Ausweg ergriffen hatte, um den Skandal so gering wie möglich zu halten. Er selbst hatte in mehreren Feldzügen unter Montmorency gedient und schätzte den Alten als harten, aber hervorragenden Soldaten. Ein Krieger und kein Ränke schmiedender Höfling. Warum also diese umständlichen Finessen?

»Meine Gemahlin?« Der Graf leistete sich ein erstauntes Lächeln, das um so überraschender wirkte, weil seine Augen dabei kühl und unbeteiligt blieben. »Ihr macht Scherze! Warum sollte meine Gemahlin das Mißfallen des Königs erregt haben? Wißt Ihr nicht, daß sie zu den Zierden des Hofes zählt? Daß sie den Majestäten eine treue Dienerin und ergebene Untertanin ist? Ja, daß der König sie selbst mit der Gnade seiner Aufmerksamkeit auszeichnet.«

»Die Dame ist vielleicht den Zielen des Piero Strozzi ergeben, der seine eigene Familie verrät, um Herzog von Urbino zu werden, Graf. Erspart uns weitere Lügen. Es gibt Beweise für die Verbrechen Eurer Gattin. Mein Wunsch ist es lediglich, herauszufinden, wie weit auch Ihr in diese hochverräterischen Pläne eingeweiht seid!«

»Beweise?« Der Graf versuchte das unbehagliche Prikkeln in seinem Nacken zu ignorieren. Standen die erwähnten Beweise mit dem Unbekannten dort in Zusammenhang?« Ihr macht mich neugierig?«

Er hatte Fleurs Schrift noch nie gesehen, denn ihre kurze Bekanntschaft und Ehe hatte noch nicht dazu geführt, daß sie sich Botschaften oder Briefe zukommen ließen. Aber die gestochen scharfen, eleganten, flüssigen Züge auf dem mehrfach gefalteten Pergament paßten zu ihr. Trotz aller Perfektion verrieten sie etwas Weibliches. Welcher Fälscher wohl die Meisterschaft besaß, jenes Dokument zu schreiben, das ihm der Herzog nun stumm vorhielt und das ihm die ganze verwerfliche Tiefe von Dianas Plan bewies?

Gegen diesen Brief gab es keine Argumente mehr. Er enthielt Fleurs Versicherung, Piero Strozzi jederzeit zu Diensten zu sein und ihn über die Korrespondenz der Königin in Sachen Urbino zu unterrichten. Hinzu kamen vertrauliche Details der florentinischen Audienzen und die zugesagte Bereitschaft, auch künftig für ihn zu spionieren. Yves de Saint-Tessé preßte die Lippen zu einem schmalen Strich aufeinander und kämpfte um Beherrschung.

Nur ein sehr scharfer Beobachter hätte bemerkt, daß sich seine Muskeln strafften und eine ärgerliche Ader an seinem Hals zu klopfen begann. Der Konnetabel war bei allen seinen bekannten Fähigkeiten doch mehr Soldat, als Späher. Auf ihn wirkte die Gelassenheit des Verhafteten eher wie ein rotes Tuch.

Ganz im Gegensatz zu seinem stummen Begleiter. Der beugte sich ein wenig tiefer über seinen Stock und bewies so, daß er eigentlich nicht mehr als mittelgroß sein konnte, wenngleich er mit seiner stummen Erscheinung den Raum völlig beherrschte.

»Erkennt Ihr die Hand Eurer Gemahlin?« erkundigte sich der Feldherr.

»Natürlich, ich kenne auch den Inhalt«, antwortete der Graf mit fester Stimme. »Ich habe ihn selbst diktiert. Meine Gemahlin war für mich in dieser Sache nicht mehr, wie für die Königin. Eine helfende Hand, welche die Feder führt. Ihr müßt zugeben, daß sie es mit unvergleichlicher Meisterschaft tut. Werft Ihr den Inhalt der Zeilen nicht vor. Seit wann ist jemals eine Frau fähig gewesen, vernünftige Gedanken zu führen, von den rühmlichen Ausnahmen ihrer Majestät und der Herzogin von Valentinois natürlich abgesehen ...«

Montmorency fuhr auf, und der Fremde senkte die Lider über seinen Blick. »Ihr wollt behaupten, daß ...«

»Meine Gemahlin hat von diesen ganzen Winkelzügen nichts begriffen! Ihr tut ihr zuviel Ehre an, wenn Ihr denkt, daß sie die nötige Fähigkeit für politische Feinheiten mitbringt. Laßt sie frei und ich bin bereit, ein volles Geständnis abzulegen.«

»Ihr wollt ...« Der Konnetabel brach von selbst ab, ohne daß Chartière ihm dieses Mal ins Wort gefallen wäre.

Die beiden Männer maßen sich mit Blicken. Wobei dem Älteren die Verblüffung ins Gesicht geschrieben stand und der Jüngere aussah, als seien die klassisch markanten Züge in Marmor gemeißelt worden. Keine Bewegung verriet, was er in Wirklichkeit empfand oder dachte.

»Ich werde sprechen, sobald ich mit eigenen Augen gesehen habe, daß Ihre Majestät Königin Katharina meine Gemahlin unter ihren Schutz nimmt!« fügte er kühl hinzu. »Wenn Ihr an meinen Taten zweifelt, so erinnert Euch daran, daß ich seit vielen Jahren vergeblich darauf warte, für die Verluste in Chartière entschädigt zu werden. Urbino ist ein reiches Herzogtum, wäre Piere Strozzi dort an die Macht gekommen, hätte ich über meine reizende Gemahlin eine Menge Vorteile daraus gezogen. Messire Strozzi ist ihr in hohem Maße gewogen!«

»Seid Ihr des Teufels, Mann? Ein Chartière ein Verräter!

Das glaube ich nie und nimmer!« brauste Montmorency unwillig auf. »Ihr wollt Euch für eine Frau ruinieren, die Euch der König anbefohlen hat, um einen Skandal zu vertuschen? Für eine Händlerstochter?«

»Ihr sprecht von der Gräfin Chartière, Seigneur Konnetabel!« verbesserte der Graf eisig.

Seine Mahnung schoß wie ein Degenhieb durch den Raum und für einen Moment hoben sich die gesträubten weißen Brauen des Fremden, in ehrlichem Erstaunen. Daß er die Ehre seiner Gemahlin verteidigte, schien ihn zu verblüffen.

»Ihr gebt Euer Leben für das Ihre!« sagte er nun mit ruhiger, tiefer Stimme und zum ersten Male trafen sich ihre Blicke direkt.

»Ich habe vor dem Altar geschworen sie zu lieben und für sie zu sorgen«, antwortete Yves de Saint-Tessé mit mehr Wärme, als er eigentlich verraten wollte. »Ich darf nicht zulassen, daß sie unschuldig zwischen die Mühlsteine der Politik gerät. Sie ist ... Nun, egal! Nehmt Ihr mein Angebot an?«

Letzteres galt dem Konnetabel, der den Fremden ansah und von ihm ein unmerkliches Nicken erhielt.

»Wachen!« Der herrische Befehl des Feldherrn brachte umgehend zwei Soldaten in den Raum. »Bringt den Grafen in das Kabinett neben dem Audienzsaal der Königin. Ihr haftet mit Eurem Kopf, daß er keinen Fluchtversuch unternimmt.«

Und zu Saint-Tessé: »Geht mit Ihnen und betet zu Gott, daß Ihr das Richtige getan habt. Ich vermag es beim besten Willen nicht zu glauben.«

Im Hinausgehen trafen sich noch einmal die Blicke des anderen Mannes mit denen des Grafen. Er verharrte im Schritt, sekundenlang von einem Lächeln genarrt, das eigentlich in diesen eisblauen Augen keinen Platz hatte. Ein Lächeln, das ihn an etwas erinnerte, das aber so schnell wieder verschwunden war, daß er diese flüchtige Erinnerung nicht festhalten konnte.

Irgend etwas trieb ihn, seinen Abschied mit einer respektvollen Reverenz auch auf den Fremden auszuweiten, ehe er mit geschmeidigen Schritten zwischen den Wachen davonging. Ein leichtes Neigen des Kopfes antwortete ihm. Eine steife Bewegung, die mit einer Spur von widerwilliger Achtung vermischt war.

Yves de Saint-Tessé war sich bewußt, daß es sich bei diesem kurzen Schlagabtausch zwischen dem Konnetabel und ihm lediglich um ein Eröffnungsgefecht gehandelt hatte. Ein zweites Mal würde er in seinem Kalkül Diana von Poitiers nicht mehr vergessen. Wenn sie damit einverstanden gewesen war, daß Montmorency die Angelegenheit aufklärte, so konnte dies nur eines bedeuten. Sie hatte trotz allem nicht völlig die freundschaftlichen Gefühle vergessen, die sie einmal für den charmanten, ungestümen jungen Edelmann gehegt hatte, der ihr ohne großes Nachdenken sein Herz und sein Vermögen zu Füßen gelegt hatte.

Indem er nun alles daran setzte, seine Gattin zu retten, verspielte er den letzten Rest von Dianas Loyalität. Wenn er nicht beweisen konnte, daß das Komplott, welches man Fleur vorwarf, auf Fälschungen beruhte, würde er letztendlich auf dem Schafott landen. Aber wie sollte er etwas beweisen, solange er nicht einmal die Hilfe seiner Freunde in Anspruch nehmen konnte und sogar ein Mann wie Montmorency an seinem Verstand zweifelte? Würde er zumindest die Chance bekommen, für seine bezaubernde Angetraute an die Gnade der Königin appellieren zu können?

In diesem Augenblick hätte er seinen rechten Arm dafür gegeben, wenigstens einen Hoffnungsschimmer darauf zu haben.

Im ersten Moment hielt Fleur das kreischende Geräusch des Riegels und das Klirren der Schlüssel für eine Ausgeburt ihrer überreizten Phantasie. Niemand würde kommen und sie aus dieser Dunkelheit erlösen. Sie träumte vermutlich und wenn sie nicht aufpaßte, würde sie sich in Kürze voller Wahnsinn den Kopf an den Wänden einrennen. Zu lange, zu elend lange Stunden saß sie bereits hier. Der ausweglosen Dunkelheit, dem Hunger, dem Durst und der eigenen Verzweiflung anheimgegeben.

Aber dann öffnete sich die schwere Bohlentür und ein breiter Balken aus Licht fiel in die Finsternis ihres Gefängnisses. Gleichzeitig vernahm sie eine aufgeregte, wütende Stimme.

»Licht! Bringt mehr Licht! So beeilt Euch doch! Diese Barbaren, man hat sie tatsächlich ohne einen Funken Licht in diesem grauenvollen Loch gelassen!«

Madonna, diese Stimme mit dem harten italienischen Akzent im Französischen, Fleur kannte sie! Mit einem unartikulierten Aufschrei kam sie auf die Füße und blinzelte gegen die plötzliche Helligkeit an, welche die Erbärmlichkeit ihres Kerkers bis in den letzten Winkel ausleuchtete.

Das Licht schmerzte in den Augen und sie schützte die Pupillen mit den Händen. Sie taumelte. Ihre Beine fühlten sich taub an, und plötzliche Schwäche ließ sie taumelnd gegen die feuchte Wand stoßen.

»Was wollt Ihr von mir?« rief sie heiser und wich in die Dunkelheit zurück.

»Piccolina! Donna Fleur! Was haben sie mit Euch getan! Kommt meine Kleine, laßt Euch helfen! Ihr seht entsetzlich aus! Dio! Ich kann es kaum glauben, hier stützt Euch auf mich und wagt die Schritte aus diesem Dunghaufen heraus ... Wie schrecklich, daß ich erst jetzt davon erfahren habe! Ich werde mir es nie verzeihen, daß ich so lange gebraucht habe, um dieses üble Komplott zu durchschauen!«

Fleur starrte Piero Strozzi wie ein Gespenst aus einem anderen Leben an. Die gedrungene kleine Gestalt auf ihren absurd hohen Absätzen, trug einen aufwendigen Federhut, dessen wippende Spitzen gefiederte, monumentale Schatten auf die Steine der Wände warfen. Die grellen Farben seines Samtwamses wurden vom spärlichen Licht zu gedämpfter Glut gemildert und der melodiöse Klang seiner beschwichtigenden Worte drang nur langsam in ihr Bewußtsein.

»Ihr?« keuchte sie fassungslos. »Wo kommt Ihr her?« Weshalb ..., wieso ...«

»Keine Fragen, Ihr werdet später alle Antworten bekommen, die nötig sind, Bellissima«, versuchte er sie zu beruhigen. »Ihr seid in Sicherheit und niemand wird Euch mehr Böses tun. Laßt Euch helfen! Stützt Euch auf meinen Arm! Ich bringe Euch von hier fort ...«

Fleur strich sich mit beiden Händen die wirren Haare aus der Stirn und unterbrach ihn mitten im Satz. »Und mein Gemahl?« Was ist mit ihm geschehen? Wo ist er? Man hat ihn geholt ...«

Piero Strozzi stieß einen Seufzer aus, von dem man nicht unterscheiden konnte, ob er nun Ungeduld oder Überdruß enthielt.

»Vorerst ist er in Sicherheit. Es besteht kein Anlaß, daß Ihr Euch um Euren unfreundlichen Seigneur überflüssige Gedanken macht! Es scheint mir viel wichtiger, daß Ihr ein Bad und ein Bett bekommt ...«

Fleur hörte nur das Wort Sicherheit, ehe sie dem überwältigenden Bedürfnis nachgab, erneut die Augen zu schließen. Das Licht, nach dem sie sich die ganze Zeit so sehr gesehnt hatte, war ihr plötzlich zu grell.

Sie merkte nicht einmal mehr, daß Piero Strozzi im letzten Moment zugriff, ehe sie ohnmächtig zu seinen Füßen fiel. Die Anspannung der letzten Stunden, im Verein mit den Aufregungen und Auseinandersetzungen der Zeit davor, forderten endgültig ihren Tribut von einem erschöpften Körper und einem übermüdeten Geist.

Sie hörte weder die aufgeregten Befehle des zwergenhaften Italieners, noch wurde sie Zeugin der Aufregung, die ihre leblose Gestalt verursachte, als sie in das vorbereitete Gemach getragen wurde. Für einen Moment sah es so aus, als sei jede Hilfe zu spät gekommen. Ein tragisches Versäumnis im Wettlauf gegen die Zeit und die Macht einer eifersüchtigen Favoritin.

17. KAPITEL

»... schwerer Nervenschock. Es ist wichtig, daß sie absolute Ruhe bekommt, ausreichend Schlaf und leichte Kost. Madame ist jedoch jung und von bester Konstitution, ich bin sicher, daß sie in Kürze gesunden wird!«

Die Stimme klang vertraut. Sie raschelte ein wenig. Ein Geräusch, das an die trockenen Blätter erinnerte, die der Wind im späten Herbst durch die Innenhöfe ihres Elternhauses trieb. Ein heimatliches Geräusch, ebenso wie der Duft nach Gewürzen und Kampfer, der aus dem düsteren Umhang des Sprechers aufstieg, als er sich zum Gehen wandte. Es war typisch für Fleur, daß sie als erstes ihre Fähigkeit zu riechen und zu hören wiederfand.

Viel später bewegten sich ihre Lider und ihr herumirrender Blick nahm schmucklosen Baldachin über sich wahr. Von gedrechselten Säulen getragen, gehört er zu einem mächtigen Kastenbett, das auf einer Art Empore stand und dessen Vorhänge nur zu einer Seite hin zurückgeschlagen waren. Dort sah sie lediglich einen bescheidenen Betstuhl vor einem schlichten Kruzifix und ein geschlossenes Fenster. Durch seine verschwommenen, bleigefaßten Rauten konnte sie die herbstlich kahlen Wipfel naher Bäume erahnen. Wo immer sie sich befand, bei aller Bescheidenheit der Möblierung, nach einem Kerker sah es nicht aus. Eher nach einer Klosterzelle.

Wie zur Bestätigung dieser Annahme hörte sie Glocken und ferne singende Stimmen. Automatisch zählte sie die Anzahl der Schläge mit. Die None. Das Gebet zur neunten Stunde, als wäre es früher Nachmittag. Früher Nachmittag in einem Kloster? Wie kam sie in ein Kloster?

Ihr Versuch, sich aufzurichten, erregte die Aufmerksamkeit einer Gestalt, die nun mit eiligen Schritten um das Bett lief und ihr ein beruhigendes Lächeln gönnte. Verblüfft starrte Fleur in das runde, gütige und alterslose Gesicht einer Nonne im schwarzen Habit. Ihre strenge Haube stand in weißen, steifen Flügeln vom Kopf ab, während die Holzperlen ihres Rosenkranzes bei jedem Schritt leise klackernd aneinanderstießen.

»Wo ... wo bin ich?« stammelte sie.

»In Sicherheit, meine Tochter!« besänftigte die heilige Frau ihre Aufregung und faltete die Hände über dem Kreuz vor ihrer Brust.

Fleur sah an sich herab und merkte, daß sie an Stelle ihres zerdrückten, schmutzigen Reitkostümes ein züchtiges, hochgeschlossenes Leinenhemd trug, dessen Säume um Hals und Handgelenke mit schmalen Bändern gehalten wurden und das keinerlei Stickereiverzierungen aufwies. Die Nonnen hatten sie gewaschen und ausgezogen, ohne daß sie etwas davon gemerkt hatte.

»Wer seid Ihr, ehrwürdige Mutter? Wo bin ich? Wo ist mein Gatte? Wie lange bin ich bereits bei Euch? Wie komme ich zu Euch?« versuchte sie Antwort auf die wichtigsten Fragen zu bekommen, die ihr in diesem Augenblick durch den Kopf schossen.

»Beruhigt Euch, Madame!« versuchte die Klosterfrau ihre Aufregung zu dämpfen. »Niemand wird Euch hier Böses tun. Ihr seid im Kloster der Benediktinerinnen von Lys und die Königin persönlich hat uns angewiesen, für Eure Gesundheit und Eure Sicherheit zu sorgen.«

»Die Königin!« Erleichtert schloß Fleur kurz die Lider. Also hatte sie doch recht gehabt, die Königin hatte sie nicht vergessen. »Und mein Gatte?« drängte sich ihr sofort die nächste wichtige Frage auf die Lippen.

Als die Nonne schwieg, wiederholte Fleur die Frage mit banger Stimme, obgleich sie sich vor der Antwort fürchtete. Bedeutete ihr Aufenthalt in diesen frommen Mauern etwa, daß er seinen wahnwitzigen Plan in die Tat umgesetzt hatte? Daß er sich für sie geopfert hatte?

»Ich weiß nichts von Eurem Gatten, Madame. Die Königin hat ihren Leibarzt geschickt, Euch zu untersuchen und er hat genaue Anweisungen zu Eurer Pflege hinterlassen. Das Wichtigste ist, daß Ihr ein wenig eßt und Euch ausruht. Ihr müßt ruhen, damit Ihr wieder zu Kräften kommt ...«

»Aber ich muß meinen Gatten sehen! Ich kann nicht hier bleiben ...«

»Die Nonnen von Lys sind gehorsame Dienerinnen ihrer königlichen Majestät, Madame. Wir befolgen die Befehle, die wir erhalten und wir fragen nicht, weshalb sie erteilt werden. Es wäre gut für Euer Seelenheil, wenn auch Ihr diesen klösterlichen Gehorsam akzeptieren könntet. Stärkt euch im Gebet, wenn Eure Geduld zu gering dafür ist.«

Eine Aufforderung, die bei Fleur geradezu dazu führen mußte, daß sie die Beine unter der Bettdecke hervorschwang, um aufzustehen. Ihre liebenswürdige, aber offensichtlich unerbittliche Pflegerin, vereitelte den aufsässigen Versuch bereits im Ansatz, indem sie ihre Schultern nach hinten drückte und die Decke unerwartet energisch wieder um sie herum feststeckte.

»Ihr seid geschwächt, Madame! Ein Schock, wie Ihr ihn erlitten habt, kann zu schwerem Nervenfieber führen. Ihr müßt Euch schonen.«

Sie bestand umgehend darauf, daß Fleur etwas Nahrung zu sich nahm und da diese tatsächlich gewaltigen Hunger verspürte, gab sie für's erste nach. Sobald sie sich besser fühlte, würde sie auch eine Möglichkeit finden, das Schicksal ihres Gatten zu klären.

Als sie freilich gesättigt in die Kissen zurücksank, überfiel sie eine derart unnatürliche Müdigkeit, daß der Verdacht nahelag, ob sich in dem kräftigenden, mit Ei verquirlten Rotwein, den sie getrunken hatte, nicht ein Schlafmittel befunden hatte, um sie ruhig zu stellen. Sie hatte die ehrwürdige Mutter, die nun das Tablett hinaustrug, offensichtlich unterschätzt.

Hilflos und von zunehmender Mattigkeit erfüllt, glitt sie in den Schlummer. Bis zuletzt von der demütigenden Erkenntnis erfüllt, daß sie Yves de Saint-Tessé damit im Stich ließ.

Wenn er wirklich getan hatte, was sie vermutete, so war sie der einzige Mensch auf der Welt, der sich für ihn einsetzen konnte. Sie mußte verhindern, daß er unter dem Schwert des Henkers starb!

Sie mußte es für ihn und für sich verhindern, denn es würde auch das Ende ihres Lebens bedeuten ... Aber sie war so schrecklich, so entsetzlich müde ...

»Wo ist meine Gemahlin?«

»In der Tat, Ihr seid ein Mann, der schnell zur Sache kommt, Graf Chartière!« gratulierte der Eintretende dem wütenden Chevalier, der bei seinem Anblick von einem Fenstersitz aufgefahren war, der ihm den trostlosen Anblick endloser Wälder unter nicht endendem Herbstregen bot. Fontainebleau hüllte sich in Nebel und Tristesse. Ein äußerst angemessener Hintergrund für die Empfindungen, die auch den aufgebrachten jungen Edelmann erfüllten.

»Ihr habt mir das Wissen um meine Person voraus«, fauchte der Graf, um Beherrschung bemüht, obwohl er den silberhaarigen Fremden, den er bereits bei seinem ersten Verhör gesehen hatte, um Haupteslänge überragte.

Seit jenem Tag hatte es viele weitere Verhöre gegeben, denen er sich indes verweigert hatte, weil Montmorency nicht bereit gewesen war, ihm die Gesundheit und Freiheit seiner Ehefrau zu garantieren. Bedeutete die Anwesenheit dieses rätselhaften Unbekannten, daß nun die

Zeit der höflichen Verhöre vorbei sein würde? Griff der König zu anderen Mitteln, um ihn zu brechen?

Eine müßige Frage. Er hatte keine Angst davor. Er benötigte jedes Quentchen seiner Sorge für Fleur. Vor drei Tagen hatten sie ihn von ihr getrennt. Man bewachte ihn in einer kargen Kammer, die lediglich ein Bett, ein Nachtgeschirr und eine Bank enthielt und verweigerte ihm jede Auskunft.

Was war seitdem mit seiner Gattin geschehen? Hielt man sie allein in jenem schrecklichen Verlies gefangen oder hatte man sie ebenfalls in ein schmuckloses Gelaß wie dieses gebracht? Was fühlte, was dachte sie? Konnte sie unter diesen Umständen noch an seine Liebe glauben? Schien es nicht zuviel verlangt, von einer Frau, die ihn bisher nur von seiner übelsten Seite kennengelernt hatte, Vertrauen und Loyalität zu erwarten?

»Das stimmt«, blieb der Fremdling auch nach dieser provozierenden Bemerkung ruhig. »Aber ich habe meine Gründe, Euch meinen Namen erst später zu nennen. Beschäftigen wir uns lieber mit Eurer Person. Man hat mir gesagt, daß Ihr ein Mann von reizbarem Stolz und untadeliger Herkunft seid, ein Aristokrat, dessen Vorfahren seit undenklichen Zeiten für die Ehre Frankreichs streiten und der mit Recht stolz auf diese Ahnen ist. So stolz, daß der Befehl des Königs zur Heirat mit der Tochter eines Handelsherren, diesen Edelmann zutiefst gedemütigt haben muß.«

»Einem königlichen Befehl zu folgen, kann nie eine Demütigung sein«, zog sich Chartière diplomatisch aus der Affäre. »Außerdem konnte ich die Mitgift der jungen Dame sehr gut brauchen.«

»Ihr habt bisher weder einen Florin noch ein Goldstück davon angerührt«, überraschte ihn der Fremde mit seinem Wissen. »Stolz?«

Das Stichwort benützte der Jüngere, um das Thema zu

wechseln. »Wenn Ihr mir Stolz zugesteht, so nehmt auch zur Kenntnis, daß ich für meine Taten selbst einstehen werde. Meine Gemahlin hat meine Befehle befolgt, wie es einer gehorsamen Gattin ziemt. Dafür kann sie weder getadelt noch zur Rechenschaft gezogen werden.«

»Gehorsame Gattin ...« wiederholte der Ältere mit einem sehr eigenartigen Unterton und schritt, unter Zuhilfenahme seines Stockes an Chartière vorbei zum Fenster. »Ihr erlaubt, daß ich später auf diese Eure sehr blauäugige Einschätzung der jungen Dame zurückkomme. Inzwischen würde ich gerne ein Wort unter vier Augen mit Euch sprechen.«

»Gut, setzen wir also dieses Katz-und-Maus-Spiel fort«, knirschte Yves de Saint-Tessé und fuhr sich mit einer Andeutung von Hoffnungslosigkeit mit allen zehn Fingern durch den dichten Haarschopf. Die höfische Eleganz seiner Erscheinung hatte unter der Tatsache gelitten, daß er seit Tagen nicht aus den Kleidern gekommen war, aber sein Scharfsinn keineswegs. Er ging mit voller Konzentration in das nächste Duell dieses gefährlichen Zweikampfes und er wählte den unmittelbaren Angriff.

»Erlaubt mir auch eine Frage. Wem dient Ihr eigentlich in dieser Sache? Dem König? Der Herzogin? Der Königin? Welche Funktion habt Ihr?«

Jenes irritierende Lächeln, das er zu fürchten gelernt hatte, bewies, daß sich sein Besucher amüsierte. »Was würdet Ihr sagen, wenn ich Euch sage, daß ich auf Seiten Eurer Gattin stehe?«

»Fleur?« Ein tiefer, angestrengter Atemzug weitete die Brust des Grafen. »Wenn Ihr tatsächlich die Wahrheit sprecht, würde ich dem Himmel auf Knien dafür danken. Könnt Ihr mir sagen, wo sie ist? Wie es ihr geht?«

»Sie befindet sich im Kloster der Benediktinerinnen von Lys. Es fehlt ihr an nichts, außer ein wenig an Bewegungsfreiheit. Aber vielleicht findet sie dort die Zeit zur

Besinnung, die sie dringend nötig hat. Meint Ihr nicht auch?«

Es fiel schwer, dem silberblauen, prüfenden Blick standzuhalten, der tiefer zu gehen schien, als der der meisten anderen Menschen.

»Was wollt Ihr? Einen von uns gegen den anderen ausspielen?«

»Die Wahrheit erfahren«, antwortete der andere ebenso knapp und kühl. »Die ehrliche Wahrheit hinter all diesen Lügen!«

»Die Wahrheit?« wiederholte Yves de Saint-Tessé nachdenklich. »Die Wahrheit ist, daß ich Euch dankbar für diese Nachricht bin, sollte sie stimmen. Aber ich werde erst sprechen, wenn ich mich mit eigenen Augen von der Unversehrtheit meiner Gemahlin überzeugt habe. Vergeßt nicht, daß ich möglicherweise mehr über die Pläne Cosimo de Medicis weiß, als Ihr annehmt.«

Er spielte eine gefährliche Partie in Anbetracht der Tatsache, daß er von dem erwähnten Herrscher nicht viel mehr kannte als seinen Namen.

Aber das würden sie erst merken, wenn sie auch unter der Folter keine Einzelheiten von ihm erfuhren. Bis dahin war Fleur längst in Sicherheit und etwas anderes zählte nicht.

»Und dann? Wie stellt Ihr Euch die Zukunft für die Gattin eines Hochverräters vor?«

Das Schweigen, das sich hart und schwer zwischen die beiden Männer senkte, verstärkte die strengen Falten, die sich in den Mundwinkel des Jüngeren eingegraben hatten. Ein Anflug von Schmerz glitt über seine Züge, dann hatte er sich wieder in der Gewalt.

»Die Königin wird ihr hoffentlich erlauben, in den Kreis ihrer Familie zurückzukehren. Sie hat es verdient, irgendwann an der Seite eines anderen Mannes glücklich zu werden, der klüger ist als ich.«

»Es kümmert Euch also nicht, wenn sie einem anderen Manne gegeben wird?«

Mit versteinerten Zügen hielt Chartière dem Verhör stand. »Wie sollte es einen Toten kümmern, was mit den Lebenden passiert? Denkt Ihr, ich mache mir Illusionen über das, was mir bevorsteht?«

»Wollt Ihr mir eine Nachricht für Eure Gattin mitgeben?«

Dieser Pfeil traf noch tiefer, als alle vorherigen. Jede Spur von Farbe wich aus den hageren Zügen und für einen winzigen Moment schloß Chartière die Augen.

»Sagt ihr, daß mein letzter Gedanke ihr gelten wird.«

»Ihr sprecht voll Zärtlichkeit von Eurer aufgezwungenen Gemahlin. Kann es sein, daß Ihr sie liebt?«

»Mehr als mein Leben!«

Das rauhe, zögernde Geständnis entlockte dem anderen nur ein nachdenkliches »Hm ...«.

Der Graf starrte auf seine Hände, als könne der schmale goldene Reif, den er dort seit seiner Heirat mit Fleur trug, seinen Worten noch mehr Gewicht verleihen. Er begriff selbst nicht, warum er diesem Manne Dinge sagte, die nur ihn und Fleur betrafen. Dinge, die ihm ein Gefühl diktierte, das ihn dazu zwang, ihr Leben vor das seine zu stellen.

»Und die Dame? Liebt sie Euch auch?« forschte dieser nun noch genauer nach, während das dumpfe Pok-Pok des Silberstockes seine langsamen Schritte durch den engen Raum untermalte.

»Ich habe ihr wenig Anlaß dazu gegeben. Und wenn sie es tut, so laßt sie nicht dafür büßen. Sie wird mich sicher bald vergessen ...«

»Nun, wir werden sehen, Graf Chartière. Mir scheint, ich muß mich einiger Dinge erst versichern. Gehabt Euch wohl, Seigneur.«

Das merkwürdige Gespräch und der abrupte Abschied

verunsicherten Yves de Saint-Tessé mehr, als es irgendwelche Drohungen vermocht hätten. Die Rolle dieses Fremden, der offensichtlich von Montmorency respektiert wurde und das Vertrauen des Königs besitzen mußte, wurde mit jedem Wort, das er sagte, rätselhafter. Und wieso hielt sich eigentlich Diana von Poitiers so demonstrativ aus jener Angelegenheit heraus, die sie selbst so raffiniert in Gang gebracht hatte?

Da man ihm nicht erlaubt hatte, in seine eigenen Gemächer zurückzukehren, wartete ihm auch keiner seiner vertrauten Diener auf, die er normalerweise damit beauftragt hätte, ein wenig die Ohren aufzuhalten.

In einem Schloß, in dem zeitweise bis zu fünfhundert Personen lebten, waren die Dienstboten eine verläßliche Quelle genauer Informationen und Hintergründe. Man hatte ihn mit Absicht isoliert und seiner Freiheit beraubt. Was würde als nächstes geschehen? Folter? Das hochnotpeinliche Verhör, das Menschen in ein Wrack aus Blut und Pein verwandelte?

18. KAPITEL

Tage, die durch ständiges Glockenklingen in Abschnitte unterteilt wurden. Die von den Vigilien, der Nachtwache bis über die Frühmesse, die Terz und die Vesper zur Komplet, der Nachtruhe führten. Tage von gleichbleibender, schrecklicher Ereignislosigkeit. Was war das für ein Leben, welches die frommen Nonnen unter dem klingenden Regiment dieser Glocken führten?

Für Fleur war es ein Leben, welches sie mit zunehmenden Kräften auch immer nervöser machte. Sie durchmaß ihre karge Zelle mit ungeduldigen Schritten. Jeder Gedanke, den Raum zu verlassen, wurde schon durch die Tatsache verhindert, daß sie nur mit einem Nachthemd und einem warmen Umhang bekleidet war. Ganz zu schweigen davon, daß lediglich die ehrwürdige Mutter den Schlüssel zu ihrer Tür besaß. Sie war eine Gefangene!

Seit sie aus ihrem tiefen, todesähnlichen Schlaf erfrischt und mit neuen Kräften zu sich gekommen war, hatte sie lediglich die freundliche Nonne zu Gesicht bekommen, die ihr regelmäßig zu essen brachte und sie mahnte, ihre restliche Zeit zum Gebet zu benützen. Sie beantwortete keine einzige ihrer verzweifelten Fragen.

War das bereits ihre Strafe? Die Verbannung in ein Kloster? Zu ewigem Gebet und trügerischer Stille? Zu ausreichend Zeit, um jede noch so kleine Erinnerung tausendmal von allen Seiten zu betrachten? Zu quälender Sehnsucht und peinigenden Selbstvorwürfen?

Gereizt warf sie die Flut ihrer silberblonden Haare zurück und stampfte mit dem Fuß auf den binsenbestreuten Steinboden. Schon als Kind hatte sie nichts so sehr gehaßt wie Untätigkeit. Das Gefühl, den Ereignissen machtlos ausgeliefert zu werden, zerrte an ihren Nerven, ganz zu schweigen von der würgenden, nie nachlassenden Angst, die sie um ihren Geliebten litt.

»Ah, Ihr seid schon auf. Sehr schön. Hier sind Eure Kleider. Ihr habt Besuch, Madame!«

Fleur war so in ihre Gedanken vertieft gewesen, daß sie das leise Eintreten der Ehrwürdigen Mutter überhört hatte, die ihr nun ein sanftes Lächeln schenkte und ein Bündel Kleider auf das Fußende des großen Bettes legte. Sie erkannte ihre eigenen Stiefel, aber fremde Wäsche und ein Reitkostüm, das sie in einem anderen Leben getragen haben mußte.

Die Nonne war stehengeblieben und ließ nun die schmucklosen Perlen eines hölzernen Rosenkranzes durch ihre Finger gleiten.

»Wenn Ihr es wünscht, kann ich Euch beim Ankleiden helfen?« bot sie an.

»Nicht nötig, danke!« Fleur trat näher und strich über den Samt ihres gesäuberten und gelüfteten Reitrockes. Die erzwungene Ruhe der letzten Tage hatte sie in einen Zustand melancholischer Trance versetzt. Heftige Selbstvorwürfe wechselten mit tiefer Resignation ab. Je länger ihre Gefangenschaft dauerte, um so sicherer glaubte sie zu sein, daß jede Hilfe für ihren Gatten zu spät kam.

»Besuch sagt Ihr?« murmelte sie nun. »War es nicht so, daß nur die Königin weiß, daß ich mich hier befinde? Schickt sie mir einen Boten?«

»Überzeugt Euch selbst«, riet die Nonne, die es zur Meisterschaft darin gebracht hatte, keine noch so dringende Erkundigung zu beantworten. »Aber beeilt Euch und laßt Euren Gast nicht warten!«

Allein schon dankbar für die Möglichkeit, die karge Zelle zu verlassen, schlüpfte Fleur in Windeseile in ihre Gewänder. Da die Nonne weder an eine Bürste, noch an eine ausreichende Zahl von Haarnadeln gedacht hatte, sah sie keine Möglichkeit, die wilde Flut ihrer Haare zu ordnen. Wer auch immer sie aus dieser allzu frommen Einsiedelei riß, er mußte sie nehmen wie sie war.

An der Tür indes zögerte sie. Instinktiv scheut sie vor dem zurück, was sie erfahren würde. Unwillkürlich ballte sie die Rechte zur Faust. Dort hatte sie den Smaragd ihrer Großmutter auf den Ringfinger geschoben und obwohl er sehr locker saß, verlieh ihr sein Gewicht eine gewisse Sicherheit.

Eine Sicherheit, die sie dringend benötigte, als sie die rundliche, in prächtigen venezianischen Brokat und endlose Perlenschnüre gehüllte Gestalt erkannte, die im Besuchszimmer der Abtei auf einem Taburett thronte und sie mit kühlem Blick von oben bis unten musterte.

»Majestät!«

Fleurs Erschrecken wirkte sich auf die Standfestigkeit ihrer Beine aus und ihr zeremonieller Hofknicks fiel noch tiefer aus, als es erforderlich gewesen wäre. Das Gesicht zu Boden gesenkt, blieb sie in der Verneigung, bis sie die Stimme Katharina von Medicis vernahm.

»Gräfin Chartière! Ich könnte nicht sagen, daß ich erfreut bin, Euch zu sehen. Es scheint Euer persönlicher Stil zu sein, Euch ununterbrochen in die ärgerlichsten Angelegenheiten verwickeln zu lassen. Es ist Euch gelungen, den König erneut zu verärgern, lag das in Eurer Absicht?«

Fleur wagte nicht das blasse Antlitz zu heben. Eine Antwort auf die sarkastische, königliche Feststellung zu geben, erforderte mehr Kraft, als sie im Moment aufbringen konnte. Was, um Himmels willen, war geschehen, daß sich die Königin selbst in dieses Kloster begab? Das überlaute Dröhnen ihres eigenen Herzens dröhnte wie das Hämmern eines Schmiedes in ihren Ohren. Sie preßte die verkrampften Hände vor das Mieder, als könne sie mit der hilflosen Gebärde seinem beschleunigten Schlag Einhalt gebieten.

»Wie man mir sagt, habt Ihr keinerlei gesundheitlichen Schaden bei Eurer mißlichen Eskapade davongetragen, so daß wir nun damit beginnen können, das Durcheinander zu entwirren, das Ihr einmal mehr entfesselt habt. Man sollte Euch über's Knie legen, wißt Ihr das?«

Die mütterlich barschen Vorwürfe waren mehr, als Fleurs überanspruchte Nerven in diesem Moment widerspruchslos hinnehmen konnten. Sie hob in trotzigem Protest die Stirn.

»Ich bin mir keiner Schuld bewußt, Majestät«, unterbrach sie respektlos die Rede ihrer königlichen Herrin. »Wie es scheint, werde ich ohne persönliches Dazutun eines Verbrechens angeklagt, das ich nie begangen habe. Ebensowenig wie mein Gatte damit ...«

»Euer Gatte, du lieber Himmel!« Königin Katharina vermochte ihr aufflammendes Temperament ebensowenig im Zaume zu halten, wie ihre junge Ehrendame. »Diese Ehe, die mir anfänglich eine so fabelhafte Sache zu sein schien, weitet sich nachgerade zur politischen Katastrophe aus. Ich möchte nicht über Yves de Saint-Tessé mit Euch reden, habt Ihr das verstanden? Ich will wissen, wie Ihr Euch Eure eigene Zukunft vorstellt?«

Eben diese Frage hatte sich Fleur in den vergangenen Tagen und Stunden selbst erfolglos gestellt. Sie vermochte nicht weiter als bis zu dem Punkt zu denken, ob und wo und in welcher Gefahr sich ihr Gatte befand. Sie versuchte vergeblich die Tränen zurückzuhalten, als sie ihren flehenden Blick auf die Königin heftete.

»Ich habe keine Zukunft ohne meinen Gatten, Majestät! Sagt mir, was ich tun muß, um ihn zu retten, und ich werde es unverzüglich tun. Ich bitte Euch um sein Leben und seine Freiheit! Es ist nicht sein Fehler, daß ich mir die Herzogin von Valentinois zur Feindin gemacht habe. Ihr wißt, daß die Vorwürfe, die man gegen mich erhebt, erlogen sind, daß diese Dame gefälschte Beweise vorlegt, um mich und meinen Gemahl für immer zu vernichten!«

Die anrührende Schönheit des blassen, vollkommenen Antlitzes, in dem zwei funkelnden Smaragden gleich die riesigen Augen schimmerten, rührte das Herz der Königin mehr, als sie sich nach außen hin anmerken ließ. Fleur de Saint-Tessé, die Gräfin von Chartière war sich ihrer Macht über andere Menschen nicht bewußt und das machte sie nur noch gefährlicher, aber auch verletzlicher.

Sie hatte dieses Mädchen und die Fähigkeiten seiner ungewöhnlichen Persönlichkeit unterschätzt. Sie war kein hübsches Ding, das einen Hof zierte und wie ein leichtlebiger Schmetterling durch seine Feste tanzte, ohne Spuren zu hinterlassen. Sie besaß die Kraft und die Reinheit eines klaren Edelsteines, der nur aus sich selbst heraus strahlte. An ihr schieden sich Lüge und Wahrheit, Heuchelei und Ehrenhaftigkeit. Als Königin konnte sie von Glück sagen, daß Fleur diese Eigenschaften nur dafür einsetzte, um sich ihre Liebe und nicht, um die Macht und Einfluß zu erhalten.

»Es war unvermeidlich, daß die Dame de Brézé Eure Rivalin wurde, mein Kind«, sagte sie schließlich aus diesen Gedanken heraus. »Sie hätte nie ihre Position erreicht und erhalten, wenn sie nicht das Talent besäße, Menschen und Gefahren einzuschätzen. Sie wird nicht ruhen, bis ihr vom Hofe verschwunden seid, das muß Euch klar sein. Sie fürchtet Euch und Furcht ist ein Gefühl, das sie haßt.«

Fleur spürte die Konturen der geschliffenen Rose in ihrer geballten Faust und holte tief Atem. Was kümmerte sie der Hof und sein Glanz, den sie längst als oberflächlich und hohl durchschaut hatte. Das Bild eines zerfallenden Schlosses stand vor ihren Augen, als sie mit ungewohnt rauher Stimme antwortete.

»Ich bin bereit, den Hof zu verlassen, aber nur an der Seite meines Gemahls! Sagt mir, wie es ihm geht! Ist er in Gefahr?«

»Wie hartnäckig Ihr ihn verteidigt, diesen arroganten Krieger, der Euch nur weh getan hat, seit Ihr die Seine geworden seid. Habt Ihr ihn nicht einmal so sehr gehaßt, daß der Gedanke an eine Ehe mit ihm Euch mit Abscheu erfüllte?«

»Habt Ihr mir nicht selbst geraten, meinen Stolz zu vergessen, wenn es um Dinge des Herzens geht?«

Katharina von Medici gab einen Laut von sich, der ebensogut ein Lachen, wie ein unterdrückter Fluch hätte sein können.

»Touché, meine Schöne! Es scheint mir, als solle auch ich künftig in der Wahl meiner Empfehlungen ein wenig sorgsamer sein. Aber genug der Haarspaltereien, ich habe Euch noch jemand mitgebracht, dessen Worte Ihr sorgsam anhören solltet, bevor Ihr weitere Entscheidungen trefft. Gehabt Euch wohl, meine Kleine.«

Ehe Fleur sich von ihrer Überraschung erholt hatte, verließ die Königin bereits den Raum. Ihre voluminösen Röcke streiften raschelnd am Türstock vorbei und gaben den Weg für einen Mann frei, der draußen auf Ihre Erlaubnis zum Eintreten gewartet hatte.

Einen Herzschlag lang verschwamm die Gestalt vor Fleurs Augen und irrwitzige Hoffnung flammte in ihr auf. Yves? Die Königin hatte ihren Gemahl mitgebracht?

Dann klärten sich die Umrisse und wurden zu einem vertrauten Umriß, der sie mitten in der Bewegung verharren ließ, während ihre Lippen ein einziges, geradezu ungläubiges Wort formten ...

»Vater?«

René de Paradou stützte sich auf seinen Silberstock und betrachtete seine Tochter. Auch wenn er damit gerechnet hatte, daß sie sich in den vergangenen Monaten verändert haben würde, auf den Anblick, den sie ihm nun bot, war er nicht vorbereitet.

Das bezaubernde Kind mit den klaren Augen und den graziösen Bewegungen hatte sich in eine Frau verwandelt, in eine Fee mit blassen, angespannten Zügen und rätselvollem Augenausdruck, in eine wunderschöne Fremde, bei der er instinktiv die Bereitschaft zum Kampf und zur Härte gegen sich selbst und andere witterte, in die Gräfin von Chartière, die sogar dem eigenen Vater mit einem Hauch von vorsichtigem Mißtrauen im Blick entgegensah.

Wer hatte sie so verletzt, daß sie sich mit einem solchen Gefühl wappnen mußte, wenn sie ihm gegenübertrat? Welche schönen und schrecklichen Ereignisse hatten die kaum sichtbaren Spuren der Reife und des Schmerzes auf ihren delikaten Zügen hinterlassen?

Beim Abschied in Lyon hatte sie nicht diese verführerische Aura einer geheimnisvollen Frau besessen, jene Zerbrechlichkeit, die in jedem halbwegs normalen Manne geradezu zwangsweise den Wunsch wecken mußte, sie vor allem Bösen zu beschützen und in den Arm zu nehmen.

Aber er war keiner dieser armen geblendeten Tröpfe. Als ihr Vater wußte er, daß sich unter dieser scheinbaren Schwäche ein eiserner Wille und ein Kopf von marmorner Härte verbarg.

Das Bild Fleurs deckte sich zudem mit einem anderen, das in den Tiefen seiner fernen Erinnerung auftauchte, dem einer jungen Edelfrau, welche einen kleinen Jungen in den Arm nahm, der zutiefst verstört soeben Zeuge eines tödlichen Duells geworden war. Wie eigenartig, daß er die Stimme seiner Mutter in solcher Klarheit aus der Vergangenheit hörte: »Es gibt Kämpfe, denen man nicht ausweichen kann, René, du wirst es selbst erfahren!«

Sollte Fleur dazu bestimmt sein, nicht nur die Züge ihrer Großmutter zu tragen, sondern auch die verschlungenen Wege ihres schwierigen Schicksals nachzuvollziehen? War Yves de Saint-Tessé der Mann, der sie davor bewahren konnte, sich selbst in Gefahr zu bringen? Erwiderte sie überhaupt die leidenschaftlichen, bedingungslosen Gefühle, die ihr dieser stolze, unbeugsame Edelmann entgegenbrachte?

»Vater«, wiederholte Fleur endlich mit bebenden Lippen, als ihr das Schweigen ins Bewußtsein drang, das nach dem ersten fassungslosen Ausruf, den stillen Raum beherrschte. Mit wenigen Schritten lief sie auf ihn zu, blieb dann jedoch vor ihm stehen, als sei sie sich nicht im klaren darüber, welche Begrüßung die angemessene für ihn sein könnte.

»Du darfst mich ruhig umarmen, ich bin kein Gespenst«, erlaubte der alte Herr mit einem feinen Lächeln, das sehr wenig von seinen Gedanken verriet.

»Ach, Vater!« Dieses Mal klang ein zitterndes Lachen durch den Ausruf, und Fleur sank in die wartenden Arme. Sie legte ihren Kopf an die vertraute, mächtige Schulter, deren Stärke sie durch das Samtwams und den pelzgefütterten Umhang tröstlich spürte. Für ein paar Herzschläge lang gab sie sich der Illusion hin, daß nun alles ins Lot kommen würde.

»Überrascht dich mein Anblick so sehr?« schmunzelte der Seigneur des Handelshauses Tornabuoni auf seine unnachahmliche Art. »Hättest du dir nicht ausrechnen können, daß mich die Nachricht von deiner ungemein plötzlichen Eheschließung irgendwann auf den Plan bringen würde?«

»Ich ..., es ... Oh, Himmel, die Königin meinte, daß ich ohnehin ... oh ...«

»Sehr aufschlußreich!« René de Paradou strich seiner Tochter über die wirren Haare und hob dann sanft das rebellische Kinn an, damit er in ihre Augen sehen konnte, die den seinen bisher ausgewichen waren. »Die Königin meinte also ... Und wie steht es mit deiner Meinung zu den Ereignissen? Ich muß gestehen, daß ich deiner Botschaft keineswegs mehr, als den Namen und den Titel deines Gatten entnommen habe. Beides befriedigt den Stolz deiner Mutter, besänftigt aber nicht meine Sorge über diese ungewöhnliche Heirat. Weshalb diese Eile? Wieso gab der König seine Zustimmung, ohne das Wort deines Vaters einzuholen oder gar abzuwarten? Willst du mir erklären, was mir die anderen nicht sagen konnten?«

»Das ist eine wirre und lange Geschichte ...«, sträubte sich Fleur gegen diese Beichte.

»Ich habe Zeit.«

René de Paradou ließ sich auf jenem Taburett nieder, das auch der Königin als Ruhesitz gedient hatte, die bereits wieder auf dem Weg nach Fontainebleau war.

Fleur rang die Hände und versuchte ihre innere Unruhe zu besänftigen, indem sie mit schnellen Schritten das karge Gemach durchmaß. Hinter ihrer glatten Stirn jagten sich die Gedanken. Es mußte ihr gelingen, den Vater zum Verbündeten zu machen. Auch wenn sie nur eine vage Ahnung davon hatte, wie weitreichend seine Verbindungen und seine Macht waren, Yves de Saint-Tessé konnte jeden Verbündeten im Kampf gegen Diana von Poitiers brauchen. Was konnte sie sagen, um René de Paradou zu seinem Verbündeten zu machen?

»Ihr täuscht Euch, Vater«, widersprach sie lebhaft. »Ich fürchte, uns bleibt nur sehr wenig Zeit, meinen Gemahl zu retten. Wir müssen sofort nach Fontainebleau! Diana von Poitiers wird ihm nie verzeihen, daß er sich gegen sie gestellt hat. Wenn es ihr gelingt, den König von seiner Schuld zu überzeugen, ist er verloren!«

»Wäre das nicht die beste Lösung für alle Beteiligten? Dein aufgezwungener Gatte verschwindet, die Ehe wird annulliert und du kehrst mit mir nach Hause zurück. Es war ein Fehler, dich allein an den Hof zu lassen ... Ich habe die Gefahren unterschätzt, denen du dort ausgesetzt bist. Ich darf nicht dir, sondern nur mir selbst Vorwürfe machen!«

»Nein!« Fleurs Aufschrei hallte von den kahlen Mauern des frommen Hauses wieder. Sie erschrak selbst vor der undamenhaften Heftigkeit, mit der sie gegen diese Möglichkeit Einspruch erhob.

»Nein!« wiederholte sie gedämpfter, aber nicht weniger eindringlich. »Ihr versteht mich nicht, Vater! Es ist ... es ist nicht so, wie Ihr denkt! Ich liebe meinen Gemahl! Ja, ja, ich weiß, er ist herrschsüchtig, von anmaßendem Stolz und stählerner Härte. Die Erscheinung, die er der Welt bietet, ist die des zynischen Höflings, der seinen Vorteil wahrnimmt und die eigene Machtposition nie aus den Augen verliert. Aber ich weiß mehr von ihm! Ich kenne ihn besser. Er hat sein Herz und sein Vermögen verloren, indem er seine Zuneigung in jugendlichem Überschwang der falschen Frau schenkte und die Kriege des Königs haben ihm das Schloß geraubt. Wundert Ihr Euch darüber, daß er unter diesen Umständen sein letztes, kostbarstes Gut, seinen Stolz, zum Gott über alles andere erhoben hat?«

René de Paradou hob ungläubig die Brauen. Fleur sprach schnell weiter, damit er sie nicht unterbrach, ehe sie ihr flammendes Plädoyer zu Ende bringen konnte. Sie fürchtete die klare Logik ihres Vaters, die stets zum Kern der Dinge vordrang und Blender entlarvte.

»Ein mörderischer Stolz, ich gebe es zu. Eine ritterlich hochmütige Fassade, hinter der er ein zärtliches Herz und einen empfindsamen Geist verbirgt, weil er glaubt, daß beides eines Kriegers seiner Herkunft nicht würdig ist. Es fällt nicht leicht, bis dorthin durchzudringen, und es hat mich viele Tränen und den Verlust meines eigenen Stolzes gekostet. Aber ich bereue keinen Schritt davon.

Solange ein Funken Leben und Gefühl in mir ist, werde ich nicht zulassen, daß ihm Böses geschieht, daß unsere Ehe aufgelöst wird!«

»Und ... und wenn es nun bereits zu spät wäre ...«

René de Paradou schämte sich für diesen bösen Trick, aber er mußte genau wissen, wie tief Fleurs Gefühle gingen. Zuviel hing für alle davon ab.

Die junge Frau verharrte mitten in der Bewegung. Tödliche Blässe machte eine tragische Maske des Schmerzes aus ihren feinen Zügen. Die Furcht, die sie bisher so mühsam beherrscht hatte, überflutete sie mit Macht. Sie wagte nicht zu atmen aus Angst, dabei zu zerbrechen. Hatte die Königin deswegen ihren Vater mitgebracht, weil sie wußte, welche schlimme Nachricht er ihr überbringen würde? Sollte es ein freundschaftlicher Dienst sein, damit sie die Wahrheit leichter ertrug?

»Zu spät ...«, wiederholte sie mit gepreßter Stimme und spröden Lippen. »Sie haben es gewagt, ihn hinzurichten? Ist er ... er ist tot?«

Indem sie das Wort aussprach, wartete sie darauf, daß es Realität wurde. Aber es klang so unglaublich, so unfaßbar, daß ihre wirren Empfindungen einen anderen Fixpunkt suchen mußten. Aber sie fanden nur eines. Düsteren, schweren, alles erstickenden Haß.

»Beim Heil meiner Seele«, zischte Fleur tonlos. »Das soll sie mir büßen. Ich werde sie zerstören und wenn ich selbst dabei untergehe. Sie wird mich fürchten lernen ... hat nicht Yves gesagt, daß der König zärtliche Gefühle für mich hegt? Ich werde sie jeden Atemzug bereuen lassen, daß sie mir ihn genommen hat ...«

Die leidenschaftliche, bitterböse Anklage bannte René de Paradou auf seinen Platz. Mit vielem hatte er gerechnet, aber nicht mit diesem fanatischen Ausbruch! Nicht mit dieser Vehemenz einer lebensgefährlich getroffenen Frau, die blindlings nach gewalttätiger Rache rief!

»Wie du ihn liebst ...«, ächzte er heiser.

»Mehr als mein Leben!« bestätigte Fleur rauh. »Es ist sinnlos geworden, wenn er tot ist!«

»Aber er ist es nicht!« Auf alle diplomatischen Winkelzüge verzichtend, machte ihr Vater endlich dem bösen Spiel ein schnelles Ende.

»Lieber Gott, du hast mich mißverstanden, Kind! Ich bezog mich auf Eure Ehe, nicht auf das Leben jenes herrischen Chevaliers, der dir soviel bedeutet. Es liegt in deiner Hand, was mit ihm passiert. König Heinrich läßt Gnade walten, nachdem ihm die Beweise keine andere Wahl lassen. Seine einzige Bedingung ist, daß nach außen hin das Gesicht der Herzogin gewahrt werden muß. Das bedeutet Eure künftige Verbannung vom Hof!«

»Ich ... ich glaube, ich verstehe nicht ...«

Von einem Herzschlag auf den anderen, aus tiefster Verzweiflung in unaussprechliche Erleichterung katapultiert, hatte Fleur Mühe den Sinn seiner Worte zu begreifen.

»Jener Brief, den du angeblich geschrieben hast, ist als Fälschung entlarvt worden. Du hast mächtige und kluge Freunde bei Hofe, welche die entsprechenden Beweise herbeigeschafft und deine Freilassung ermöglicht haben.«

»Und mein Gatte?«

»Weiß davon noch nichts. Seinen Edelmut in allen Ehren, mit dem er dich von aller Schuld reinwaschen wollte, aber die Tatsache, daß er Dinge gestehen wollte, die niemals passiert waren, hat die Untersuchung der Angelegenheit erheblich erschwert. Da indes der König von Frankreich unter anderem für die Baukosten aufkommt, welche in Anet entstehen, wo die Herzogin von Valentinois ihr Schloß renoviert, befindet er sich ein wenig in Geldnöten. Der großzügige Kredit, den ihm das Handelshaus Tornabuoni eingeräumt hat, tat nicht wenig dazu, den Fall des Grafen und der Gräfin Chartière ein erhebliches zu beschleunigen.«

»Anet! Soll das heißen, die Favoritin schmückt das Schloß ihres verstorbenen Gatten mit Kunstwerken, die im Grunde mit unserem Geld erstanden werden?« versuchte Fleur die Ereignisse zu durchschauen.

»Die Kredite des Bankhauses Tornabuoni werden nicht unter persönlichen Gesichtspunkten vergeben, mein Kind, das weißt du! Die Geldnöte des Königs sind chronisch, seit sein Vater den Staatsschatz mit seinen Bauten und Feldzügen geradezu geplündert hat. Nicht zuletzt das war ein Grund, warum König Franz vor vielen Jahren die Heirat mit der jugendlichen Erbin des Hauses Medici wie ein Geschenk des Himmels erschien!«

»Geld und Macht! Es läuft immer wieder auf diese Dinge hinaus . . .«, murmelte Fleur nachdenklich und die übernatürliche Anspannung, die sie bisher aufrecht erhalten hatte, machte erschöpfter Resignation Platz. »Das Leben bei Hofe ist nichts anderes, als ein ständiger Kampf um dieses Goldene Kalb. Jeder betet den Glanz und die Macht an, dabei ist es doch keines von beiden wert, deswegen auf einen einzigen Tag der Liebe zu verzichten!«

»Warst nicht du es, die um jeden Preis endlich das faszinierende Abenteuer des Lebens bei Hofe erleben wollte? Die sich über meine Worte hinweggesetzt hat und mit Hilfe der Königin ihrem Dickkopf Genüge tat?«

Ein schwaches Lächeln geisterte um Fleurs schön geschwungene, blasse Lippen. »Ein dummer, kindischer Fehler. Werdet Ihr mir glauben, wenn ich sage, daß ich klüger geworden bin?«

Ihr Vater sah sie mit gerunzelter Stirn an. Eine Fleur, die einen Fehler zugab, hatte Seltenheitswert. Aber war es überhaupt noch SEINE Fleur, die da vor ihm stand und mit verschleierten Augen in die Ferne sah, während sie automatisch einen schweren Ring drehte, der viel zu groß für ihre Hand zu sein schien? Die den kindlichen Schmelz der Unschuld verloren und sich in eine gefährliche, viel zu schöne, erwachsene Frau verwandelt hatte?

»Was ist das für ein Ring, den du da trägst?«

»Erkennst du ihn nicht? Er hat Großmutter gehört. Sie hat ihn mir kurz vor ihrem Tod geschenkt. Er ist alles, was mir von meinem Schmuck geblieben ist. Ich nehme an, daß Diana von Poitiers jetzt die Perlen trägt, die du mir gegeben hast, als ich fünfzehn wurde.«

»Du wirst sie zurückbekommen. Aber diesen Ring solltest du besser verbergen. Es ist kein Schmuckstück, das die Aufmerksamkeit anderer erregen sollte.«

Ihr Gatte hatte etwas ähnliches gesagt. Unwillkürlich ballte Fleur schützend die Faust um das Juwel. Sie fand Trost in der Berührung und genau das benötigte sie mehr als alles andere. Denn eine innere Stimme sagte ihr, daß noch nicht alles vorüber war!

19. KAPITEL

Fleur de Saint-Tessé, die Gräfin von Chartière versuchte ihre Ungeduld zu verbergen. Unter der sicheren Obhut ihres Vaters nach Fontainebleau zurückgekehrt, war es ihr bisher dennoch nicht vergönnt gewesen, in die wartenden Arme ihres Gatten zu sinken. Streng abgeschirmt, machte es den Anschein, als solle vermieden werden, daß sie mit den übrigen Mitgliedern des Hofes in Kontakt trat. Nicht einmal Viola de Montaigne bekam die Erlaubnis, mit ihr zu sprechen.

»So bedauerlich es ist, du wirst dich den offiziellen Regeln deiner Verbannung unterwerfen müssen«, erklärte ihr Vater gelassen. »Es ist dir gestattet, deine persönlichen Besitztümer zu packen und nach deiner Entlassung durch die Königin mußt du umgehend das Schloß verlassen und dich an den Ort begeben, den man dir zuweist. So sieht es das Gebot des Königs vor und du wirst nichts daran ändern können.«

»Warum diese Umwege?« protestierte Fleur. »Wieso kann ich nicht mit meinem Gemahl in eine Kutsche steigen und abreisen?«

»Weil deine offizielle Unterwerfung unter diese Sanktionen der Wunsch seiner Majestät, König Heinrichs ist. Geht das nicht in deinen störrischen Kopf hinein?«

Fleur beugte sich dem indirekten väterlichen Befehl zum Gehorsam. Niemand wagte René de Paradou zu widersprechen, wenn er einen gewissen Unterton in seine Rede legte und sie war am Ende ihrer Gelassenheit, als endlich, endlose Stunden später der Befehl kam, sich im Arbeitskabinett der Königin einzufinden.

Fleur verließ das prächtige Appartement des königlichen Schlosses ohne eine Spur von Bedauern. Diese Räume hatten zu viele ihrer Tränen gesehen, als daß sie sonderlich gute Erinnerungen an sie hegte. Nicht einmal die Stunden der Liebe, die sie darin erlebt hatte, konnten etwas daran ändern. Es war eine gewaltsame, tragische Leidenschaft gewesen, die nichts mit der innigen Zärtlichkeit zu tun hatte, die sie hinter den Kerkermauern in Yves Armen gefunden hatte.

Sie wollte fort aus diesem luxuriösen Palast. Das äußerte sich auch in ihren stürmischen Schritten, mit denen sie dem Vater zielstrebig vorauseilte und in der eigensinnigen Bewegung, mit der sie das Kinn anhob, als wolle sie durch pure Willenskraft endlich alle Hindernisse beseitigen.

Trotzdem stockte ihr Schritt, als sei sie in vollem Laufe gegen die nächste Mauer gerannt, sobald sie in das Gemach mit den prächtigen Tapisserien trat, in dessen großem Marmorkamin ein loderndes Feuer brannte. Katharina von Medici haßte die herbstliche Kälte in Fontainebleau, und in ihren Räumen herrschte stets eine Wärme, die sich auf das angenehmste vom übrigen Schloß unterschied.

Yves de Saint-Tessé stand neben dem Kamin, einen Becher Wein in der Hand und so entspannt, als sie ihn noch nie erlebt hatte. Ihre Blicke trafen sich und isolierten sie von allen anderen. Gleichgültig für alles, was sich um sie herum ereignete, schauten sie sich an. Ohne eine Bewegung, ja sogar ohne Atem zu holen, nur in den Anblick des anderen vertieft, boten sie ein Bild so vollkommen aufstrahlenden, plötzlichen Glücks. Eine Vision, die auch das Herz der Königin rührte, die gleichfalls erstarrt, keine Worte fand bis zum Moment, da endlich René de Paradou den Vorsprung seiner temperamentvollen Tochter aufgeholt hatte und ein wenig schwer atmend, sich auf seinen Stock stützend, gleichfalls in das Arbeitszimmer Katharina von Medicis trat, dessen Tür die Wache hinter ihm schloß.

»Ihr!« knurrte der Graf und trat unwillkürlich einen Schritt vorwärts. Erst das leise Lachen der Königin machte ihm bewußt, daß es wirkte, als wollte er dem Unbekannten mit beiden Händen zugleich an die Gurgel gehen.

Die füllige Florentinerin erhob sich von ihrem Stuhl hinter dem breiten Schreibtisch und reichte René de Paradou die Hand zu einem gnädigen Kuß. Sie warf dem Grafen von Chartière einen amüsierten Blick zu.

»Wie ich sehe, habt Ihr den Vater Eurer Gemahlin schon kennengelernt.« Dann wandte sie sich mit einem kleinen Lächeln an den alten Herrn. »Seid mir willkommen, Seigneur de Paradou und verzeiht einer übereifrigen Monarchin, daß sie für Eure schöne Tochter Schicksal gespielt hat. Ihr seht, es gab gute Gründe dafür!«

Das Rot, welches Fleurs Wangen angesichts dieser Bemerkung färbte, tauchte im Ansatz auch auf der Stirn ihres Gemahls auf, der sich in Erinnerung rief, mit welch' leidenschaftlicher Glut er vor diesem Mann von Fleur gesprochen hatte. Mit Liebe, aber auch mit gespielter Mißachtung ihrer Klugheit, denn er hatte doch annehmen müssen, daß man einer ahnungslosen hübschen kleinen Gräfin eher die Freiheit schenken würde, als einer klugen Spionin, die sehr wohl fähig war, Zusammenhänge zu erkennen.

Jetzt erkannte er auch die Spuren jener merkwürdigen, versteckten Ähnlichkeit, die ihn so genarrt hatte. Obwohl Fleur ihrem Vater äußerlich kaum glich, ähnelten sie sich auf eine merkwürdige Weise. Die Art, wie sie ein verstecktes Lächeln in den Augen trugen, die Brauen spöttisch hoben oder das Kinn vorreckten, sobald sie in einer Auseinandersetzung ihre Position vertreten mußten.

Bei allen Heiligen, das also war der Mann, den er im

geheimen einen Händler genannt hatte, den er des Ehrgeizes bezichtigt hatte, und von dem er dachte, daß er seine Tochter an den Hof gesandt hatte, damit sie den richtigen Ehemann fand, der seinem Hause Noblesse verlieh. Den er für einen gewöhnlichen, geschäftstüchtigen, gewinnsüchtigen Kaufmann gehalten hatte, ausgerechnet diesen Mann, der im einfachsten Samtgewand einen Raum allein aufgrund seiner Persönlichkeit beherrschte, einen Seigneur, dessen Wort sogar der oberste Feldherr seiner Majestät, respektierte! Aber, wie hatte er auch jemals annehmen können, ein Geschöpf wie Fleur würde von ganz normalen, gewöhnlichen Eltern abstammen? Gab es eine Frau bei Hofe, die auf vollkommenere Weise Intellekt, Aussehen, Grazie und Aristokratie verband?

Yves de Saint-Tessé rettete sich in eine respektvolle Reverenz, ohne den Fehler zu begehen, sich für etwas zu entschuldigen. Als er sich wieder erhob, bemerkte er am sanften Frühlingsduft, der aus Fleurs Kleidern aufstieg, daß sie wie selbstverständlich ihren Platz an seiner Seite eingenommen hatte. Wie schön sie war, trotz der angestrengten Schatten unter den Augen und des flatternden Pulses an ihrem stolzen Hals.

Der Graf von Chartière streckte die Hände aus und Fleur legte ihre Finger in die seinen. Sie hatte Mühe, das Beben, das sie durchrann, zu beherrschen. Der feste Druck seiner Hände erinnerte sie an die entsetzliche Furcht, die sie um ihn gelitten hatte, gleichzeitig zog sie aus ihm aber auch die Kraft, den Ereignissen die Stirn zu bieten.

»Mein Gemahl!« wisperte sie kaum hörbar.

»Mon amour!« Wie hatte sie sich nach diesen Worten und dem Klang seiner Stimme gesehnt!

Wenn René de Paradou noch irgendwelche Beweise für die Geständnisse seiner Tochter oder seines hochfahrenden Schwiegersohnes benötigt hätte, hier bekam er sie.

Welch absurde Laune des Schicksals Fleur auch in diese Ehe geführt hatte, es konnte kein Zweifel daran bestehen, daß sie ihren Gatten ebenso leidenschaftlich liebte, wie er sie.

Ihr Gesicht leuchtete von innen heraus und die Anbetung in Chartières Zügen erinnerte den greisen Seigneur an seinen Stiefvater. In der Tat, die Ähnlichkeit seiner Tochter mit ihrer Großmutter ging weiter, als er geahnt hatte. Auch sie schien imstande zu sein, einen Mann mit jeder Faser seines Seins an sich zu fesseln.

»Ihr müßt den Hof verlassen«, unterbrach die Königin fast unwirsch die stumme Umarmung mit Blicken. Fleur begriff instinktiv, wie sehr sie diese Zurschaustellung inniger Liebe an ihre eigene freudlose Ehe erinnern mußte. Sie riß sich gewaltsam los, um Katharina von Medici anzusehen.

»So sehr ich es bedaure, auf Eure Dienste verzichten zu müssen, aber in Anbetracht der Lage, gibt es keine andere Möglichkeit. Es gilt die Autorität des Königs zu wahren, der vor jedem weiteren Schicksal um Eure Person gewarnt war. Er wünscht keine weiteren Komplikationen. Trotzdem ist mir daran gelegen, Euch nicht in eine ungewisse Zukunft zu entlassen. Seht her ...«

Sie wandte sich zum Schreibtisch und griff nach einer vorbereiteten Rolle, die sie Yves de Saint-Tessé überreichte, ehe sie weitersprach.

»Dies sind die Besitzurkunden für die Grafschaft Figeac! Sie liegt in der Auvergne, wie Ihr vielleicht wißt und befindet sich somit in der Provinz, die mir meine Mutter Madelaine de la Tour d'Auvergne vermacht hat. Ihr werdet dort in Sicherheit und für mich jener Stützpunkt sein, den ich dort in meinen Ländereien dringend benötige. In Chartière erwarten Euch nur traurige Erinnerungen und verlassene Ruinen. Fangt in der Auvergne neu an und ich versichere Euch, Ihr werdet es nicht bereuen ...«

Die großzügige Geste der gemeinhin als sehr sparsam bekannten Königin, verschlug Fleur die Sprache und sie sah aus staunenden Augen, daß ihr Gatte mit einer tiefen, respektvollen Verneigung das unerwartete Geschenk annahm. Als er den Mund öffnete, um sich zu bedanken, winkte Katharina von Medici fast unwirsch ab.

»Nein, dankt mir nicht. Es wäre Sache des Königs gewesen, Euch für die Verluste zu entschädigen, die Ihr in seinem Dienste erlitten habt. Ich weiß zu schätzen, was Ihr für eine meiner liebsten Freundinnen getan habt. Die Zuneigung, die ich für Eure tapfere Gemahlin empfinde, ist um so tiefer, als sie von einem noblen Herzen erwidert wird. Vergeßt mich nicht, meine Kleine, und kommt an den Hof zurück, wenn die Winde für uns wieder günstiger wehen!«

Fleur fand sich in eine, nach schwerem orientalischem Parfüm duftende Umarmung gehüllt und spürte einen Kuß auf ihrer Wange.

»Ich hoffe, meine Liebe, ihr findet in Eurem Schloß in Figeac auch Gelegenheit, Eure Nähkünste zu vervollkommnen, denn Ihr müßt zugeben, im Vergleich zu Euren anderen Qualitäten sind sie eher jämmerlich!« fügte die Monarchin mütterlich mahnend hinzu.

Zwischen Rührung und Lachen hin- und hergerissen erwiderte Fleur die Umarmung und fand den Mut zu antworten: »Ihre Majestät werden die einzige Person sein, die ich schmerzlich vermissen werde!«

»Nun, nun, welch ein haarsträubender Unsinn. Ich werde das nicht Eurem Retter, dem Messer Piero Strozzi berichten«, fügte Katharina hinzu. »Er hat diese Mißachtung nicht verdient. Er hat Euch aus dem Verlies befreit und jenen Fälscher in Paris gefunden, der in Diensten der Herzogin von Valentinois stand. Das Geständnis dieses Mannes und die Beschreibung seiner Auftraggeberin waren es, die den König davon überzeugt haben, die diskrete Abwicklung dieser Angelegenheit in meine Hände zu legen.«

Vor Fleurs Augen tauchte eine komische kleine Gestalt mit überhohen Absätzen und bauschigen Federhüten auf. Die Königin hatte recht, den geschliffenen Witz und die kurios-bissigen Kommentare des Messer Piero würde sie ebenso vermissen wie seine treue, unaufdringliche Freundschaft. Wie hatte sie ihn vergessen können!

»Ich bitte Eure Majestät, dem Messer Strozzi meinen tief empfundenen Dank und meine immerwährende Freundschaft zu übermitteln ...«, bat sie.

»Das werde ich mit Freuden tun, meine Liebe! Und übrigens, Graf ...«

Die Königin, die eben noch im Begriff gewesen zu sein schien, die Audienz auf schnellem Wege zu beenden, deutete in den Hintergrund des Raumes. Fleur sah an dem vergnügten Blinzeln ihrer Augen, daß es etwas ganz Besonderes sein mußte, das ihr in diesem Moment noch am Herzen lag.

»Ich habe noch ein persönliches Geschenk für Euch und Eure künftige Familie, Graf Chartière. Wollt Ihr es nicht näher betrachten?«

Auch Fleur sah ein wenig verblüfft zu dem Stuhl, auf den die Königin deutete. Eine rechteckige, nicht allzu große Platte lehnte an seiner Rückseite. Ein Bild offensichtlich. Viele der italienischen Künstler, die in Frankreich arbeiteten, bevorzugten es, auf Holz zu malen.

Ihr Gemahl trat wie befohlen hinzu und drehte das Gemälde herum, damit man es betrachten konnte. Die Reaktion der einzelnen Beobachter darauf war indes völlig unterschiedlich.

Die Königin lächelte mit dem befriedigten Triumph einer Katze, welche die heftig zappelnde Maus in ihren Krallen hält. René de Paradou erblaßte, trat näher und faßte seinen Stock fester. Fleur schlug fassungslos die

Hand vor den Mund und Yves de Saint-Tessé machte den Eindruck eines Mannes, der seinen eigenen Augen nicht traut.

Es handelte sich um das meisterliche Bild einer jungen Frau, die auf einem holzgeschnitzten Stuhle saß. Ihr smaragdgrünes Kleid mit dem spitzen Brustausschnitt hatte die Mode vergangener Jahre und die schmalen, zarten Hände, die im Schoß lagen, hielten eine silberne Rose. Ihre Haare schimmerten unter einem zarten Schleier, der von einem Stirnreif gehalten wurde, aber der silberhelle Schimmer ihrer Locken drang durch den Stoff und erinnerte an Mondstrahlen auf einem stillen Wasser, während sie mit ernsten, sehr melancholischen Augen in die Ferne träumte.

Fleur wußte, daß sie nie so gemalt worden war und doch hatte sie das irritierende Gefühl, in einen mysteriösen Spiegel zu blicken, sich selbst über die Jahre hinweg in die Augen zu sehen. Wie war das nur möglich? Ratlos starrte sie erst ihren Vater und dann die Königin an.

»Bei allen Heiligen! Wer ... wer ist das?« brach Yves de Saint-Tessé endlich das Schweigen. »Fleur ist es nicht, das weiß ich!«

»Es ist Isabelle d'Anjou, die letzte Tochter Renés von Anjou, verheiratete Dame de Paradou und später Gattin Fabio Tornabuonis, des engsten Freundes und Blutsbruders Lorenzos des Prächtigen, meines eigenen Großvaters, die Großmutter Eurer Gemahlin, Seigneur, eine Frau, deren Sohn berechtigte Ansprüche auf die Krone Frankreichs anmelden könnte, die aber vor vielen Jahren mit einem heiligen Eid darauf verzichtet hat, damit das Ansehen der Krone von keinen Zwistigkeiten geschmälert wird.«

Die Worte der Königin fielen wie klirrende, glänzende Perlen vor die Füße des Grafen und verbanden sich in seinem Kopf mit dem Bild eines Ringes, der die Rose der

Anjou trug. Ein Königsring auf seidenweicher alabasterfarbener Haut: »... ein Geschenk meiner Großmutter ...«

»Ich wußte nicht, daß dieses Bild existiert!« René de Paradou, der als einziger bisher Zeuge für die unglaubliche Ähnlichkeit seiner Tochter mit ihrer Großmutter gewesen war, trat weiter vorwärts, als sei er in einem Spuk befangen. Unwillkürlich berührte er den schlichten Rahmen, als wolle er sich versichern, daß er nicht träumte.

»König René hat es in Auftrag gegeben«, informierte ihn Katharina von Medici. »Seine Witwe Jeanne de Laval sandte es an Charles du Maine, den einzigen, männlichen Erben des Königs. Vermutlich hatte sie eine mögliche Ehe im Sinn, um die Macht im Süden des Reiches durch diese Heirat zu konsolidieren, aber du Maine starb und Eure Mutter verschwand aus dem Spiel der Mächtigen dieses Reiches.«

»Aber ... verzeiht, wie kommt Ihr in den Besitz dieses Bildes? Ich wußte nicht, daß es existiert?«

Katharina von Medici hatte auf diese Frage des Seigneur de Paradou nur gewartet. Es bereitete ihr sichtlich Vergnügen, sie zu beantworten.

»Der Vater meines Gatten hat dieses Bild im Schloß von Angers entdeckt und versucht die Spur jener Dame zu finden. Ihr wißt, er hatte ein Faible für schöne Frauen. Fabio Tornabuoni hat jedoch seinerzeit in seiner unnachahmlichen Art alle Nachforschungen unterbunden, so daß lediglich ein Bild zurückblieb, das der König manchmal etwas schwermütig betrachtete. Ich selbst maß ihm keine besondere Bedeutung bei, bis mir Eure Tochter vorgestellt wurde. Ich nehme an, daß auch mein Gemahl die vage Erinnerung an jenes Bild in sich trägt und deswegen Dame Fleur in besonderer Milde zugetan ist. Ich denke, es ist im Hause des Grafen von Chartière künftig besser aufgehoben ...«

Fleur hatte inzwischen ihre erste Überraschung überwunden und betrachtete die Königin aus schmalen Augen. Daß diese mehr über das phantastische Schicksal ihrer Großmutter wußte, als sie selbst, erfüllte sie für einen Moment lang mit heftiger Eifersucht. Dann indes drängten sich ihr die Konsequenzen auf, die diese Informationen nach sich zogen.

Sie zweifelte keinen Augenblick daran, daß Katharina von Medici dem Grafen in diesem Moment mit voller Absicht die Details ihrer edlen Herkunft enthüllt hatte. Daß in den Adern der verachteten Händlerstochter königliches Blut floß, war auch eine Rehabilitation der eigenen, vom französischen Adel so verachteten Person. Es mahnte ihn, weder die Königin, noch deren Freunde künftig zu unterschätzen.

»Der zweite Gatte, Dame Isabelles, Fabio Tornabuoni, war der Blutsbruder meines Großvaters, Lorenzo Medici, den Ihr auch den Prächtigen nennt«, fügte Katharina von Medici hinzu. »Er hat seine Kinder und Kindeskinder an den Schwur gebunden, dem Haus Tournabuoni Treue zu halten und ihm Schutz zu gewähren. Ihr seht also, ich war in zweifacher Hinsicht verpflichtet, daß Euch kein Schaden widerfährt, meine Liebe! Aber damit genug der alten Geschichten. Versäumt keine Zeit. Ich habe eine Eskorte und zwei Dutzend Soldaten für Euch bereitstellen lassen, die Euch in Eure neue Grafschaft begleiten. Wir leben in unsicheren Zeiten, und der Schutz ihrer Waffen steht Euch zur Verfügung, solange ihr ihn benötigt.«

Eine Reverenz, eine letzte Umarmung und die drei waren entlassen. Aus den Augenwinkeln sah Fleur, daß ihr Gatte das Bild sorgsam aufhob und in die Leinentücher wickelte, die dafür bereit lagen. Obwohl sie sich noch nicht ganz an den Gedanken gewöhnt hatte, daß jenes Spiegelbild ihrer selbst, die liebevolle alte Dame sein sollte, an die sie sich erinnerte, machte es sie glücklich, daß er so vorsichtig und sacht damit umging.

Draußen erkannte sie, daß ihr Vater diesen unmittelbaren Aufbruch vorausgeahnt haben mußte. Ein Lakai mit ihren Umhängen stand bereit und ein zweiter nahm die knappen Befehle des Seigneurs de Paradou entgegen. Während sie durch die Gänge eilten, war es Fleur, die sich der hastigen Eile trotzig verweigerte. Sie würde gehen, aber sie würde es nicht in einer Geschwindigkeit tun, als hätte sie sich an den Schätzen des Königs vergriffen.

Es hatte zur Folge, daß ihre Begleiter bereits einige Schritte voraus waren, als die Herzogin von Valentinois aus dem Audienzsaal kam und unmittelbar vor Fleur die Flügeltür öffnete. Einen Moment lang standen sich beide Frauen verblüfft gegenüber. Fleur hatte die breite Fensterflucht im Rücken, so daß das grelle Licht einer überraschenden Herbstsonne voll auf die marmorblassen Züge der Favoritin fiel, die sich nur mühsam faßte.

Ein brutales Licht, das die Schicht des blassen Reispuders offenbarte, mit dem die Ältere ihre Schönheit zu konservieren versuchte. Die feinen Falten in den Augen- und Mundwinkeln glichen tiefen Gräben und die Müdigkeit in den sonst so strahlend schwarzen Augen blieb unverkennbar. Die Herzogin kämpfte gegen das Alter und die Zeit, welche beide an ihrer einst so unzerstörbaren Schönheit nagten.

»Eure Durchlaucht!«

Fleur rettete sich in die Reverenz, die der Herzogin ihrem Rang nach gebührte und allein die Grazie ihrer Bewegungen genügte schon, damit die Ältere die Lippen schmal aufeinanderpreßte.

»Wie ich sehe, reist Ihr ab, Gräfin ...«, antwortete sie spitz und zerrte an den Spitzen eines Ziertuches, das sie zu ihrer schwarz paspellierten, weißen Brokatrobe trug, als sei das Stückchen Stoff an ihrer üblen Laune schuld.

Eine Reihe ebenso bissiger wie schadenfroher Antworten drängte sich auf Fleurs Zunge, aber sie ließ keine davon laut werden. Sie starrte auf die bröckelnde Schminke ihrer Feindin und spürte an Stelle des Hasses nur unerwartetes Mitleid, das sie selbst am meisten verblüffte.

Wie schrecklich mußte es sein, an jedem Tag in den Spiegel zu starren und sich zu sagen, daß die Macht, die man besaß, nur auf schwindenden Äußerlichkeiten beruhte. Daß der schönheitsdurstige König jederzeit die Aufmerksamkeit seiner tief liegenden Augen auf eine Jüngere, Begehrenswertere richten konnte und damit alles zu Ende sein würde.

Wie lebte es sich, wenn man hinter jedem Lächeln eine Falle vermutete und jedes neue Gesicht bei Hofe daraufhin prüfen mußte, ob man ihm noch gewachsen war? Und es würden andere als Fleur kommen. Ebenso reizvolle und attraktive Damen, die nicht wie sie, ihr Herz bereits vergeben hatten und die dem König gefallen wollten.

»Wir reisen ab«, bestätigte Fleur betont sanft. »Ich bin glücklich darüber. Ich eigne mich nicht für das Leben bei Hofe.«

»Wie wahr!« entgegnete die Herzogin böse. »Aber beantwortet mir zuvor noch eine Frage. Über welche Macht verfügt Ihr, daß der König persönlich eingegriffen hat, um Euch zu retten? Es ist noch nie geschehen, daß er meine Befehle rückgängig gemacht hat! Steckt Eure Herrin dahinter, jene Italienerin, die sich in alles einmischt?«

»Es liegt nicht in meiner Macht, die Entscheidungen des Königs zu erklären, Durchlaucht«, antwortete die Gräfin Chartière wohlerzogen. »Ich schlage vor, ihr holt Euch die Antwort auf diese Frage bei seiner Majestät selbst. Und nun entschuldigt mich, mein Gemahl wartet. Oder solltet Ihr Wert darauf legen, Euch von ihm zu verabschieden . . .«

Diana von Poitiers warf ihrer Rivalin einen tödlichen Blick zu und rauschte davon, eine hochgewachsene, elegante Gestalt, eine Göttin, fast schon ein Denkmal ihrer selbst, das nur noch von einer Katastrophe von seinem Sockel gestürzt werden konnte. Aber wer vermochte schon vorauszusagen, was das Leben alles bereit hielt?

»Fleur! Bei allen Heiligen, wann werdet Ihr je aufhören, mir einen Schrecken nach dem anderen einzujagen!« Der Graf von Chartière kam angelaufen und griff nach dem Arm seiner Gemahlin. »Ich sah Euch bereits von neuem in Schwierigkeiten! Könnt Ihr nicht ohne ein Abschiedswort dieser gefährlichen Dame reisen?«

Fleur spürte seinen harten Griff und hörte die Sorge aus den aufgebrachten Worten. Sie antwortete mit einem Lächeln, das umgehend die strengen Linien um seinen sinnlichen Mund vertrieb und die Sorge in den dunklen Augen besänftigte. Doch ein Rest Unsicherheit blieb.

»Werdet Ihr es nicht bereuten, dem Trubel des Hofes den Rücken kehren zu müssen?«

»Nein«, sagte sie schlicht. »Und Ihr?«

»Nein. Ich fürchte die Stunden eines jeden Tages und einer jeden Nacht werden nicht ausreichen für all die Dinge, die getan werden müssen ...«

Ein wenig verwirrt runzelte Fleur die Stirn. Welche Dinge meinte er? Ihre fragenden Augen veranlaßten ihn zu einem Lächeln, das ihren Herzschlag aus dem Takt brachte. »Was das ist? Nun, mein Herz, wir haben eine Grafschaft für die Königin zu regieren, wir haben für den dringend benötigten Erben des Hauses Chartière zu sorgen, und ich muß dir zudem mit jedem Atemzug beweisen, daß du die Herrin meiner Seele und meines Lebens bist!«

Fleur schluckte, denn die Leidenschaft in seinen Worten jagte einen heißen Schauer durch ihren Körper. Für einen Moment senkten sich ihre Lider, dann hoben sie sich über einem frühlingsgrünen Strahlen.

»Worauf warten wir dann noch, mein liebster Herr! Meint Ihr nicht, es wäre Zeit zum Aufbruch?«

»Ja, laß uns gehen! Unsere neue Heimat wartet!«

EPILOG

Juli 1559 — Schloß Chartière

Der frische Morgenhauch verdankte seine angenehme Kühle dem Gewitter der vergangenen Nacht, und das Schieferdach des mächtigen Schlosses glänzte wie poliertes Silber in der Morgensonne. Von vier runden Türmen flankiert, die an die ehemalige Burg erinnerten, hatte das Gebäude seinen eckigen Grundriß auch nach der Renovierung behalten. Aber damit endete die Ähnlichkeit bereits.

Die ehemals düsteren Räume wurden nun von großen, marmorgefaßten Fenstern erhellt, steinernes Maßwerk zierte den Torbogen des Einganges und eine stattliche Anzahl Kamine überragte das Dach. Rundherum erstreckte sich ein weiter Park, mit wohlbestückten Fischteichen, schattigen Lauben und einem Rosengarten, dessen hohe Mauern die kostbare Blütenfülle von den Winden der Auvergne schützten.

Zu dieser Morgenstunde, wenn der Tau auf den vielfarbigen Knospen glitzerte und die betäubende Duftfülle noch nicht erstickend geworden war, kam Fleur de Saint-Tessé am liebsten zu ihren Rosen. Sie hatte den Anblick schmerzlich vermißt, wenngleich der Gärtner genau nach ihren Anweisungen die verwelkten Blüten entfernt und die Beete gejätet hatte. Wie viele neue Knospen inzwischen aufgegangen waren und wie herrlich dort hinten die Kletterrosen eine weiße Marmorbank überwucherten. Ein Regen aus glühend roten Blumen.

Vorsichtig ging sie darauf zu und ließ sich auf der Bank nieder, von der die Sonne bereits die letzten Regentropfen getrocknet hatte. Sie bereute es keinen Augenblick, daß sie sich heimlich angezogen und das Schlafgemach verlassen hatte, ehe Aimée de Paradou herein rauschte. Wenn sie es weiterhin erlaubte, daß ihre Mutter und Jeanne sie herumkommandierten, würde sie die nächsten Wochen in ihrem eigenen Hause nicht viel zu sagen haben. Es war besser, die Fronten beizeiten zu klären, nun, da sie ihre Kräfte zurückgefunden hatte.

Sie zog einen der Zweige zu sich heran und schnupperte mit geschlossenen Augen den Sommerduft. Wie wundervoll dieser Morgen doch war. Voller neuer Kraft und neuem Leben, voller Hoffnung und Glück.

»Ich ahnte es, daß ich dich hier finden würde! Ist dir klar, daß deine Kinderfrau ein Gezeter angestimmt hat, daß die dicken Wände dieses Schlosses zum Einstürzen bringen könnte, mon amour?«

Fleur hob die Lider und das Lächeln, das sich wie von selbst einstellte, wenn sie ihren Gatten ansah, tanzte in ihren Pupillen. Die vergangenen Jahre waren gnädig mit ihm umgegangen. Obwohl es an seinen Schläfen silbern schimmerte, hatte er den athletischen Körper eines Mannes behalten, der sich viel im Freien aufhielt und sich nicht zu schade war, die Pferde, die er auf den Weiden vor dem Schloß züchtete, auch selbst zuzureiten.

»Ich hoffe, Ihr habt mich der guten Jeanne nicht verraten?« erkundigte sie sich besorgt und wartete darauf, daß er seinen Platz neben ihr einnahm.

»Nein, aber meint Ihr nicht auch, daß es ein wenig früh ist, schon unterwegs zu sein? Unser Sohn ist erst wenige Wochen alt, Ihr benötigt Zeit, um Euch wieder zu erholen und ich ...«

Fleur hob die Hand und legte sie sanft an die glatt rasierte Wange ihre Gemahls.

»Ich langweile mich zu Tode zwischen all den Kissen, mein Herr. Ich habe ein Kind zur Welt gebracht, ohne

Komplikationen und Probleme. Ich bin wieder völlig gesund! Zudem werde ich einen Schreikrampf bekommen, wenn meine Mutter und Jeanne weiterhin in diesem Hause regieren und mich auf eine dumme, schwache Gans reduzieren, die zu matt ist, um auch nur zu bestimmen, ob die Köchin mit dem Einkochen der Stachelbeeren beginnen soll oder nicht.«

Das Gelächter des Grafen Chartière scheuchte eine Amsel bei ihrem Morgenfrühstück auf und sie flog zeternd über die Rosenmauer davon.

Fleur nahm das Geräusch nur am Rande wahr, denn sie schaute ihren Gatten mit jener ausschließlichen Konzentration auf seine Person an, die alles andere um sie herum versinken ließ. Ein Blick der leidenschaftlichsten Liebe, der sein Lachen verstummen ließ und dazu führte, daß er sie in seine Arme zog und ihre Lippen mit den seinen bedeckte.

»Ich liebe dich!« sagte er viele, ausgehungerte Küsse später, während er die sanft schwellende Rundung ihrer schönen Brüste berührte, die der eckige Ausschnitt ihres fliederfarbenen Morgenkleides freigab.

»Völlig gesund!« wiederholte Fleur provozierend und schmiegte sich enger an ihren Gemahl. »Es besteht kein Grund, daß Ihr weiterhin unser Schlafzimmer meidet und ich werde zu verhindern wissen, daß meine Mutter dort ein- und ausgeht, als führe sie das Regiment über eine Kinderstube!«

»Eure Frau Mutter hat mir einen flammenden Vortrag gehalten, da sie findet, daß unser dritter Sohn in unziemlicher Hast auf den zweiten folgte. Es war viel von Schonung des Frauenlebens und heiligmäßiger Beschränkung die Rede. Wenn ich mich richtig erinnere, hat sie mir gesagt, daß ich in die Kirche gehen soll und beten, wenn mich meine Triebe zu sehr beherrschen!«

Fleur schluckte. »Sie hat es gewagt ...«, sie unterbrach

sich mit einem erstickten Lachen. »Welche Frage, natürlich hat sie es gewagt. Es ist ihre Spezialität, sich in alles einzumischen. Mein Armer! Die Frauen der Paradous sind eine Strafe für Euch, nicht wahr?«

»Mhm ...«, die Antwort klang ein wenig abwesend, denn der Graf hatte die winzigen Perlmuttknöpfe geöffnet, die das Oberteil ihres Gewandes verschlossen und vergrub nun das Gesicht zwischen den warmen, seidigen Halbkugeln, die er mit taschenspielerhafter Schnelligkeit freigelegt hatte.

Fleur spürte, wie sich die Knospen ihres Busens unter seinen streichelnden Fingern begehrlich verhärteten und ein wenig milchige Feuchtigkeit austrat, die umgehend zärtlich fortgeküßt wurde.

»Man könnte unseren Sohn beneiden ...«, murmelte der Graf und liebkoste ihre Brüste voll andächtiger Zärtlichkeit. »Wie schön Ihr seid, meine Liebe! Wie schade, daß ich Euch nicht auf dieser Bank inmitten Eurer duftenden Rosen lieben kann ...«

Fleur atmete schneller, denn das vertraute Feuer, das ihr Blut in Brand setzte, hatte nichts an seiner Wirksamkeit verloren. Im Gegenteil, die erzwungene Enthaltsamkeit der letzten Wochen, hatte, dank einer sehr leichten Geburt, eine arge Strapaze für ihr leidenschaftliches Naturell bedeutet. Sie sehnte sich nach ihrem Mann und die Art, wie sie sich an ihn schmiegte, wie sich das strahlende Grün ihrer Augen verschleierte und der weiche volle Mund zum Küssen einlud, war mehr als ein ausgehungerter, leidenschaftlicher Gatte mit ruhigem Blut ertragen konnte.

»Warum könnt Ihr es nicht?« hauchte sie mit rauchiger Stimme und brachte ihn dazu, daß er tief atmend um Beherrschung kämpfte, bis er schließlich mit dem Ausdruck tiefsten Bedauerns auf den markanten Zügen ihr spitzenbesetztes Hemd wieder hochzog.

»Weil gestern, zur späten Abendstunde ein Bote aus Paris gekommen war, der unter der Flut seiner Nachrichten fast zusammengebrochen ist. Ich nehme an, Ihr wollt seine Nachrichten ohne Verzögerung hören.«

»Oh ...« Der Laut enthielt ebenso sehr Überraschung und Neugier, wie ein wenig Bedauern über das gestörte Liebesspiel, dem sie sich so gerne hingegeben hätte. Welche Botschaften konnten schon so wichtig sein, um diesen zauberhaften Augenblick zu stören?

Aber, das Unglück war nun einmal bereits passiert und sie konnten ebensogut hineingehen und dem Manne zuhören, der den weiten Weg aus der Hauptstadt in die Auvergne gemacht hatte, um seine Neuigkeiten zu verkünden.

Es waren Neuigkeiten, die Fleur überraschender trafen als ihren Gatten und ihren Vater, die bereits am Abend zuvor mit dem Abgesandten der Königin gesprochen hatten.

König Heinrich II. von Frankreich war tot! Bei dem Turnier, das anläßlich der Verehelichung seiner ältesten Tochter Elisabeth mit dem König von Spanien stattfand, war er im ritterlichen Zweikampf schwer verletzt worden und schließlich an der erlittenen Wunde verstorben. Ein böses Omen für eine Ehe, schoß es Fleur durch den Kopf, wenn sie mit dem Tode des Vaters beginnt.

Aber dann bereits konzentrierten sich ihre Gedanken auf Katharina von Medici. Sie hatte ihren Gatten leidenschaftlich geliebt, trotz allem, was er ihr in den Jahren ihrer Ehe an Demütigungen und Beleidigungen zugemutet hatte. Diese Liebe und die Fähigkeit zu schweigen und auf den richtigen Moment zu warten, hatte sie zu einer Persönlichkeit von außergewöhnlicher Diplomatie und politischer Reife werden lassen.

Es stand bereits fest, daß sie als Regentin die Geschäfte für ihren ältesten Sohn führen sollte und somit zum ersten Male die ganze Macht über das Königreich Frankreich ausschließlich und ohne jede Einschränkung in ihren Händen lag.

»Was wird sie tun? Diana von Poitiers in den Kerker werfen?« betrachtete Fleurs Mutter, Aimée de Paradou die Angelegenheit später im Familienkreise vom rein weiblichen Standpunkt aus. Die Favoritin hatte ihre Machtstellung in den zurückliegenden Jahren gegen jede Einmischung verteidigt. Nicht einmal die entzückende Gräfin von Fleming hatte das Herz des Königs lange genug von ihr entfernen können.

»Bestimmt nicht«, sagte Fleur die Taten ihrer königlichen Gönnerin voraus. »Ich nehme an, die Herzogin von Valentinois darf ihre Titel und ihre Schlösser behalten. Sie wird lediglich die königlichen Juwelen abgeben und den Hof verlassen müssen.«

»Du hast es fast getroffen«, stimmte ihr Vater zu. »Sie wurde vom Hof verbannt und mußte die Kronjuwelen zurückgeben. Was ich allerdings nicht begreife, ist, warum die Königin so ausdrücklich darauf besteht, daß auch das Schloß Chenonceaux wieder in den Besitz der Krone übergeht.«

Fleur erinnerte sich an eine weit zurückliegende Reise und lächelte. »Ich nehme an, den Entschluß dazu hat die Königin bereits vor vielen Jahren gefaßt. Es ist gefährlich, ihr Gedächtnis zu unterschätzen. Sie sagte mir einmal, daß sie Chenonceaus für ein Juwel unter den Schlössern des Königs hält!«

»Trotzdem verstehe ich nicht, warum sie die Dame nicht verhaften läßt«, wunderte sich ihre Mutter. »Grund dafür hätte sie doch weiß Gott!«

»Oh, Mutter! überlegt doch«, für Fleur war die Sache klar. »Die alternde Geliebte des Königs in Ketten in einer Festung, läßt sie zur Märtyrerin werden. Die Königin ist zu klug, um der Dame solchen Ruhm zu gönnen. Überlegt doch, woran lag Diana von Poitiers in den vergangenen Jahren am meisten? An Bewunderung und an Macht, beides wird sie von nun an schmerzlich vermissen ...«

Die Richtigkeit dieser Feststellung verschlug den Anwesenden die Sprache und lediglich René de Paradou warf seiner Tochter einen Blick zu, in dem Anerkennung und Zustimmung funkelten. »Das bedeutet auch das Ende der Verbannung! Werdet ihr nun an den Hof zurückkehren?« erkundigte er sich leise.

Fleur tauschte einen innigen Blick mit ihrem Gatten, dann schüttelte sie den Kopf.

»Nein! Unser Leben ist hier, das Zentrum der Macht lockt keinen von uns. Ich denke auch nicht, daß die Königin Muße haben wird, uns zu vermissen. Ihre Position ist gefährdet und der Konflikt zwischen Protestanten und Katholiken von einem Zündstoff, der auf künftige Auseinandersetzungen hindeutet. Bei Hofe zu leben würde bedeuten, sich der einen oder der anderen Partei zuschlagen zu müssen, aber ich kann nicht einsehen, daß man den Menschen die Art und Weise vorschreiben will, wie sie zu Gott beten wollen!«

Dem gab es nichts hinzuzufügen. Doch viel später, als sich bereits die Nacht über das Schloß gesenkt hatte und Fleur aus der Kinderstube zurückkam, wo sie dem jüngsten Chartière die Brust gegeben hatte, da sie eine Amme für ihn ablehnte, kam ihr Gatte noch einmal auf die Vergangenheit zu sprechen. Er hatte das Bett verlassen und sich aus einer bereitstehenden Karaffe einen Becher Wein eingeschenkt, während er auf sie wartete.

Fleur fand ihn tief in Gedanken versunken, lediglich in einen Hausmantel gekleidet, vor dem Kamin, der in dieser warmen Sommernacht nicht angeheizt worden war. Er betrachtete das Bild ihrer Großmutter, das seit vielen Jahren dort hing und sein Gesicht sah ernst und besorgt aus.

»Ich frage mich, ob unserem Land in einer solch schwierigen Zeit nicht besser gedient wäre, wenn es von einem starken, klugen und weisen Mann beherrscht würde. Einem Mann wie deinem Vater. Schließlich ist es nur ein wirres Spiel des Zufalls, daß er seinen Platz unter den Erben der Krone nicht eingenommen hat.«

Fleur strich sich die offenen Haare aus der Stirn und schüttelte den Kopf.

»Kein Zufall, die volle Absicht meiner Großmutter. Ich bin sicher, sie wollte nie, daß eines ihrer Kinder diesen Weg geht. Sie hat mir einmal etwas gesagt, das ich in seiner vollen Bedeutung erst jetzt verstehe. Sie sagte: Wer die Macht liebt, kann die Menschen nicht lieben! Mein Vater liebt die Menschen, Katharina liebt die Macht! Sie wird diesem Land eine gute Regentin sein. Versprich' mir, daß du unseren Söhnen niemals etwas über das Erbe der Paradous verrätst. Es ist an der Zeit, daß dieser Teil unserer bewegten Geschichte in Vergessenheit gerät!«

»Ich gehorche dir, wie ich es immer getan habe, seit du in mein Leben getreten bist!«

»Gehorsam ist eine Eigenschaft, die ich sowohl bei dir, wie bei deinen Söhnen schmerzlich vermisse, mein Gemahl«, beschwerte sich Fleur.

»In der Tat, gestrenge Frau? Wieso finde ich Euch trotz dieses bedauernswerten Mangels dann an meiner Seite?« Yves de Saint-Tessé stellte den Becher ab und nahm die Mutter seiner Kinder schmunzelnd in die Arme.

»Weil ich Euch anbete, mein Herr!« hauchte Fleur, und ihre Lippen trafen sich zu einem leidenschaftlichen Kuß.